MÉMOIRES

SECRETS

POUR SERVIR A L'HISTOIRE

DE LA

RÉPUBLIQUE DES LETTRES

EN FRANCE,

DEPUIS MDCCLXII JUSQU'A NOS JOURS;

O U

JOURNAL

D'UN OBSERVATEUR,

CONTENANT les *Analyses des Pieces de Théâtre qui ont paru durant cet intervalle; les Relations des Assemblées Littéraires; les notices des Livres nouveaux, clandestins, prohibés; les Pieces fugitives, rares ou manuscrites, en prose ou en vers; les Vaudevilles sur la Cour; les Anecdotes & Bons Mots; les Eloges des Savans, des Artistes, des Hommes de Lettres morts,* &c. &c. &c.

TOME CINQUIEME.

.... *hoc propius me,*
.... *vos ordine adite,*
Hor. L. II. Sat. 3. vs. 81 & 82.

A LONDRES,
CHEZ JOHN ADAMSON.

M, DCC. LXXX.

MÉMOIRES

SECRETS

POUR SERVIR A L'HISTOIRE DE
LA RÉPUBLIQUE DES LETTRES
EN FRANCE, DEPUIS MDCCLXII
JUSQU'A NOS JOURS.

ANNÉE M. DCC. LXIX.

1 *N*ovembre. Il s'eſt trouvé à la poſte une
Lettre ayant pour ſuſcription : *Au Prince des
Poëtes, Phénomene perpétuel de gloire, Philoſophe des Nations, Mercure de l'Europe, Orateur de la Patrie, Promoteur des Citoyens, Hiſ-
torien des Rois, Panégyriſte des Héros, Ariſtar-
que des Zoïles, Arbitre du goût, Peintre en tout
genre, le même à tout âge, Protecteur des Arts,
Bienfaiteur des talens ainſi que du vrai mérite,
Admirateur du génie, Fléau des perſécuteurs,
Ennemi des fanatiques, Défenſeur des opprimés,*

Tome V.   A

Pere des Orphelins , Modele des riches , Appui des indigens , Exemple immortel des sublimes vertus.

Cette Lettre , tout confidéré , a été rendue à M. de Voltaire , quoiqu'elle ne portât pas fon nom , comme le feul à qui toutes ces qualités puffent convenir. Bien des gens ne feront pas d'accord qu'elles foient toutes méritées , & il femble que le fufcripteur lui eût pu donner des louanges moins équivoques & plus délicates , fans compromettre la vérité.

Les ennemis de M. de Voltaire prétendent que c'eft lui-même qui s'eft adreffé ou fait adreffer la Lettre ; ils appuyent cette conjecture fur l'in-vraifemblance qu'elle pût venir d'ailleurs que des petites maifons , fur la fureur infatiable qu'a ce grand homme de faire parler de lui , & fur mille petites rufes de la même efpece qu'on fait , à n'en pas douter , qu'il a employées plufieurs fois avec une impudence auffi groffiere.

2 *Novembre* 1769. *Dieu & les Hommes , Œuvre Théologique , mais raifonnable , par le Docteur Oberu : traduit par Jacques Aimon.* Tel eft le titre d'un volume in-8º. de 204 pages , qui repaît en ce moment la curiofité des Incrédules. En effet cette œuvre prétendue théologique , n'eft qu'une œuvre du diable , & n'en eft que plus courue. Le fond , très - rebattu , eft enrichi des graces du ftyle , & les connoiffeurs y reconnoiffent la touche du Philofophe de Ferney. Cet auteur infatigable a voulu donner fans doute matiere à une nouvelle abjuration pour l'année prochaine , lorfqu'il fera fes Pâques avec la ferveur dont il édifie le public depuis deux ans.

4 *Novembre.* L'arrangement de la ville au fujet

de l'Opéra n'est pas encore fini, quoiqu'il soit arrêté. Bien des gens présument que malgré ces premieres dispositions, il n'aura pas lieu de la maniere dont on a parlé. On remue fortement auprès du Corps Municipal pour changer cette administration, qui n'opéreroit rien de mieux que du tems où elle a eu lieu déja. On sent qu'un Magistrat & des Echevins tirés du Commerce, ou d'autres états du Tiers-Ordre, ne peuvent apporter dans cette manutention les dispositions nécessaires à bien régir une machine aussi compliquée & qui exige dans le Directeur une réunion de connoissances presqu'impossible. D'un autre côté, les nouveaux proposés n'ont pas un mérite plus transcendant que leurs deux anciens confreres. D'ailleurs, les encouragemens qu'on leur offre pour exciter leur industrie, font trop foibles, trop incertains, trop éloignés. Ces réflexions, qu'on propose à la ville & sur lesquelles on appuye, excitent une grande fermentation à ce Bureau & il est essentiel de bien débuter. Les Opéra exécutés à Fontainebleau cette année, n'ont pas fait honneur à ceux qui en ont fait le choix, & les Ballets mêmes, genre où nous excellons aujourd'hui, n'ont pas répondu à ce qu'on avoit lieu d'attendre. C'étoit le cas où Mrs. le Breton & Trial auroient pu réparer le mauvais goût qu'on leur reproche.

8 *Novembre* 1769. On a parlé de la fermentation qu'avoit occasionnée, il y a près de trois mois, le Panégyrique de St. Louis prêché à la chapelle du Louvre devant M. M. de l'Académie Françoise par M. l'Abbé Couturier, chanoine de St. Quentin. L'Orateur avoit été obligé de se disculper par devant M. l'Archevêque, & se flattoit d'avoir fait revenir ce Prélat des impres-

fions fâcheufes qu'on lui avoit données contre lui.
D'ailleurs ce difcours imprimé avoit eu pour cen-
feur M. Riballier, Syndic de la Faculté, Docteur très-connu par fon attachement à la faine
doctrine, & par le zele ardent avec lequel il a
combattu les erreurs répandues dans le Roman
de *Belifaire* de M. de Marmontel. Au moment
où M. l'Abbé Couturier s'y attendoit le moins,
il vient d'être interdit de la chaire par le Prélat,
à raifon d'hétérodoxie, & ne pourra prêcher
l'Avent à l'Eglife des Freres de la Charité, ainfi
qu'on l'avoit annoncé.

11 *Novembre* 1769. En attendant qu'on puiffe
reprendre le grand ouvrage de paver en marbre
le refte de l'Eglife de Notre-Dame, on travaille
à différentes décorations particulieres : on eft
occupé aujourd'hui à relever la fameufe épitaphe
de M. l'Abbé *de la Porte*, qui fervira de pendant à celle du Gardinal de Noailles. Ce Chanoine
eft célebre dans le Chapitre par fes bienfaits à
l'Eglife, & par fon zele à la fervir ; c'eft lui qui
fur la fin du regne de Louis XIV fut trouver ce
Monarque, lui repréfenta que le vœu de Louis XIII,
fon prédéceffeur, concernant le rétabliffement du
chœur de Notre-Dame n'étoit pas encore rempli, & offrit à S. M. de faire les avances néceffaires pour mettre au moins en train ce projet.
Louis XIV fe rendit à fes follicitations, & l'Abbé
de la Porte répandit cent mille écus de fes fonds,
qui ont depuis été rendus à fa famille. Il eft de
l'intérêt du Chapitre de ne point laiffer dans
l'oubli un fi bel exemple, & de rappeler des
faits auffi intéreffans, tous détaillés dans fon
Epitaphe.

12 *Novembre*. On écrit de Rome qu'on a

frappé une Estampe allégorique & tout-à-fait plaisante. Elle représente le Pape dans un berceau,
qu'agite doucement M. le Cardinal de Bernis,
& au-bas il est écrit : *il a beau faire, il mé
berce, mais il ne m'endormira pas.* On a attaché
cette Pasquinade, suivant l'usage, à la statue de
Marforio. Elle n'a pas besoin de commentaire.
L'auteur de la Lettre, à cette occasion, imagine
une nouvelle charge, non moins vraie ; ce seroit de représenter le Cardinal dans le berceau,
& le Pape caressant le poupon & l'endormant
véritablement.

14 *Novembre* 1769. On a répandu dans le
monde une autre Pasquinade contre le Très-Saint
Pere, dans le goût de celles qu'on s'est souvent
permises à Rome, adressée à Marforio. Elle a
pour titre *Lettre très-Canonique de M. l'Abbé
Francœur, Licencié en Théologie, au Pape Clément XIV, ci-devant Volontaire dans la Légion
de François d'Assise, Collecteur des Impôts
Divins & Recruteur d'ames.* C'est une satyre de
la conduite du Pape, depuis son exaltation, tant
à l'égard du Duc de Parme, qu'avec les Princes
de la maison de Bourbon, au sujet des Jésuites.
C'est aussi une espece de réponse à la Lettre de
sa Sainteté au Roi, dont on a parlé dans le tems,
& qu'on regarda dès-lors comme un trait de politique d'autant plus adroit qu'il portoit tout le
caractere de l'ingénuité & de la bonhomie. Cette
facétie, qui ne peut sortir de la plume d'un bon
Catholique, n'a pas même le sel de la plaisanterie
pour les Indévots.

14 *Novembre. Assemblée publique de l'Académie Royale des Inscriptions & Belles-Lettres.*
M. le Beau, Secrétaire, a ouvert la séance en

A 3

déclarant que M. Zavetti , Bibliothecaire de St.
Marc à Venife , avoit remporté le prix remis
depuis plufieurs années , dont le fujet étoit : Quels
furent les noms & les attributs divers de Saturne
& de Rhée , chez les différens Peuples de la Grece
& de l'Italie ? Quelles furent l'origine & les raï-
fons de ces attributs ?

Il a enfuite annoncé que l'Académie propofoit
pour fujet du Prix qui dut être diftribué dans
l'affemblée de Pâques 1771 , & qui fera double
de celui qu'elle avoit déja propofé pour 1770 ,
attendu que les Mémoires qui lui ont été envoyés
n'ont pas rempli fes vues : d'examiner quels ont
été depuis les tems les plus reculés jufqu'au 4e fiecle
de l'Ere chrétienne , les tentatives des différens
Peuples pour ouvrir des Canaux de Communication , foit entre diverfes Rivieres , foit entre deux
Mers différentes , foit entre des Rivieres & des
Mers , & quel en a été le fuccès ?

Après cette annonce M. de Guignes a lû une
préface fervant d'Introduction au Chou-King , un
des livres facrés des Chinois , qu'il fe propofe de
traduire. On connoît la conftance infatigable de ce
favant laborieux , qui continue à nous familiarifer
avec tout ce que la Littérature qu'il cultive a de plus
curieux & de plus relevé.

A cette lecture a fuccédé celle d'un Mémoire
de M. Bouchaud , fur les différentes fortes de teftament qui avoient lieu chez les Romains , avant
la loi des Douze Tables.

M. l'Abbé Ameilhon , après cette lecture , a
entretenu l'affemblée de quelques Réflexions critiques fur une épreuve ufitée anciennement , appelée l'Epreuve à l'eau froide. Cette Epreuve confiftoit à mettre l'accufé dans un volume d'eau ,

affez étendu : s'il furnageoit, il étoit cenfé convaincu ; s'il plongeoit au fond , il étoit déclaré
innocent. L'Auteur rend raifon pourquoi cette
épreuve finguliere fe faifoit ainfi , & comment il
arrivoit que contre les regles ordinaires le prodige
s'opéroit plutôt en faveur du Criminel que de
l'Innocent.

La féance a fini par un Mémoire de M. l'Abbé
Bellot fur les Villes Eleutheres fous la domination
Romaine , & fur leur différence d'avec les Villes
Autonomes.

15 *Novembre* 1769. *Affemblée publique de*
l'Académie Royale des Sciences. Avant de commencer la féance M. Grand-jean de Fouchy , Secrétaire , a fait part au public d'une nouvelle qu'il
a cru devoir l'intéreffer ; il a annoncé qu'un vaiffeau venu de la Havanne avoit apporté la nouvelle que les Académiciens envoyés dans l'Oueft
du Globe pour obferver le paffage de Venus fur
le difque du foleil le 3 Juin de cette année, &
furtout M. l'Abbé Chappe , étoient arrivés le 17
Mai à la Côte de la Californie : ce qui donnoit
lieu d'efpérer qu'ils avoient été à tems pour remplir
leur deftination.

Après cette annonce le même Académicien a
lu *l'Eloge de M. de l'Ifle* , Aftronome mort l'année derniere. La vie d'un Savant n'eft autre chofe
d'ordinaire que le récit de fes travaux & de fes
ouvrages : celle de M. de l'Ifle , très - remplie ,
fourniffoit au Panégyrifte une longue énumération
de cette efpece dont il n'a omis aucun détail.
On n'y voit de remarquable que fon féjour en
Ruffie , qui fixé d'abord à quatre ans fut prolongé
fucceffivement jufques à 22 ans. Enforte que cet
Aftronome , prefque le Doyen de l'Académie ,

A 4

s'y trouva comme Etranger à fon retour , & vit toutes les places occupées par fes Elèves. Un pareil oubli jetta de l'amertume fur le refte de fes jours & peut-être en abrégea la durée. Quoi qu'il en foit , il a enterré avec lui un nom célebre dans les faftes des Sciences & fur lefquels trois grands hommes ont répandu un luftre qui ne s'effacera jamais. On doit favoir gré à M. de Fouchy d'avoir été fobre d'ornemens dans cet Eloge , & de l'avoir réduit à la fimplicité du fujet. Du refte , il le termine fuivant fon ufage , par une defcription trait pour trait de la figure de fon héros , par le détail de fes qualités toujours excellentes , & de fa mort très-religieufe.

Pendant que l'orateur fe repofoit , M. le Monnier prit la parole & fit part à l'affemblée d'un Mémoire d'Aftronomie contenant une comparaifon d'obfervations faites en Europe du Paffage de Venus & de celles faites à St. Domingue : il paroît différer en plufieurs chofes du fentiment des autres Aftronomes fur le Phénomene principal , & il conclut par un raprochement de la Parallaxe du Soleil.

Après ce Mémoire peu intéreffant pour le public , heureufement court & fort mal lu , M. de Fouchy a continué par l'*Eloge de M. Ferrin*, médecin fameux pour fon Syftême fur la voix , qu'il prétend être un inftrument à vent & à corde. Cette idée plus ingénieufe que folide , fit beaucoup de rumeur dans le monde favant; elle occafionna à fon auteur quantité de repliques , & M. Diderot entr'autres chercha à le couvrir de ridicule dans fon Roman des *Bijoux indifcrets*. Depuis cette époque , la plus intéreffante de la vie du Docteur, on n'y trouve rien de remarquable que ſa mort : il étoit grand praticien & fut frappé d'apoplexie comme il étoit en conſultation chez un malade ; il périt ainſi au lit d'honneur & , pour ainſi dire , les armes à la main ; il étoit grand anatomiſte , mais il n'a pas beaucoup écrit , & les Mémoires de l'Académie ſont peu chargés des ſiens.

A cet Eloge a ſuccédé un Mémoire d'Economie rurale de M. Daubenton & débité par M. d'Alembert , il roule ſur de nouvelles expériences de l'Académicien , pour appuyer ſon Syſtême concernant le Parquage des bêtes à laine. Il veut qu'on les parque pendant l'année entiere : tout ce qu'il a tenté à cet égard a parfaitement réuſſi. Il propoſe pour l'hyver un parc artificiel , compoſé d'un terrein enclos de deux murs & de deux clayes. L'utilité de cette façon d'élever les troupeaux de moutons eſt de former ces animaux plus vigoureux , de procurer à leur toiſon de meilleures qualités & de rendre leurs chairs plus délicates & plus ſaines. Les inconvéniens ſont nuls , puiſque toutes choſes égales , il meurt moins de brebis , & même d'agneaux , dans les troupeaux conduits de cette maniere , que dans ceux régimés ſuivant l'ancienne routine. M. Daubenton a fait diſſéquer preſque tous les agneaux morts dans l'hiver : il n'a rien trouvé qui indiquât que le nouveau genre de vivre eût occaſionné la perte d'aucun. Du reſte , ce Savant Patriote n'a pas encore perfectionné ſon Syſtême , qu'il ne met en pratique que depuis peu de tems , & il continuera à faire part au public de ſes heureuſes découvertes & de ſes utiles inſtructions. Les Spectateurs enchantés du zele de l'Académicien ont donné à ſon Mémoire tous les éloges qu'il méritoit.

Celui de Chymie, du Sr. Cadet, roulant fur la nature & les qualités de la Bile, n'a pas produit la même fenfation.

17 *Novembre* 1769. Un enfant pofthume né en Bretagne après le terme ordinaire, a donné lieu de renouveler en juftice la queftion des naiffances tardives. M. Bouvard, Médecin fameux de la Faculté, a écrit contre la poffibilité du phénomene. Il lui a été repliqué par M. Petit, qui a foutenu l'opinion contraire avec beaucoup de chaleur. Il s'eft élevé entre ces Docteurs une querelle perfonnelle, qui a dégénéré bientôt en injures. La victoire paroiffoit reftée à M. Petit ; mais fon adverfaire vient de répandre trois Lettres en date du 1er. Novembre, qui renverfent au gré des connoiffeurs tout le triomphe du vainqueur. On voit avec peine qu'elles foient affaifonnées ou plutôt furchargées d'invectives dignes des athletes littéraires du 16e. Siecle. Il eft fâcheux que ce genre de combattre profcrit aujourd'hui du monde poli fe foit encore confervé dans les Ecoles.

18 *Novembre.* Les comédiens François font dans une grande perplexité fur leur tranfmigration aux Tuilleries, & fur la conftruction de leur nouvelle Salle. Un jeune architecte, nommé Liégeon, vient de leur propofer un autre plan, qu'ils goûtent beaucoup. Il femble parer à tous les inconvéniens, il ne les oblige point à fe déplacer, il n'eft à charge ni au public, ni au Roi, ni à eux-mêmes : en un mot, il réunit une infinité d'avantages. L'artifte veut conftruire la Salle au carrefour de Buffy, en coupant à chaque angle deux maifons, qui font prefque toutes vuides & de peu de valeur. Il fe procure tout de fuite un emplacement très-commode, formant une place

circulaire & fourniffant une multitude de débouchés. Par ce moyen les comédiens continueroient
à jouer où ils font, jufqu'au moment où le nouveau Théâtre feroit conftruit. Il porteroit en dia-
gonale fur leur terrein d'aujourd'hui ; en forte que
de leurs loges & de leur foyer actuels ils débou-
cheroient tout-à-coup dans la Salle moderne. On
eft furpris qu'ils héfitent encore à recevoir un projet
fi peu frayeux & qui remplit tous les points à
defirer, l'effentiel furtout pour eux, qui eft de ne
pas quitter leur poffeffion & d'avoir toujours pi-
gnon fur rue.

19 *Novembre* 1779. On a parlé l'année derniere du
Concert exécuté par les Virtuofes pour les Eleves
des Ecoles gratuites de Deffin ; inftitution dont
on eft redevable au Magiftrat Patriote qui préfide à la Police de cette ville, à laquelle il donne
fans ceffe de nouveaux encouragemens : il eft
queftion d'un Concert de cette efpece, affiché
pour le mercredi 22 de ce mois, jour de Ste. Ce-
cile, Patrone de la Mufique & des Muficiens.
M. Gariniès eft à la tête de cette forte de foufcription des talens ; & M. de Chabanon, de
l'Académie des Belles-Lettres, mais plus renommé
encore par fon goût pour le violon, a compofé
un petit Divertiffement, dont il a fait les paroles
& la mufique, qu'il a confacré au profit de l'Eta-
bliffement nouveau. On ne doute pas que l'affemblée ne foit nombreufe & brillante, & que les
Grands Seigneurs & les gens riches ne déployent
en cette occafion toute leur magnificence.

19 *Novembre.* On vient de faire une plaifanterie, intitulée le *Credo* d'un amateur du théâtre. Elle roule fur quelques anecdotes, dont il
faut être au fait & qui font très-connues de ceux

A 6

qui fréquentent les foyers, où cette facétie occafionne furtout beaucoup de rumeur. Elle porte
d'ailleurs fur M. de la Harpe, aujourd'hui compagnon travaillant fous le Sr. la Combe, Entrepreneur du *Mercure* ; ce petit auteur s'eft chargè
de la partie Littéraire, & principalement de celle
du Théâtre, dont il prononce les jugemens. Voici
ce *Credo*.

» Je crois en *Voltaire*, le Pere tout-puiffant,
» le Créateur du Théâtre & de la Philofophie.

» Je crois en *la Harpe*, fon fils unique, notre
» Seigneur, qui a été conçu du Comte *d'Effex*,
» eft né de *le Kain*, a fouffert fous M. *de Sarti-*
» *nes*, a été mis à Bicêtre, eft defcendu aux
» Cabanons, le troifieme mois eft reffufcité d'en-
» tre les morts, eft monté au théâtre, & s'eft affis
» à la droite de *Voltaire*, d'où il eft venu juger
» les vivans & les morts.

» Je crois à *Le Kain*, à la fainte affociation
» des Fideles, à la Confrairie du facré génie de
» M. *d'Argental*, à la réfurrection des *Scythes*,
» aux fublimes illuminations de M. de *St. Lam-*
» *bert*, aux profondeurs ineffables de Madame
» *Veftris*. Ainfi foit-il ! «

20 *Novembre* 1769. On commence à parler
d'une Production pofthume de *Dumarfais* contre
les *Préjugés*. Il eft arrivé de Hollande quelques
exemplaires imprimés de cet ouvragé, un des plus
formidables traités qu'on eût fait encore, à ce
qu'on affure, contre la Religion.

21 *Novembre*. L'Auteur du livre ayant pour
titre *Dieu & les Hommes*, établit d'abord la per-
verfité de la nature humaine, qui a donné lieu à
l'idée d'un maître éternel qui nous voit & qui
jugera jufqu'à nos plus fecrettes penfées & prétend

que ce Dieu a été reconnu chez toutes les nations civilisées. Il parcourt ensuite les anciens cultes &, en premier lieu, celui de la Chine, qui consiste principalement dans la morale mise en pratique & réduite à cette maxime : *adorez Dieu & soyez juste.* En parlant de l'Inde & des Bracmanes, il fait voir que la théologie de leur *Veidam* & celle de leur *Shasta*, livre de beaucoup antérieur au premier, a été imitée très tard par les Juifs & ensuite par les Chrétiens, & que l'histoire de la chûte des Anges, dont il n'est pas dit un seul mot dans l'Ancien Testament, & fondement de notre Religion, n'est qu'une parabole indienne. Il jette un coup d'œil rapide sur la Théogonie des Caldéens, des anciens Persans & de Zoroastre, des Phéniciens, des Arabes, des Grecs & des Romains. Il conclut que toutes ces religions étoient d'une morale saine, parce qu'il ne peut y avoir deux morales ; d'une métaphysique absurde, parce que toute métaphysique l'a été jusqu'à Locke ; & pleines de rites ridicules, parce que le peuple a toujours aimé les momeries.

L'Ecrivain passe ensuite aux Juifs, il discute leur origine & les fait descendre d'une horde d'Arabes vagabonds, sujets à la lèpre, qui venoient piller quelquefois les confins de l'Egypte, & qui furent repoussés dans le désert d'Horeb & de Sinaï, quand on leur eut coupé le nez & les oreilles. Il établit qu'ils n'avoient d'abord aucune Religion déterminée : que la leur éprouva des changemens continuels jusqu'au tems de la Captivité : que leurs mœurs étoient alors aussi abominables que leurs contes étoient absurdes ; que l'immortalité de l'ame n'est ni énoncée, ni même supposée, dans aucun endroit de la Loi Juive ; qu'elle est la seule dans l'univers qui ait ordonné d'immoler des hommes. Après des recherches savantes, si le Pentateuque est de Moïse, si ce Juif a existé, & s'il ne seroit pas le Bacchus de la fable, avec lequel il a beaucoup de ressemblance ; après un parallele des événemens de la fable & de l'ancienne histoire grecque avec ceux de l'histoire juive, qu'il veut n'être qu'un tissu de plagiats continuels, il parle de Jésus, qu'il fait naître, vivre & mourir Juif, qui, suivant le critique, n'a jamais voulu fonder une secte nouvelle, qui n'a été que le prétexte de l'établissement du Christianisme & jamais l'auteur, dont les disciples même ont été constamment Juifs, & qui n'a été divinisé que depuis.

Il fait une longue énumération des fraudes innombrables des Chrétiens pour établir leur secte, qui ne dut ses progrès qu'à l'esprit apocalyptique répandu alors chez tous les peuples, à l'occasion des prédictions sur la fin du monde. Il montre une grande ressemblance entre les dogmes du Christianisme, dont Jésus n'a jamais enseigné aucun, & le Système de Platon sur la Trinité, l'immortalité de l'ame, la résurrection, le paradis, l'enfer & même le purgatoire. C'est donc du Platonisme, mêlé au Judaïsme, qu'est résulté le Christianisme, qui a lui-même essuyé beaucoup de métamorphoses avant d'être au point où il est. Delà les querelles théologiques, qui donnent lieu à l'historien de faire un calcul malheureusement trop vrai des victimes immolées aux fureurs de ces persécutions, & dont par une réduction modérée il ne fait monter le nombre qu'à neuf millions quatre cent soixante-huit mille huit cent hommes. D'où il conclut que la moins mauvaise de toutes les Religions est celle où l'on voit moins de dogmes

& plus de vertus, & que la meilleure est la plus simple.

22 *Novembre* 1769. M. Robé est un auteur très connu dans le monde, par ses talens littéraires, par le genre érotique dans lequel il a excellé & par un fameux Poëme *sur la Verole*, qui n'est pas encore imprimé, mais qu'il a lu & relu si souvent que tout Paris en est imbu. Depuis quelques années ce Poëte revenu des égaremens de la vie licencieuse, s'est jetté dans la dévotion ; mais étant d'un caractere ardent, il s'est attaché au Jansenisme, a donné dans les Convulsions, comme le genre de secte le plus propre à alimenter son imagination exaltée jusqu'au fanatisme. Dans cette effervescence de zele, il a voulu tourner au profit de la Religion, un talent trop prophané jusque-là, il a entrepris depuis plusieurs années un Poëme en cinq chants sur cette matiere auguste. Cet ouvrage passe pour achevé & doit s'imprimer bientôt. Un caustique a fait en conséquence l'Epigramme suivante :

Tu croyois, ô divin Sauveur
Avoir bu jusques à la lie,
Le calice de ta douleur :
Il manquoit à ton infamie
D'avoir Robé pour défenseur.

24 *Novembre.* Le Concert annoncé pour mercredi dernier a eu lieu avec beaucoup moins d'affluence qu'on ne comptoit ; il a été exécuté dans une salle des Tuilleries, appelée la *Galerie de la Reine.* Beaucoup de Virtuoses y ont déployé leurs talens ; Mrs. Duport & Jason ont joué du violoncelle, M. Capron du violon, Mlle. Feel a chanté,

Mrs. le Gros, Durand & Richer ont contribué à
la beauté du fpectacle. On y a exécuté un Divertiffement de M. de Chabanon, ainfi qu'on l'a
annoncé.

Ce Divertiffement confiffe dans une fcene pathétique entre la France & une multitude d'enfans fans fecours, qui implorent fon affiftance ;
elle invoque le Dieu des richeffes. Apollon fe
préfente ; il reproche à la nymphe d'avoir recours
à une Divinité vile, méprifable & incapable de
faire des heureux : il s'offre à initier dans les arts
toute cette jeuneffe ; ce qui s'exécute. Les éleves
font enflammés de l'amour de la gloire & le
Dieu leur montre les lauriers dont ils vont fe
couvrir.

L'Allégorie ingénieufe eft foutenue par une Mufique analogue, qui fait autant d'honneur aux talens de M. de Chabanon qu'aux qualités de fon ame
noble & fenfible.

Il auroit été à fouhaiter que dans une occafion
comme celle-ci le zele de cet auteur eût été mieux
feconde, & que les Virtuofes du premier ordre euffent contribué à fon acte de patriotifme. On auroit
fans doute déterminé M. Geliotte à fortir de fon
repos pour une pareille occafion, & Mlle le Maure,
qui foumet à fes caprices jufques aux têtes couron-
nées, fe feroit déterminée par l'impulfion de fon
cœur pour une auffi belle action.

On ne doit point omettre dans le détail de la fête
M. Gariniès, à l'invitation duquel elle a commencé
& elle continue à s'exécuter. Il étoit à la tête de la
Mufique & en dirigeoit toute la machine. En re-
connoiffance de fon zele pour le foutien de l'Ecole
Gratuite de Deffin, M. le Lieutenant Général de
Police lui a accordé quatre places d'Eleves.

M. le Duc de Chartres a honoré l'assemblée de sa présence.

26 *Novembre* 1769. Le Livre de l'*Essai sur les Préjugés ou de l'influence des opinions sur les mœurs & sur le bonheur des hommes*, ouvrage contenant l'Apologie de la Philosophie, *par M. D. D.* est la meilleure preuve qu'on puisse fournir des progrès de la raison humaine depuis quelques années, & de l'énergie qu'elle a acquise chez ceux qui ont réfléchi sur les discussions multipliées de la morale & de la phisique, que des Sages infatigables ne cessent d'agiter & de répandre.

On trouve dans ce traité complet sous le titre modeste d'*Essai*, ce que c'est que la vérité, son utilité, les sources de nos préjugés; que la vérité est le remede des maux du genre humain, qu'elle ne peut jamais nuire, l'excellence de la raison & les avantages qu'elle procure. On examine si le Peuple est susceptible d'instruction; s'il est dangereux de l'éclairer: quels maux résultent, au contraire, de l'ignorance des peuples. On établit que la vérité n'est pas moins nécessaire aux Souverains qu'aux sujets: comment la corruption & les vices résultent des préjugés des Souverains: quelles suites funestes a la vénération pour l'antiquité, c'est à dire le respect des hommes pour les usages, les opinions & les institutions de leurs peres: que les préjugés religieux & politiques corrompent l'esprit & le cœur des Souverains & des Sujets: que le citoyen doit la vérité à ses concitoyens. On définit la Philosophie, les caracteres qu'elle doit avoir, le but qu'elle doit se proposer, ce que c'est que la Philosophie spéculative: on découvre les motifs qui doivent animer le Philosophe, quel courage doit lui inspirer la vérité. On parle de l'antipathie qui subsista

toujours entre la Philosophie & la Superstition ; de
l'esprit philosophique & de son influence sur les Lettres & les Arts ; de la cause des vices & des incerti-
tudes de la Philosophie ; du Scepticisme & de ses
bornes. On prouve que la Philosophie contribue au
bonheur de l'homme , & peut le rendre meilleur.
Quelles sont les vraies causes de l'inefficacité de la
Philosophie : que la vraie Morale est incompatible avec les préjugés des hommes ; & qu'enfin
la vérité doit triompher tôt ou tard des préjugés &
des obstacles qu'on lui oppose.

26 *Novembre* 1769. Les amateurs de l'Opéra sont
aujourd'hui calmés sur les craintes qu'ils avoient concernant Mlle. Arnoulx. Cette Actrice , par une audace sans exemple , avoit manqué à Fontainebleau
si essentiellement à Madame la Comtesse Dubarri ,
qu'elle s'en étoit plainte au Roi. S. M. avoit ordonné que Mlle. Arnoulx fût mise pour six mois
à l'hôpital : mais Madame Dubarri revenue bientôt à son caractere de douceur & de modération ,
a demandé elle - même la grace de celle dont elle
avoit desiré le châtiment , & a sacrifié sa vengeance
personnelle aux plaisirs du public , qui aime cette
Actrice. Le Roi a eu peine à se laisser fléchir , &
il a falu toute l'aménité , toutes les graces de cette
Dame , pour retenir sa sévérité.

27 *Novembre*. La cour & la ville vont voir
successivement la nouvelle salle de l'Opéra , en attendant qu'on y joue. On l'a illuminée déjà plusieurs fois & tout récemment pour Madame la
Comtesse Dubarri , qui y a été introduite par M.
le Comte de Saint Florentin. Elle étoit accom-
pagnée de plusieurs Seigneurs , & cette Dame ,
ainsi que sa suite , ont été enchantés de cet édifice.

28 *Novembre*. Les camarades de Mlle. Ar-

zoulx, trop fouvent en butte à fes farcafmes, profitent de l'occafion de s'en venger, & ont eu grand foin de ne pas laiffer ignorer fon avanture de Fontainebleau. Elles l'ont répandue avec une charité merveilleufe, & toutes les fois que cette actrice paroît parmi elles, on lâche toujours un petit mot d'*Hôpital*, ce qui humilie beaucoup cette fuperbe Reine d'Opéra.

29 Novembre 1769. On a découvert que l'auteur de la fufcription emphatique, à la maniere orientale, d'une Lettre adreffée à M. de Voltaire, dont on a parlé, étoit un certain abbé *de Launay*. Cet abbé avoit été en Portugal, s'étoit infinué dans la confiance d'un frere du Roi, au point qu'on avoit craint qu'il ne captivât trop fa bienveillance, & qu'il avoit été obligé de revenir en France, où il s'étoit foutenu par les bienfaits de ce Prince, qui lui a même laiffé une penfion à fa mort, mais mal payée, fuivant l'ufage. L'abbé a contracté beaucoup de dettes, il a été arrêté, il y a quelques années, & eft en prifon depuis ce tems, dénué de reffources. Il s'occupe à écrire à tous ceux dont il efpere obtenir quelque chofe, & fait valoir de fon mieux un affez méchant talent qu'il a pour la poéfie. Il eft connu furtout par deux Epitres, l'une *au chien du Roi*, & l'autre *à M. l'Evéque d'Orléans*.

29 Novembre. M. de Mairan, cet académicien connu de toute l'Europe favante, âgé de 91 ans, s'eft trouvé très-mal, il y a quelques jours, d'une indigeftion, après avoir dîné chez M. de Fonterriere, Fermier Général ; on n'a pu le ramener chez lui tout de fuite, & on lui a adminiftré fur le lieu même les fecours d'ufage, qui ont procuré une double évacuation très-co-

pieufe. Un accident auffi grâve avoit allarmé fur
le compte de ce vieillard, mais il s'en eft très bien
tiré & a recommencé à dîner en ville très peu de
tems après.

29 *Novembre* 1769. Le projet dont on a parlé
concernant la nouvelle falle de Comédie Françoife à conftruire, a été agité folemnellement à
l'Hôtel des acteurs François, devant eux & leur
Confeil, le famedi 25 de ce mois. Il a été unanimément adopté, & l'on n'a héfité de conclure
fur le champ que pour en référer aux Gentilshommes de la Chambre, fupérieurs immédiats de
la troupe, & fans l'attache defquels ils ne doivent rien faire.

En conféquence les deux amateurs du théâtre
qui par un zele vraiment patriotique fe mêlent de
cette affaire, ont dreffé un Mémoire pour être
préfenté aux Gentilshommes de la Chambre, où
ils expofent tous les avantages du plan en queftion, dont il réfulte d'abord un embelliffement
pour ce quartier-là, par une place circulaire, prefque auffi grande que la place des Victoires & encore mieux percée, & par de plus grands débouchés qu'on procure aux environs, en coupant de
nouvelles rues à peu de fraix ou plutôt fans fraix:
enfuite on améliore de beaucoup la fituation des
Comédiens, on leur procure un terrein plus vafte,
plus commode, d'une valeur beaucoup plus confidérable, & fans qu'il leur en coûte rien. On
débarraffe la ville, ou le Roi, des fecours qu'ils
auroient été obligés de leur donner : enfin, le
public jouira dans peu, puifqu'on ne demande que
trois ans pour l'entiere confection du plan.

Ce qui doit encore mieux raffurer fur la pureté
des vues des fpéculateurs en queftion, c'eft qu'ils

demandent à ne rien faire que fous les aufpices de M. de Sartines. On connoît toute l'intégrité & toute la fageffe de ce Magiftrat, qui ne fe char-geroit pas de préfider à la befogne, s'il n'étoit certain de fon excellence.

30 *Novembre* 1769. L'Académie Royale de Mu-fique a repris avanthier *Dardanus*. Il a été remis avec les applaudiffemens généraux de tous les ama-teurs. On l'a joué, comme il avoit été exécuté à Fontainebleau, c'eft-à-dire avec les meilleurs ac-teurs & dans toute la magnificence des habillemens de la Cour. Le Roi a bien voulu permettre qu'on en fît ufage pour le public. Mlle. Arnoux, qui a fenti toute l'importance dans ce moment-ci de ré-parer fa trifte avanture, en captant de plus en plus les fuffrages du public & en fermant la bou-che à fes ennemis, a redoublé l'intérêt de fon rôle par l'onction & l'intelligence qu'elle y a ré-pandue.

1er. *Décembre.* La Machine pour faire aller un chariot fans chevaux, eft de M. de Gribeauval; on en a réiteré dernierement l'expérience avec plus de fuccès, mais pas encore avec tout celui qu'il a lieu de s'en promettre : il eft queftion de la per-fectionner. La Machine eft une Machine à feu.

1er. *Décembre.* On a découvert près de Meu-lan une terre, dont on compofe une Porcelaine qui va au feu le plus violent fans eau, & qui, jettée fur le champ dans de l'eau froide, ne caffe pas davantage. Cette trouvaille peut être d'un grand fecours. La pâte en queftion eft blanche & point chere.

3 *Décembre.* M. le Lieutenant Général de Po-lice a prié, il y a quelques jours, par un billet fort honnête, M. Bouvard de paffer chez lui à

l'heure de fa commodité. Ce médecin s'y eft rendu & a affeɛté de croire que Mr. ou Madame de Sartines étoient malades. Sur la déclaration du premier qu'il n'étoit pas queftion de cela , mais d'un
libelle fanglant dont fe plaignoit M. Petit, fon confrere, le Doɛteur a eu une longue explication ,
d'où il a réfulté que M. Petit étoit l'agreffeur ,
que le dernier n'avoit fait que repliquer , qu'il tenoit fa défenfe légitime & même indifpenfable ;
qu'au furplus, il ne fe regardoit pas comme le juf-
ticiable de M. le Lieutenant Général de Police ;
il a refufé d'entrer en aucun accommodement à
cet égard avec fon confrere. Alors le Magiftrat
lui ayant fignifié qu'il alloit ufer de fon autorité
pour fupprimer fon livre, M. Boüvard a pris congé
de lui, eft allé fur le champ chez fon libraire, a
retiré tous les exemplaires reftans , & quand on eft
venu pour exécuter les ordres de la Police & faifir
l'ouvrage , on n'a rien trouvé.

Ce petit véhicule fait merveilleufement bien à
fes Lettres, qui jufqu'ici n'avoient été lues & recherchées que par les gens de l'art : aujourd'hui
toutes les femmes & les gens les plus frivoles
veulent les avoir , par l'éclat que fait dans le monde
l'avanture qu'on vient de raconter.

5 *Décembre* 1769. En 1755 , un jeune Elève de
l'Ecole Militaire de Berlin, nommé *Mingard* , âgé
de feize ans , curieux d'affifter au Speɛtacle du Roi,
écrivit à M. de Voltaire, alors en Pruffe & dans
la confiance du Prince, le billet fuivant:

> Ne pouvant plus gourmander
> Le defir ardent qui m'anime,
> Daignez, Seigneur, m'accorder
> Un billet pour voir *Nanine.*

M. de Voltaire lui fit la réponse suivante:

Qui fait si fort intéresser,
Mérite bien qu'on le prévienne ;
Oui, parmi nous viens te placer,
Nous dirons tous qu'il y revienne.

En effet l'Enfant plut beaucoup, & dès le soir eut l'honneur de souper entre le Roi de Prusse & M. de Voltaire. Le goût du jeune homme pour les Lettres lui ayant fait perdre de vue celle de sa fortune, il est tombé dans la disgrace de sa famille, & par une suite de catastrophes sinistres s'est trouvé très malheureux. Venu à Paris il s'y est conduit avec honnêteté, & n'a point oublié les sentimens de sa naissance & de son éducation. La hauteur de son ame l'a porté à avoir plutôt recours à des étrangers qu'à des parens dont il avoit à se plaindre. Un homme de lettres qu'il a eu occasion de connoître, a cru devoir en ce moment réveiller l'intérêt que M. de Voltaire avoit pris autrefois à ce jeune Elève d'Apollon : pour lui en rappeler le souvenir, il lui a envoyé les deux billets ci-dessus. Le Philosophe de Ferney a répondu laconiquement, mais par ce qui se passe depuis peu de tems, M. Mingard présume que cet apôtre de l'humanité a excité les sentimens de tendresse de la famille de l'Enfant Prodigue, & elle vient de lui procurer des consolations qu'il croit devoir à M. de Voltaire, nouveau trait de bienfaisance qu'on se hâte d'annoncer au public.

6 Décembre 1769. Mlle. Caron, aujourd'hui Madame de la Sône, connue longtems dans Paris comme Maîtresse de M. le Comte de Charolois, a eu deux filles de ce Prince, qui devenues grandes

font en état d'être mariées. On affure qu'elles font
charmantes, pleines de tālens & très propres à
faire des paffions. Un Gentilhomme attaché à Madame la Princeffe de Conti, eft à la veille d'en
époufer une. Cette Princeffe, pour rendre le mariage plus honorable, a bien voulu folliciter des
Lettres de légitimation, qu'elle a obtenues. Ces
Lettres patentes ont été revêtues des formalités
néceffaires, & les jeunes perfonnes s'appellent aujourd'hui *Mesdemoifelles de Bourbon*.

Madame de la Sône eft digne, à bien des égards,
de cette faveur, par fon efprit, par fes graces,
par la maniere diftinguée dont elle vit & dont elle
fait ufage de la fortune que le Prince lui a laiffée,
& par la bonne éducation qu'elle a donnée à fes
filles. Elle demeure dans un couvent, avec toute
la décence convenable à fon état. Elle a rendu
aujourd'hui le pain béni à St. Nicolas du Char-
donet, fa paroiffe, dans toute la pompe poffible.

M. Bouret, toujours inépuifable en fait de ga-
lanteries, a eu l'honneur de préfenter à la Fian-
cée une tabatiere très - riche, mais furtout précieufe par une miniature exquife, où il a fait repréfenter cette jeune Bergere, cueillant des Lys,
allégorie ingénieufe pour la circonftance, & qui
caractérife parfaitement le goût fin de ce courtifan
délicat.

7 *Décembre* 1769. Extrait d'une Lettre de Rome
du 20 Novembre 1769.... Le Saint Pere continue à s'occuper de l'adminiftration intérieure de
fes Etats, de la réforme des mœurs & des abus.
Vous avez fçu qu'il avoit profcrit l'ufage ridicule
fur les théâtres de cette ville de faire jouer les rôles
de femmes par de jeunes garçons, & qu'il avoit
remis le fexe en poffeffion de toutes fes fonctions

à

à cet égard. Il vient d'abolir une coutume plus horrible & plus abominable : par une barbarie qui fait la honte de tous ses prédécesseurs, on outrageoit la nature dans de jeunes enfans, & on les dressoit dans ce malheureux état à remplir les fonctions de musicien à la chapelle des Papes. On se procuroit ainsi des voix claires & argentines, qui flattoient les oreilles de ces Souverains, & pour leur plaisir on avoit consacré une horreur qu'on ne devroit lire que dans l'histoire des tyrans de Rome. Sa Sainteté aime beaucoup la musique, mais encore plus l'humanité ; & pour suppléer à cette espece de Chanteurs appelés *Castrati*, elle a permis de prendre des femmes dans les musiques d'église. Un pareil trait fera bénir à jamais le Pontificat de Clément XIV : il est adoré & surtout du sexe, qu'il fait sortir de la nullité à laquelle l'avoient réduit ses prédécesseurs.

8 *Décembre* 1769. On assure que M. le Comte de Saint Florentin a vivement reprimandé le Docteur Bouvard sur la maniere dure & brutale dont il a traité son confrere, M. Petit ; que cette conduite a fait grand tort à la Cour au premier, & que cela pourra l'exclure de succéder à M. Senac dans sa place. Au surplus, elle ne doit pas être vacante sitôt, puisqu'il se porte beaucoup mieux. M. de Vernage est aussi sur les rangs pour le remplacer.

10 *Décembre.* M. l'Abbé Couturier, dont on a rapporté les tracasseries, qui lui ont été suscitées par ses ennemis auprès de M. l'Archevêque, a eu le bonheur de faire revenir de sa prévention ce Prélat très entêté ordinairement. L'interdiction a été levée bientôt, & l'orateur en question a prêché le premier dimanche de l'Avent dans l'Eglise de la Charité, pour laquelle il étoit désigné.

Tome V.   B

Sa difgrace paffagere eft un véhicule de plus à
fa réputation, & l'on s'empreffe d'aller entendre
ce prédicateur cenfuré, avec la même avidité qu'on
recherche un livre défendu & qui fe vend fous le
manteau.

13 *Décembre* 1769. On a parlé depuis longtems
des mouvemens que M. de Voltaire s'étoit donné
pour faire rendre juftice à la famille des *Sirvens*,
ces malheureux pere & mere, accufés d'être auteurs du meurtre de leur fille & condamnés comme
tels par contumace au Parlement de Touloufe.
Ils ont eu le courage de fe rendre en cette ville,
de faire juger la contumace, & ils ont été décla-
rés généralement innocens : on les a remis en
liberté & en poffeffion de tous leurs biens, con-
fifqués au profit du Roi par le Domaine, fuite néceffaire de l'Arrêt.

Cet événement, qu'on doit principalement aux
foins & aux réclamations de M. de Voltaire,
affure de plus en plus à ce Poëte Philofophe une
place parmi les bienfaiteurs de l'humanité. On ne
doute pas que M. Elie de Beaumont, Avocat célebre au Parlement de Paris, & qui a paffé plufieurs mois de l'été & de l'automne à Ferney,
n'ait beaucoup contribué à éclairer & à faire juger
l'affaire : on ne doute pas non plus que M. *de
Vaudeuil*, le nouveau Premier Préfident du Parlement de Languedoc, n'ait verfé dans ce tribunal
l'efprit de tolérance dont eft animé le Magiftrat
en queftion, & qu'il n'éteigne tout-à-fait le feu
du fanatifme, qui n'avoit que trop éclaté dans la
malheureufe affaire des *Calas*.

14 *Décembre.* C'eft avec douleur que les amateurs du théâtre italien, qui avoient conçu les plus
grandes efpérances fur le compte du Sr. Gretri,

ce Pergolefe de la France, voient que ce muficien eft fur le point d'être moiffonné à la fleur de fon âge. Il eft attaqué de la poitrine, & fon genre de vivre ne contribue pas peu à aggraver fon état. On convient affez également qu'il étoit fait pour faire une révolution dans la mufique de ce théâtre, dont les coryphées ne paroiffent que des gens médiocres auprès de cet auteur.

15 *Décembre* 1769. Vendredi dernier, à l'Opéra, un Spectateur du Parterre s'enthoufiafmoit fur la danfe vigoureufe & hardie de Mlle. Affelin, une des coryphées du théâtre lyrique. Son voifin la déprimoit, au contraire, & la trouvoit déteftable. Chacun foutenoit fon avis avec opiniâtreté & y refta fuivant l'ufage. A la derniere reprife, le détracteur de la Danfeufe s'écria qu'il falloit être bien bête pour l'admirer ; fon adverfaire lui dit : » jufqu'ici, Monfieur, j'ai cru que c'étoit à Mlle. » Affelin que vous en vouliez : je vois très bien » à préfent que c'eft à moi, & vous allez m'en » faire raifon. « Ils fortent, ils fe battent, fans s'être jamais connus ni vus qu'en ce moment, & l'aggreffeur refte mort fur la place. Il fe trouve par les informations que c'eft un M. *Hooke*, Officier, parent d'un *Hooke* connu par une aventure à peu près femblable, qui lui arriva au concert fpirituel, qui fit beaucoup de bruit dans le tems, & qui ne s'eft terminée qu'après plufieurs combats arrivés en divers endroits entre les deux contendans.

Au furplus, cette cataftrophe releve merveilleufement la réputation de Mlle. Affelin. Toutes fes camarades la regardent avec envie & voudroient bien compter dans les faftes de leur hiftoire quelques combats finguliers de cette efpèce.

B 2

16 *Décembre* 1769. M. l'Abbé Ribaillier, Docteur de Sorbonne, Syndic de la Faculté de Théologie, si connu par ses démêlés avec Mrs. de Marmontel & Voltaire, & surtout célebre par les sarcasmes dont ce dernier l'a criblé. Il a la vue très mauvaise : un plaisant a supposé qu'il l'avoit entiérement perdue en travaillant à la Censure de *Belisaire*, & que réduit à prendre un chien pour guide, il avoit choisi celui de ce Héros dans son malheur. En conséquence on a gravé l'Abbé Ribaillier conduit par l'animal, ayant au col un collier, sur lequel on lit ces vers :

> Passant, lisez sur mon collier
> Ma décadence & ma misere :
> J'étois le chien de *Belisaire*,
> Je suis le chien de *Ribailler*.

17 *Décembre.* Extrait d'une Lettre de Châlons, le 14 Décembre 1769.... Il y a toute apparence que Madame la Dauphine passera par ici ; il n'y a cependant encore que des présomptions. Quoi qu'il en soit, on vient toujours d'ériger une nouvelle porte en forme d'arc de triomphe, par où entrera cette Princesse, si elle prend la route de Strasbourg. On a nommé à compte cette Porte *la Porte Dauphine*. Elle est magnifique, elle a 50 pieds de haut & doit être enrichie de Médaillons & de Bas-reliefs, relatifs à l'événement du mariage de M. le Dauphin. C'est le Sr. Pigale qui est chargé de ce travail. Le monument en question coûtera 30,000 Livres, quoique les pierres ayent été apportées par corvée des divers endroits de la Province dont on les tire. Cela n'a pas accommodé le paysan, mais Châlons s'en embellit beau-

coup. Notre Intendant , M. Rouillé d'Orfeuil , ne cesse de travailler à rendre cette ville très belle , d'infâme qu'elle étoit.

Si Madame la Dauphine passe par ici , M. l'Archevêque de Rheims se propose d'y venir jouir de son droit de Pairie , qui est d'embrasser à la joue la Princesse , droit qu'il ne pourroit faire valoir lorsqu'il la recevra à la tête de son Clergé.

17 *Décembre* 1769. Les partisans du *Pere de famille* font valoir deux événemens qui se sont passés à la Comédie Françoise , hier jour où l'on jouoit ce Drame. Le premier , est celui d'une femme , qui , au moment où le jeune homme défend l'épée à la main sa maîtresse qu'on veut enlever , a été si vivement saisie , qu'elle en a jetté les hauts cris , qu'elle est tombée en convulsions & qu'il a fallu la tirer de sa loge ; ensorte que le Spectacle a été interrompu pendant quelque tems.

Le second , est la fureur avec laquelle le Parterre , lorsqu'on est venu annoncer la reprise d'*Hamlet* pour mercredi , s'est recrié : *point d'Hamlet ! le Pere de famille* ; & cela à plusieurs fois.

Il paroît que les Comédiens n'ont point eu égard aux Réclamations du Parterre , puisqu'*Hamlet* est annoncé sur l'affiche pour mercredi. On dit que le 5e. acte est refait & sera neuf absolument.

18 *Décembre*. Extrait d'une Lettre de Pologne du 1er. Décembre 1769.... Vous connoissez M. le Comte Oginski , Grand Général de Lithuanie. Vous connoissez l'étendue de ses lumieres & les graces de son esprit. On peut renvoyer ceux qui voudroient en voir un échantillon à l'article *Harpe* , qu'il a fourni au *Dic-*

tionnaire Encyclopédique. Il vient de faire une action qui le rendra encore plus précieux & plus immortel que tous les ouvrages qu'il pourroit compofer. Il a entrepris de faire à fes fraix un ouvrage de la plus grande utilité pour la Province de Lithuanie : c'eft un Canal de Communication entre les rivieres *Jafiolda* & *Szezara*, par par le moyen duquel les productions du fertile diftrict de *Pinsko*, qui n'avoient point de débouché, en auront un pour être envoyées à Konigsberg, parce que la riviere Szezara fe décharge dans le Niemen, qui porte les batteaux dans ce port. Ce Canal de Communication aura environ douze lieues d'étendue, & un affez grand nombre d'Eclufes. Il eft déja avancé de plus de moitié, & il coûtera plufieurs millions à M. Oginski, qui en fait le facrifice à fa patrie.

21 *Décembre* 1769. M. l'abbé Vatry, Penfionnaire de l'Académie des Infcriptions & Belles Lettres, eft mort le 16 de ce mois. Il étoit infirme depuis longtems & la tête ne faifoit plus de fonctions ; c'étoit un des plus favans hommes de l'Europe dans le Grec, qu'il avoit profeffé au College Royal.

21 *Décembre.* Les Comédiens François ont repris hier *Hamlet.* Le cinquieme acte, quoique tout neuf, n'a pas paru moins mauvais que le précédent. L'auteur, à un dénouement trivial & ufé, a fubftitué une cataftrophe ridicule & abfurde. Tous les perfonages y femblent autant de marionettes, dont le poëte retarde ou accélere les mouvemens à fon gré. Le Tyran furtout y complette parfaitement fon caractere, du plus infigne, du plus plat & du plus fot coquin qu'on puiffe voir. Il faut travailler pour la troifieme

fois à refaire ce 5eme acte , qui dépareille abfolument les autres , où il y a au moins quelques
belles chofes.

22 *Décembre* 1769. On a envoyé de Breft les
vers fuivans , faits fur la mort de *Gordon.* Ils
paroiffent récapituler en bref toute la trâme de
ce fatal événement. Il faut favoir qu'il s'eft plaint
d'avoir été excité par le Comte d'Harcourt, Ambaffadeur de la Cour de Londres à la Cour de
France , non à incendier le port de Breft, comme
on a dit , mais à en reconnoître la fituation ; à
en examiner tous les détails , pour en profiter au
befoin. Quant au fage Magiftrat , on connoît aifément qu'il veut parler de M. *de Clugny* , Intendant de Breft & Préfident de la Commiffion.

Un perfide Vieillard abufa ma jeuneffe ,
Un fage Magiftrat confondit mes projets ,
Une mort héroïque expia ma foibleffe ,
Un peuple généreux me donna des regrets.

24 *Décembre.* Le triomphe du Docteur Petit
fur le Docteur Bouvard n'a pas été long ; ce dernier a eu recours à M. le Chancelier, & ce
Chef fuprême de la juftice a fait révoquer l'ordre
de la Police qui avoit arrêté le débit de l'ouvrage
de ce Médecin contre fon confrere ; il fe vend
aujourd'hui publiquement : mais ce qu'on avoit
prévu malheureufement pour M. Petit eft arrivé,
& ce véhicule produit un débit étonnant du
livre.

25 *Décembre.* On a déja parlé du procès
pendant par devant le chef de la Librairie entre
les Libraires & M. Luneau de Boisjermain. On
a réfumé les diverfes prétentions des deux parties

& furtout les deux Mémoires de Me. Linguet,
ce Démosthene de nos jours, qui refute ceux
des Libraires avec autant de solidité que d'éloquence & de feu. Ces derniers viennent de fournir
une replique & c'est à cette occasion qu'un anonyme a répandu une brochure intitulée : *Avis
aux Gens de Lettres.* Après une exposition nette
& précise du sujet, l'auteur fait rapidement quelques Notes sur la Défense nouvelle des Libraires
& prouve qu'ils ne sont pas heureux en réparties.
Non content de cela, il les suit pas à pas, il
montre que conduits par l'avidité ils marchent
toujours entre l'injustice & l'extravagance. Il
examine & discute séparément chacune de leurs
prétentions & en fait voir palpablement l'indécence. Il termine son écrit par des réflexions générales, qui naissent naturellement de son sujet.
Il se plaint que la France, étant le pays du
monde où les Lettres soient le plus florissantes,
soit en même tems le pays où ceux qui les cul-
tivent, soient traités le plus défavorablement. Il
les peint, avec non moins de vérité que d'é-
nergie, gémissant sous le joug des Libraires,
travaillant en vils esclaves au champ fécond de
la Litterature, tandis que ces maîtres durs re-
cueillent tout le fruit de leurs sueurs, & vivent
à leurs dépens dans l'abondance & dans le luxe.
Il compare les procédés des Libraires de France
& de ceux de Londres envers les auteurs, & il
en fait voir l'énorme différence à la honte des
premiers. Il cite l'exemple d'une *Histoire de Charles V*, en cinq volumes, dont le manuscrit a
été vendu par M. Robertson quatre mille guinées ;
tandis que l'*Encyclopédie*, ce vaste dépôt de toutes
es connoissances humaines, ce monument, qui

feul forme une Bibliotheque entiere , qui a rapporté plus de deux millions de gain aux Libraires ,
n'a valu à M. Diderot , Entrepreneur , Directeur , & furtout feul Architecte de cet immortel
édifice , que cent Piftoles de rentes viageres. Il
finit par une peroraifon vigoureufe , où il exhorte les gens de Lettres à fecouer un joug aus-
fi honteux que tyrannique , pour s'aider mutuel-
lement dans l'impreffion & le débit de leurs ouvrages , & pour donner des fecours aux jeunes
gens qui entrent avec du talent dans la même
carriere. Il fonne le tocfin même à l'égard des
feuls amateurs , fait craindre le dépériffement du
goût & des Lettres , fi l'on ne met un promt
remede à la rapacité dévorante des Libraires ,
fang-fues des auteurs & qui fe gorgent impitoyablement de leur fang.

27 *Décembre* 1769. *Mémoire de* Gordon *à
fes Juges.*

Monfieur & Meffieurs ,

Vous êtes peres , vous tous , peres heureux ;
vos enfans ne vous font pas enlevés , vous leur
êtes confervés. Le mien , pere de treize , nous
fut enlevé dans fa 38e. année. Je n'en avois alors
que 12 : quelle perte pour moi ! Ma mere me
refte encore : veuve à 32 ans , elle fe retira dans
une maifon de campagne , déterminée à y paffer le refte de fes jours avec fes cinq filles. Les
foins de l'éducation de nous autres fut confié à
nos plus proches parens. Ma faute , ou , fi vous
voulez , mon crime , n'eft pas l'effet d'un tempéramment vicieux , fuite fouvent d'une éducation négligée , mais d'un malheur. (I) qui m'a-

_____

(I) Pour avoir tué un homme dans une rixe.

voit obligé de venir en France. Milord *Harcourt* promit à ma follicitation de me remplacer dans mon ancien Régiment : il fe prévalut de cette conjonctûre , en me propofant ce fatal voyage. Mon peu d'expérience me laiffa féduire, ma reconnoiffance me le fit entreprendre. Figurez – vous en Milord Harcourt un homme de 60 ans , décoré de toutes les beautés de la vieilleffe : en lui je voyois un homme de naiffance , Lieutenant Général de nos Armées , Ambaffadeur en France & mon protecteur. Que de prévoyance n'auroit-il pas fallu pour appercevoir la chaîne de malheurs qui devoient s'enfuivre ? Et fous quelles couleurs ne me préfenta-t-il pas fa propofition ? Il me fut impoffible d'éviter fon piege.

Je n'ai , hélas ! que peu à efpérer du côté des loix , elles ne regardent que les fautes. J'ai toujours efpoir en vous , vu que l'Etat ne peut fouffrir aucun préjudice de tout ce que j'ai fait. De plus : je déclare n'avoir jamais eu intention de former aucunes liaifons ici : c'eft le cruel hazard qui me les a fait trouver.

Mitigez donc , s'il fe peut , la févérité des Loix : permettez que je vous rappelle encore une fois que j'ai une mere , & que je vous repréfente l'honneur d'une famille nombreufe ; elle eft noble : & s'il faut mourir, ne me faites pas fouffrir d'ignominie ; laiffez - moi agir en liberté & je faurai éviter la honte. Enfin , pour derniere grace , que je meure avec mon écharpe militaire & qu'on la faffe tenir enfuite à mon frere.

29 *Décembre* 1769. Outre *l'Avis aux Gens de Lettres* , dont on vient de parler, il avoit paru dans l'affaire de M. Luneau de Boisjermain avec les Li-

braires, un troifieme Mémoire, fous le titre de *Derniere Réponfe fignifiée & Confultation pour le Sr. Luneau de Boisjermain contre les Syndics & adjoints des Libraires de Paris.* Dans ce Mémoire, encore plus vigoureux que les précédens, l'auteur a fçu répandre un intérêt dont on ne croiroit pas la matiere fufceptible, & qui d'une caufe particuliere en fait une générale avec tous les gens de Lettres, par le détail des vexations que ces derniers en éprouvent continuellement & qui deviendroient de plus en plus odieufes, fi on les laiffoit empiéter fur eux comme ils le prétendent. On fait que depuis longtems ils affectent envers eux une dureté & un defpotifme qu'il groffit, & les a déjà couvert du ridicule qu'ils méritent, dans la *Chartreufe,* où il dit en décrivant les entours du College des Jéfuites & de la rue St. Jaques :

Où trente f.... d'Imprimeurs
Donnent froidement audience
A cent faméliques auteurs, &c.

L'Avocat, dans le Mémoire en queftion, plus approfondi que les premiers, remonte à l'origine des Libraires, qui avant la découverte de l'Imprimerie étoient dans la plus humiliante, la plus fervile dépendance des Gens de Lettres, entiérement aux ordres & aux gages de l'Univerfité. On les appeloit alors *Stationarii,* c'eft à dire entrepoafeurs, comme fervant précifément & uniquement au courtage des livres peu communs alors. Elle avoit fur eux le droit d'infpection, de correction, & elle en ufoit. Il refute victorieufement leur affertion, par laquelle ils prétendent n'être pas confondus avec les autres efpeces de Négoces, &

B 6

diftinguer dans la Librairie une partie purement
matérielle, qu'ils dédaignent, & une partie purement fpirituelle, qu'ils s'approprient. Il fait voir,
au contraire, qu'ils n'occupent qu'un rang très-peu
diftingué dans l'ordre des vanités fociales, qu'ils font
exclus de l'Echevinage de Paris, efpece d'apo-
théofe bourgeoife, à laquelle peuvent être admifes
des Communautés de Marchands, au deffus defquels ils voudroient s'élever, & qu'enfin le Souverain lui-même les a affimilés quelquefois aux
états mécaniques les plus vils.

Mais ce qui doit furtout les confondre & les
couvrir de confufion, c'eft une table jointe à cet
écrit, par laquelle il eft démontré que les Libraires, tous frais faits pour le Dictionnaire Encyclopédique, montant à 938, 291 Livres, 2 fols,
6 den., ont gagné 2, 444, 204, Livres, 17
fols 6 den. &c. dont 634, 307 Livres 4 fols
qu'ils ont pris de trop aux foufcripteurs. Ceci n'eft
point, au refte, une récrimination inutile & hors
d'œuvre, puifque M. Luneau de Boisjermain étoit
un des foufcripteurs de l'Encyclopédie & qu'il a
déjà entamé une procédure juridique contre les
Libraires, pour fe faire reftituer la fomme qui lui
a été prife de trop.

Après ce Mémoire favant & éloquent de Me.
Linguet, fuit une Confultation de dix Jurifconfultes, en date du 15 Novembre, tous du même
avis & donnant entièrement gain de caufe à M.
Luneau. Le procès eft toujours en délibéré par devant M. le Lieutenant Général de Police.

30 Décembre 1769. M. le Marquis le Monnier
rentre de nouveau en lice contre M. de Valdahon,
à l'occafion de Mlle. le Monnier, qui depuis qu'elle
eft majeure lui a fait des fommations refpectueufes.

pour époufer fon amant, dont la conftance a été mife à de fi rudes épreuves. Tous les papiers publics ont parlé fi fouvent & d'une façon fi intéreffante du procès célebre qui dure depuis fept ans entre ce Premier Préfident de la Chambre des Comptes de Dole, & le Moufquetaire Gris, qu'on s'en fouvient fûrement & que les cœurs tendres font encore affectés de cette hiftoire romanefque. On blâme généralement l'opiniâtreté de M. le Monnier, qui par des Mémoires infâmes a cherché à rendre odieux & méprifable un homme eftimé publiquement.

La fille vient de répandre un Mémoire en réponfe aux horreurs débitées par M. le Monnier, où elle eft obligée par fa pofition cruelle de défendre un amant contre un pere. On y retrouve l'Avocat difert qui a déjà fait d'autres Mémoires dans la même Caufe : il a traité cette matiere plus en Romancier qu'en Jurifconfulte : plus de mots que de chofes, plus de phrafes que de raifons conftituent le fond de cet ouvrage, qu'on trouve fur toutes les toilettes & qui y aura plus de fuccès que fur le bureau des Juges.

M. L'Oifeau de Mauléon termine cette Apologie par une Lettre à Mlle le Monnier, en date du 5 Décembre, ou après avoir donné à entendre avec autant de vanité que d'indécence, qu'il lui a prêté fa plume gratuitement, il déclare que devenant Maître de la Chambre des Comptes de Nancy, les ufages de l'Ordre des Avocats & ceux de la Compagnie ne lui permettent pas de figner ce Mémoire ; qu'en conféquence il le remet entre les mains d'un ancien confrere. Ce dernier, après un bout de Confultation fort platte, datée du 10 Décembre, adopte l'ouvrage du Sr. L'Oifeau & figne le Mémoire.

31 *Décembre* 1769. *Lettre d'Alexandre Gordon à Sir Charles Gordon, fon frere.* C'eft avant mon dernier moment, cher Charles, que je prends la plume pour te faire part de mon fort. Je fuis condamné à perdre la tête fur un échaffaud entre 4. & 5 heures, ce 29 Novembre après midi. Ma feule confolation en ce moment terrible eft de n'être pas coupable des crimes que l'on m'a imputés & d'avoir arraché des larmes de mes juges mêmes. Depuis l'exiftence des Loix, jamais Arrêt auffi cruel n'a été rendu contre qui que ce foit. En effet fi j'avois été coupable des crimes dont un Anglois nommé *Stuart* m'a accufé, à quel fupplice les juges m'euffent-ils donc condamné? Je fuis le plus infortuné de tous les hommes. Les deux perfonages que j'avois cru mes amis m'ont trompé, ils m'ont toujours flatté de pouvoir obtenir ma grace, ils m'ont empêché d'intéreffer en ma faveur la Nobleffe d'Angleterre, d'Ecoffe & d'Irlande. J'ai été condamné, non pour avoir eu le projet d'incendier tous les Ports de France, parce que mes juges n'ont pu prouver un fi horrible crime, mais pour avoir pris des mefures avec deux hommes ici apoftés pour me féduire (2), pour avoir plu-

---

(2) Ceci a trait à deux *Moutons*, en termes du métier, c'eft-à-dire à deux hommes, que M. de Clugny avoit excités à paroître entrer dans les projets de Gordon, pour mieux les connoître, & à gagner fa confiance, pour le trahir enfuite plus fûrement. Cet Intendant avoit écrit à la cour dès les premiers foupçons qu'il eut fur le compte de l'Anglois, & le Miniftre lui répondit de le faire veiller, de ne témoigner aucune inquiétude & de s'y prendre de façon à acquérir des preuves plus fûres de fes deffeins.

fieurs détails de ce Port, lorfque je ferois en Angleterre. Le moment fatal approche, cher frere! j'entends dans les efcaliers les gardes qui viennent me chercher. Je te demande en grace, cher Charles, de confoler ma tendre mere : il m'eft impoffible de finir ma Lettre pour elle. Mes pleurs effacent chaque mot que je trace. Embraffe tous mes parens & dis - leur que je meurs innocent. Remercie mon oncle *Pierre Gordon* pour tous les foins qu'il a pris. J'ai heureufement obtenu d'être exécuté avec toutes les marques militaires. M. de Clugny, mon juge, m'a promis de t'envoyer mon écharpe : elle te fera envoyée teinte de mon fang innocent. Quel motif, cher frere, pour t'exciter à une jufte vengeance. Je laiffe la plume pour aller à l'échaffaud. Oh! mes adorables & tendres fœurs, je ne vous verrai donc jamais, je ne vous reverrai plus... Cet arrêt eft mille fois plus terrible que la mort. Adieu, cher frere, mon frere, mon ami, dans une demi- heure je ne fuis plus.

L'AN MDCCLXX.

I *Janvier* 1770. *La Rofiere de Salenci*, cet Opera comique difgracié à la Cour, & dont on avoit dit beaucoup de mal lorfqu'il a paru pour la premiere fois à la Comédie Italienne, fuivant l'ufage de ce Théâtre n'a repris que plus fortement depuis, au moyen de quelques retranchemens, de changemens, de corrections. Le public enchanté de la docilité du Sr. Favart, a trouvé que cela faifoit un excellent effet ; qu'il avoit eu tort de condamner fi promtement un grand maître.

3 *Janvier* 1770. M. Rofe de Chantoifeau, ancien
Directeur du Bureau général d'Indication, premier
auteur des *Reftaurateurs*, & célebre par diverfes
autres inventions qui indiquent fon génie & la
fertilité de fes reffources, vient de répandre auffi
un Profpectus, qui n'eft encore qu'une efquiffe
d'un projet dont on parle dans le public depuis
quelque tems, mais qui n'avoit pas reçu toute fa
forme. Il a pour titre : *L'Ami de tout le monde*,
ou *Précis d'un plan de Banque générale du crédit
public, fociale & commerçante, de confiance & de
reffource dans les befoins de l'Etat ; propofée pour
la liquidation des dettes d'un Etat, le foulagement des peuples, l'agrandiffement du commerce &
le tombeau de l'ufure.*

L'Auteur propofe fon plan, comme un moyen
très fimple & peu difpendieux pour liquider les
dettes de l'Etat, fans établir aucun impôt, pour
fubvenir & fatisfaire avec autant de rapidité que
d'efficacité aux befoins *preffans* de la France, à
fes engagemens *paffés*, *préfens* & *à venir*, &
finalement enrichir le Roi & foulager fes fujets.

Il voudroit pour cela qu'en établiffant fa *Banque générale de crédit public*, on y fondât un
certain nombre déterminé de Billets de crédit, qui
y feroient relatifs, rembourfables au Tréfor Royal
tous les ans par quart, au *pro rata* chacun de fa
valeur repréfentative.

Il entend qu'il feroit expreffément énoncé par
l'Edit de Création que ces Billets ne pourroient
être refufés dans *aucun cas* par le Créancier, du
Débiteur qui s'en trouveroit Titulaire, aux offres & conditions expreffes par le Débiteur de
fupporter en fon propre & privé nom la perte
d'un pour cent, c'eft-à-dire, d'environ deux

fols par piftole pour chaque *mutation de pro-*
priété.

Il prétend que par ce moyen il n'y auroit plus
de *répercuffion* à craindre dans le commerce de la
part de l'Etat, qui acquitteroit alors fur le champ
fes *fourniffeurs*, les *fourniffeurs* leurs *fabriquans*,
les *fabriquans* leurs *créanciers*, &c.

Suit un développement du plan propofé, où,
pour rendre fon idée plus fenfible, cet Ecrivain
politique met fous les yeux un même exemple
préfenté fous deux points de vue différens. Il en
réfulte qu'en fuppléant à l'efpece numéraire par
la création des nouveaux billets de crédit propofés, l'Etat feroit dans le cas en effet de liquider
toutes fes dettes, fuivant l'objet de l'auteur, fans
établir *aucun nouvel impôt*, fans *altérer les finances*, & fans rien faire perdre aux créanciers,
ou du moins en ne leur faifant effuyer qu'une
perte *volontaire*, momentanée & *infenfible*;
qu'il en provient un très grand avantage pour
chacun d'eux, par la jouiffance accélérée de leurs
fonds.

On infinue d'ailleurs que les particuliers, obligés
par des revers inattendus d'avoir recours aux *Ufuriers*, ou *Prêteurs fur gages*, trouveroient bientôt dans une des branches de cet établiffement des
fecours promts & gratuïts: M. Roze fe réferve
de le mettre au jour en tems & lieu.

Au furplus, l'auteur, pour donner plus de confiance au Miniftere, annonce qu'il a remis en
1764 fon plan à découvert fous les yeux de MM.
les Juges Confuls & des fix Corps affemblés, pour
être *refuté*, *conteflé* ou *applaudi*, & qu'il ne
craint point d'avancer que d'après quelques obfervations auxquelles il s'eft foumis, ils l'ont tous

unanimément regardé comme le plus *économique*, le moins *équivoque* & le plus *avantageux* au public, qui leur eut encore été préfenté jufqu'alors. Mais il convient que l'exécution de ce plan exige une manutention particuliere, d'où dépend le fuccès des opérations, que la briéveté d'un Profpectus ne lui permet pas de déduire.

Pour ne rien laiffer à defirer, M. de Chantoifeau a la bonne foi de fe faire les objections les plus fortes qu'il puiffe s'imaginer, ou qui lui ayent été faites. Elles font au nombre de fix, & il établit les réponfes à côté.

A la fin fe trouve un modele des Billets de crédit public, qui conftitue leur façon, & met fous les yeux le méchanifme de l'opération.

5 Janvier 1770. Il eft venu des Lettres d'Efpagne pour demander les Statuts des Ecoles gratuites de Deffin établies à Paris, & l'on juge qu'on veut en former de femblables dans ce Royaume ; ce qui fait infiniment d'honneur à M. de Sartines, protecteur de cette Inftitution patriotique.

6 Janvier. On continue les quolibets fur M. l'Abbé Terrai. On dit que le Roi va payer toutes fes dettes, parce qu'il a trouvé un tréfor enterré (*en Terrai.*)

7 Janvier. Un nouveau Thermometre a été préfenté au Roi le 10 Décembre dernier, & en conféquence on lui a donné le nom de *Thermometre Royal à quatre tubes.*

11 Janvier. Extrait d'une Lettre d'un Chanoine de l'Eglife de Paris, du 8 Janvier 1770.... M. l'Archevêque vient de nous donner pour confrere un curé (M. Bergier) des montagnes de la Suiffe, qui a beaucoup écrit contre les

Philofophes de nos jours. On le dit homme de génie. Je ne connois pas encore fes ouvrages, dont il a fait préfent au Chanoine en fe préfen-tant, mais à fon allure je gagerois que ce n'eft point un homme de ce monde......

12 *Janvier* 1770. Extrait d'une Lettre de Châlons en Champagne, du 8 Janvier 1770...... Les Mé-daillons, Monfieur, dont eft chargé le Sr. Pigal, doivent repréfenter, l'un Minerve, offrant aux Spectateurs le Bufte de Madame la Dauphine ; l'autre, celui de M. le Dauphin, foutenu par le Dieu *Mars*. Ceux qui ont vu les deffins les trou-vént admirables ; ils prétendent que l'ouvrage fera d'un goût exquis, & que les têtes furtout auront la plus exacte reffemblance, & feront d'une vérité noble & intéreffante. Le refte confifte en orne-mens, en trophées, &c. Nous comptons tou-jours jouir de ce beau monument pour le paffage de Madame la Dauphine.

13 *Janvier*. M. l'Abbé Soumil'e, Affocié Correfpondant de l'Académie Royale des Scien-ces de Paris, &c. s'eft flatté de trouver encore une plus grande précifion dans le Thermometre de comparaifon, dreffé fuivant les principes de feu M. de Réaumur, fi renommé dans cette partie. En conféquence, pour faire connoître d'une maniere plus fenfible les plus petits chan-gemens de chaleur & de froidure qui s'opérent dans l'air, il vient d'en conftruire un à quatre tubes, rangés fur un même tableau, & réglés avec tant d'harmonie que chacun marque à fon tour le quart de la température ordinaire, & cela fans confufion, puifqu'il n'y en a jamais que deux qui marquent à la fois, chacun de ces

ubes ceffant de marquer lorfque l'on voifin cóm-
mence.

14 *Janvier* 1770. La chûte du St. Pere, le jour
de fon entrée à Rome, a été célébrée par Mar-
phorio. On a gravé une Eftampe, où fa Sainteté eft repréfentée tombant de cheval, comme
St. Paul; & St. Ignace, qui en eft le témoin,
lui rappelle ce trait de l'Apôtre & lui crie: *Clément! Clément! pourquoi me perfécutes-tu?*

15 *Janvier.* Les Comédiens François ont
donné Samedi la premiere Repréfentation *des
deux Amis,* Drame bourgeois de M. Caron de
Beaumarchais, annoncé depuis longtems fous différens titres, tels que *le Bienfait rendu, le
Marchand de Londres, la Tournée du Fermier-
Général,* &c. Cette piece, prônée d'avance avec
beaucoup d'emphâfe, a attiré une affluence prodigieufe, & Madame la Ducheffe de Chartres
l'a honorée de fa préfence. L'auteur y a fait
entrer des fcenes fi analogues aux circonftances
du jour, qu'il avoit excité une curiofité générale. C'eft une double banqueroute qui fait l'intrigue du Drame, mais le fujet, défectueux en
lui-même, a encore plus révolté par la maniere
dont il a été préfenté. On y a pourtant trouvé
des Scenes heureufes & produifant le plus tendre
intérêt. Quoique les Spectateurs en général paroiffent avoir profcrit cette piece, elle a encore
des défenfeurs. Elle a eu un fuccès plus marqué
hier, mais qu'on attribue à un redoublement de
cabale. S'il fe foutient, on en parlera plus amplement.

16 *Janvier.* M. l'Abbé Chauvelin, ancien
Confeiller de Grand' Chambre & Confeiller d'honneur du Parlement, eft mort avant-hier âgé de

54 ans. Né avec une complexion foible, & difgracié de la Nature, il étoit épuifé par les plaifirs
& par le travail. Coryphée tour - à - tour du Théâtre & du Janfénifme, il s'étoit fait une grande célébrité par l'audace avec laquelle il avoit attaqué
le Coloffe des Enfans d'Ignace. Le fuccès de fon
entreprife l'avoit rendu très - recommandable dans
ce parti. On avoit frappé des médailles, des eftam-
pes, toutes plus emphatiques les unes que les autres, pour célébrer fon triomphe. Depuis quelque
tems cependant, il étoit dans une forte d'oubli,
occafionné peut-être par fa mauvaife fanté : il étoit
attaqué d'une hydropifie de poitrine. Dimanche
matin il s'eft levé comme à fon ordinaire, à fix
heures. A huit il a donné audience à fes Médecins ; il plaifantoit avec eux, lorfqu'il lui a pris
une foibleffe, dans laquelle il a paffé, fans qu'il ait
pu recevoir les Sacremens. Il étoit ancien Chanoine de Notre - Dame, & doit en conféquence
être enterré dans là cathédrale.

17 *Janvier* 1770. L'Académie Royale de Muf-
que a fait afficher qu'elle ouvriroit inceffamment
fon nouveau Théâtre par l'Opéra de *Zoroaftre*,
fans affigner aucun jour. Sur le livre des paroles
on a indiqué le 23, avec un petit Avertiffement
qui n'annonce pourtant pas la chofe comme fûre.
Du refte, on a pris toutes les précautions poffibles
pour que la curiofité de cette ouverture ne foit
pas nuifible aux fpectateurs. On déclare fur l'affiche
en queftion, que le nombre de billets de chaque
efpece fera aux trois premieres Repréfentations ;
& pour éviter l'inconvénient du nouvel ufage,
d'envoyer retenir fes places par des valets de chambre, ou des laquais, ou même des Savoyards,

on ajoute qu'on ne rendra l'argent à perſonne, *conformément aux ordres du Roi.*

18 *Janvier* 1770. Extrait d'une Lettre de Breſt du 10 Janvier...... Une Actrice attachée au Théâtre de cette ville, intéreſſante par ſa figure & par ſes talens, & plus encore par un cœur romaneſque, dont on ne laiſſe pas de trouver des exemples parmi ces Demoiſelles, mais envers des ſujets de qui le choix ne fait pas toujours honneur à leur délicateſſe, s'étoit épuiſée pour ſecourir un Officier dont la fortune ne répondoit pas à la tendreſſe. Ce procédé généreux étoit fait pour lui concilier de plus en plus la bienveillance des Officiers de terre & de mer...... Pour la dédommager d'un auſſi noble ſacrifice, les plus ardens avoient imaginé de lui accorder une repréſentation ; mais dans leur enthouſiaſme ils s'étoient contentés de comploter la choſe entr'eux, & n'avoient pas pris les voies convenables, en s'adreſſant aux chefs. Ces jeunes gens, emportés par le feu de l'âge, ont demandé cette faveur pour l'héroïne, par acclamation & en plein ſpectacle. Un pareil eſprit de licence a déplu aux gens graves, & la repréſentation a été refuſée. Les auteurs du projet, piqués, ſont convenus entr'eux de ne plus aller à la comédie, de ſe tenir à la porte & de huer tous ceux qui entreroient : ce qu'ils ont exécuté. Par ſuite du déſordre ils ont manqué à M. l'Intendant & à Madame l'Intendante, perſonnes qui leur en impoſent peu d'ordinaire. Les Commandans les ont punis ſévérement. M. de Clugny, de ſon côté, s'eſt piqué de généroſité ; il s'eſt élevé au deſſus de ces miſeres, il a demandé la grace des coupables, a ſollicité leur ſortie, &, dans la crainte des ſuites funeſtes que pourroit avoir pour eux leur

étourderie, a exigé des Chefs qu'ils n'écriviſſent point en Cour. Il a pouſſé l'honnêteté juſqu'à prier à ſouper les jeunes gens. On croyoit tout appaiſé & terminé, lorſqu'il eſt arrivé des ordres du Miniſtre aux Commandans reſpectifs de ſe rendre à la Cour. Ils ont été vivement réprimandés de n'avoir point informé de tout ce qui s'étoit paſſé & ont reçu ordre de chaſſer de Breſt la jeune Actrice. . . . Voilà la récompenſe de ſon héroïſme.

19 Janvier 1770. La Requéte à tous les Magiſtrats du Royaume, compoſée par trois Avocats d'un Parlement, eſt un ouvrage grave, purgé de toutes les mauvaiſes plaiſanteries que M. de Voltaire a trop prodiguées depuis quelque tems dans les agréables productions qu'il ne ceſſe d'enfanter dans ſa retraite.

Cette brochure-ci, écrite avec autant de chaleur que d'onction, eſt une eſpece de ſermon moral, ou de plaidoyer en faveur du peuple. Après une peinture auſſi vraie que touchante des calamités accumulées ſur cette nombreuſe portion de l'humanité, il attaque la *Quadrageſime* & les fêtes, diviſion naturelle de ce petit diſcours.

Quant au Carême, il fait ſentir l'abſurdité de l'arbitraire dans les Commandemens de l'Egliſe, de laiſſer un homme maître à ſon gré de preſcrire les alimens qu'on mangera, & de forcer à jeûner & à faire maigre des malheureux ne mangeant preſque jamais de viande & toujours mourant de faim. Il exhorte les Magiſtrats à décider ſi la différence du ſol n'exige pas une différence dans les loix, & ſi cet objet n'eſt pas eſſentiellement lié à la police générale, dont ils ſont les premiers adminiſtrateurs.

Dans cette premiere partie donc, le peuple demande la permiſſion de vivre. Dans la ſeconde, il demande la pérmiſſion de travailler, par la ſuppreſſion de ces fêtes, dont M. de Voltaire prouve l'inutilité, l'indécence & le danger. Il prouve encore que la Puiſſance Légiſlatrice, ayant ſeule inſtitué le Dimanche, c'eſt à elle ſeule à connoître de la police de ce jour, comme de tous les autres ; qu'en un mot, l'Agriculture doit dépendre des Magiſtrats, & non du Sacerdoce; que c'eſt aux Juges qui ſont ſur les lieux à examiner quand la culture eſt en péril, & non à un Evêque renfermé indolemment dans ſon palais.

20 *Janvier* 1770. M. de Voltaire n'a pu ſe contenir avec la même réſerve dans la petite brochure, intitulée : *Les Adorateurs*, ou *les louanges de Dieu: ouvrage unique de M. Imhof, traduit du Latin.* Il ne l'a pas ſoigné avec autant de ſageſſe que la *Requête aux Magiſtrats*, & l'eſprit ſatyrique de l'auteur y perce à chaque page. Cependant il y a d'excellentes choſes. Des deux Adorateurs dialoguant enſemble, l'un eſt un profond raiſonneur, qui diſſerte en Philoſophe ſur l'exiſtence de Dieu, ſon eſſence, le monde, & toutes les autres queſtions abſtraités qui diviſent depuis ſi longtems les Ecoles, ſans qu'on ait acquis de plus profondes connoiſſances en métaphyſique. L'autre, guidé par une ame vive & active, admire moins & ſent davantage. Il s'embarraſſe peu de connoître, il demande à jouir : il paroît être pénétré de reconnoiſſance d'être un être végétant, ſentant & ayant du plaiſir quelquefois. Mais cette même faculté, qui le rend ſi pénétrable à la joie, le rend ſuſceptible auſſi de douleur, & comme il y a plus de mal que de bien dans cet univers, il gémit, il ſe plaint, & voudroit trouver le remede à tant

de

de choses qui l'affligent. C'est alors qu'il se sent obligé d'avoir recours aux réflexions, aux raisonnemens de l'autre, qui lui donne beaucoup d'argumens & aucune consolation réelle : il l'exhorte à se résigner & à espérer ; il croit que tout est nécessaire comme cela, & finit par lui dire que, s'il connoît quelque chose de plus positif de le lui apprendre. Il résulte pour morale de ce traité, d'après le développement de la façon d'être de chacun des acteurs, que la sensibilité est sans doute le don du ciel le plus funeste, & qu'on doit préférer d'ergoter en aveugle comme le premier Adorateur, avec une ame froide & seche, à sentir & à se contrister, ainsi que le second, avec un cœur trop ouvert à toutes les impressions. M. de Voltaire, dans un ouvrage aussi court & aussi frivole en apparence, a concentré les connoissances profondes d'une infinité de traités de métaphysique & de physique, &c. enrichies de toutes les graces d'une imagination brillante.

20 *Janvier* 1770. Les Représentations successives des *deux Amis* ont encore essuyé beaucoup de contradiction. Dans l'une, à l'occasion de *l'imbroglio* fort mal développé du Drame, un plaisant s'est écrié du fond du Parterre : *Le mot de l'Enigme au prochain Mercure.* L'auteur a cependant été obligé de faire beaucoup de changemens, qui répugnoient à son amour propre, mais que les Comédiens ont exigé.

21 *Janvier.* Après tous les délais dont on a parlé, il paroit définitivement arrêté que l'Académie Royale de Musique ouvrira son nouveau Théâtre vendredi prochain 36 du mois, par l'Opéra de *Zoroastre.* Outre l'affiche raisonnée qui paroit depuis quelque tems, on voit aujourd'hui

Tome V.   C

un placard détaillé, qui preſcrit l'ordre & la marche de toutes les ſortes de voitures qui ſeront dans
le cas de paſſer dans ce quartier - là, pour quelque uſage que ce ſoit. La Police ſemble avoir
prévû tous les cas poſſibles, & chaque cocher
s'y trouve inſtruit exactement de tout ce qu'il a à
faire, ſoit en rentrant, ſoit en ſortant. Tant de
précautions, réſultat du génie étendu & de combinaiſon de ceux qui préſident à cette partie, ſont
une preuve en même tems des difficultés de la
circulation dans ce nouvel emplacement, & d'un
vice local, toujours très grand pour un pareil
ſpectacle.

Quant à la Salle même, il y a déja eu pluſieurs Répétitions auxquelles ont aſſiſté beaucoup
d'amateurs. Tout le monde n'eſt pas ſorti également
ment ſatisfait ; bien dès gens craignent qu'il n'en
réſulte un mauvais effet pour les voix, mais c'eſt
le tems ſeul qui puiſſe apprendre à quoi l'on doit
s'en tenir à cet égard. La forme apparente du
lieu n'eſt pas dans le même cas. Juſqu'ici on
avoit donné beaucoup d'éloges à la nouvelle Salle,
parce qu'elle n'avoit été vue que par les amis de
l'auteur, ou par les amis de ſes amis, &c. Aujourd'hui, qu'on ne peut plus la défendre aux
regards des cenſeurs & des envieux, on la critique beaucoup, on en détaille les défauts ſans
nombre, & l'on conclut que, telle ſupérieure
qu'elle ſoit aux autres, elle eſt meſquine, ſans
goût & n'annonce qu'un génie très étroit dans le
Sr. Moreau, ſon inventeur.

23 Janvier 1770. Il paroit un écrit, intitulé :
*Réflexions ſur les divers Ecrits qui ont paru
ſur la Compagnie des Indes.* On l'attribue à M.
de Godeheu, ancien Directeur de la Compagnie

des Indes. Il a sans doute été destiné à éclairer les Actionnaires avant l'assemblée, & à les disposer à voter favorablement pour la continuation de leur Commerce. L'auteur établit sommairement : 1°. Qu'on doit continuer le Commerce de l'Inde, puisque cette suppression procureroit à nos rivaux tous les ans une supériorité de vingt millions : 2°. Que ce Commerce ne pouvant se faire que par une Compagnie, l'Etat doit la dédommager politiquement de ses pertes, tant qu'elle ne lui sera pas à charge d'une somme plus considérable que celle calculée ci-dessus.

Il détruit ensuite radicalement la Brochure intitulée : *Balance des services de la Compagnie des Indes envers l'Etat, & de l'Etat envers la Compagnie des Indes*, en affirmant que l'auteur est coupable d'une grande ignorance des faits, puisqu'il cite comme réels des dons imaginaires de la part du Roi, & qui n'ont jamais existé que dans les Arrêts du Conseil, par une convention de forme, essentielle aux circonstances.

23 *Janvier* 1770. Le Sr. d'Auberval, un des coryphées de la danse, du théâtre Lyrique, vient de faire construire dans sa maison un Sallon qui lui coûte environ 45,000 Livres, & que tout Paris va voir. Il est admirable par le goût, l'élégance & la richesse de sa décoration & des ameublemens. Il y a en outre un jeu de méchanisme, au moyen duquel on peut, quand on veut, en faire une Salle de théâtre. On n'admire pas moins le travail d'une espèce de vestibule en bas, qui se monte & se démonte en dix minutes, & qui l'établit dans la cour pour mettre à couvert toute la livrée des gens qui assisteront aux Bals, objet principal auquel ce Sallon est destiné. Il paroît que

C 2

plusieurs femmes de la Cour & des Seigneurs voulant s'exercer de loin à briller aux Divertissemens qui doivent avoir lieu lors du mariage de M. le Dauphin, ont imaginé de faire des répétitions chez le Danseur en question ; que de là est venu l'idée de la construction de ce Sallon, & que pour se dédommager des frais d'un tel établissement, le Sr. d'Auberval a eu la permission de donner des Bals. Il répand dans le Public un Prospectus de la Souscription, dont on y peut voir les détails. Les Princes se proposent aussi de se servir de ce lieu pour répéter également les fêtes qu'ils voudront donner. Plusieurs se sont fait ménager des loges en cet emplacement, & l'on attend avec empressement l'ouverture de la nouvelle Ecole Choréographique.

23 *Janvier* 1770. Au commencement de 1674, Louis XIV fit demander au Corps de la Mercerie un secours d'argent. On proposa à ce Corps en récompense le premier rang parmi les six Corps, le droit de donner tous les ans plusieurs sujets au Consulat, & l'affranchissement d'une espece de servitude à laquelle son Commerce étoit assujetti depuis quelques années.

Le Corps chargea les Gardes en charge d'offrir au Roi 50,000 Livres & d'accepter l'affranchissement de la servitude du Commerce, mais de déclarer que content de son rang entre les six Corps, & de l'usage établi pour le Consulat, il prioit qu'il n'y fût rien changé.

Peu de tems après, M. de Colbert annonça aux Gardes en charge, &c. que le Roi, content du zele que le Corps avoit témoigné pour son service, leur *rendoit* les 50,000 Livres, & leur donnoit deux mille écus pour faire prier Dieu pour Sa Majesté, décorer leur chapelle & boire à sa santé.

En conséquence les Gardes firent célébrer dans l'Eglise du Sépulchre les prieres de Quarante Heures pour S. M. & pour la prospérité de ses armes. Cela se fit avec la plus grande solemnité.

Tous les jours il y eut au Bureau une table de vingt couverts, à laquelle dînerent les Prélats qui avoient officié & les Prêtres de leur suite. On manda toutes les pauvres familles des Marchands, auxquelles on distribua des aumônes.

Enfin, pour remplir entiérement les vues du Roi, ils firent décorer la Chapelle des Marchands Merciers par un tableau du célebre le Brun, qui se voit au rétable du Maître Autel du Sépulchre.

Le dernier jour des Quarante Heures on apprit que la citadelle de Besançon s'étoit rendue le 22 Mai. Dans les réjouissances publiques pour cet événement, on fit un grand feu de joie devant la porte du Bureau & de chacun des Gardes en charge, chez lesquels il y eut jusqu'à deux heures après minuit table ouverte pour les honnêtes gens. Au dehors on distribua des bouteilles de vin à tous ceux qui en voulurent, & on ne laissoit passer personne sans le faire boire à la santé du Roi.

Ces fêtes furent répétées pour la prise de Dole, rendue le 6 Juin. Il y eut de plus au Bureau une grande collation, à laquelle M. le Lieutenant général de Police, M. le Procureur du Roi & les anciens Gardes furent invités.

Pour transmettre les témoignages publics de leurs sentimens pour S. M., les Marchands Merciers prierent M. de Santeuil de faire un poëme sur ce sujet; M. Corneille voulut bien le traduire.

C 3

C'eſt ce poëme & cette traduction qu'on vient de remettre au jour, ſous le titre de *Poëme à la louange de Louis XIV*, *préſenté par les Gardes des Marchands Merciers de la Ville de Paris*, avec une magnificence typographique digne du ſujet.

On a placé en tête l'hiſtorique de l'anecdote ci-deſſus, amplement détaillée dans un Régiſtre d'anciennes Délibérations du Bureau de la Mercerie, & très curieuſe par le fond & par pluſieurs cir-conſtances, que le Lecteur remarquera facilement. Quant au poëme, il eſt en auſſi beau Latin qu'on en pouvoit faire dans le 17 ſiecle. La traduction eſt de Corneille, comme on l'a obſervé, c'eſt-à-dire qu'il y a de très-beaux vers, mais en géné-ral beaucoup d'incorrection, d'emphaſe & peu de ſentiment.

24 *Janvier*. 1770. Les Comédiens Italiens don-nent depuis quelque tems *l'Arbre enchanté*, Co-médie Italienne en cinq Actes, avec grand ſpec-tacle & Divertiſſement. Cette Piece attire beau-coup de monde, & acheve de leur donner cham-brée complette, même à leurs plus mauvais jours. Arlequin y joue un grand rôle, non par ſes lazzis, mais avec ſa baguette. Les yeux ſont le ſeul ſens qui s'y ſatisfaſſe. Il y a une multitude de magni-fiques décorations; le jeu s'en exécute avec beau-coup de rapidité & de préciſion, & le Machi-niſte eſt l'auteur qui retire le plus de gloire de cette Comédie, qui n'eſt proprement qu'une optique.

25 *Janvier*. Le fameux Réglement concernant la circulation des voitures pour les ſix premieres repréſentations de l'Académie Royale de Muſique dans ſa nouvelle Salle, n'eſt pas ſeulement le ré-ſultat de quelques têtes ſubalternes de Commis;

M. le Maréchal Duc de Biron, comme Colonel des Gardes Françoises, garde principale des spectacles de Paris, M. le Comte de St. Florentin, comme Secrétaire d'Etat ayant le Département de cette ville, & M. de Sartines, comme Lieutenant général de Police, ont eu plusieurs comités sur cet objet; & le premier n'a pas dédaigné d'aller en personne visiter, à cheval, le local & tous les postes. Au moyen de tant de précautions & de l'activité patriotique du zele de ces Messieurs, on se flatte que rien ne troublera l'ordre & la tranquillité des évolutions des carosses.

26 Janvier 1770. Enfin la fameuse salle nouvelle de l'Opéra s'est ouverte aujourd'hui, & au moyen des précautions multipliées qu'on avoit prises, le concours prodigieux des spectateurs & des voitures s'est exécuté avec beaucoup d'ordre. Une grande partie du Régiment des Gardes étoit sur pied extraordinairement. Les postes s'étendoient depuis le Pont Royal jusqu'au Pont-Neuf, c'est-à-dire environ jusqués à un quart de lieue de l'Opéra; ce qui ne pouvoit manquer d'opérer une circulation très libre dans les entours du spectacle si couru; mais ce qui a gêné désagréablement tout le reste de Paris. La police n'a pas été si bien exécutée pour la distribution des billets. Outre le tumulte effroyable que l'avidité des curieux occasionnoit, il a redoublé par la petite quantité qu'on en a distribué, soit du Parterre, soit d'Amphithéâtre. Mrs. les Officiers aux Gardes, les gens de la Ville & les Directeurs avoient accaparé la plus grande partie des billets. Cette interversion de la regle ordinaire a courroucé M. le Comte de St. Florentin, qui, comme chargé du Département de Paris, avoit donné les ordres les plus juſtes à cet égard: Une autre ſupercherie n'a pas moins indiſpoſé le Public, c'eſt auſſi la tranſgreſſion de l'arrangement pour la quantité de billets, la cupidité en ayant fait lâcher beaucoup plus que le nombre fixé, le Parterre s'eſt trouvé dans une gêne effroyable, & le premier Acte, ainſi que partie du ſecond, ont été abſolument interrompus par les cris des malheureux opprimés. Indépendamment de ces raiſons de mécontentement des ſpectateurs, la ſalle a eſſuyé beaucoup de critique; on a trouvé l'Orcheſtre ſourd, les voix affoiblies, les décorations meſquines, mal coloriées & peu proportionnées au Théâtre; les premieres loges trop élevées, peu avantageuſes pour les femmes, le veſtibule indigne de la majeſté du lieu, les eſcaliers roides & étroits. En un mot, un déchaînement général s'eſt élevé contre l'Architecte, le Machiniſte, le Peintre, les Directeurs & les Acteurs; car cet Opéra, très-beau en lui même, a paru tout à fait mal remis. Il n'y a que les habillemens & les Danſes qui ayent trouvé grace & reçu beaucoup d'applaudiſſemens.

28 *Janvier* 1770. Les Comédiens François ont donné avant-hier la premiere repréſentation du *Marchand de Smyrne*, petite piece en un acte & en proſe, avec ſes agrémens. Ces hiſtrions avoient annoncé le Drame en queſtion avec les plus grands éloges, & l'un d'eux avoit oſé aſſurer l'avant-veille en plein foyer, qu'il auroit un ſuccès prodigieux. Quoique le Public ſoit partagé à l'égard de la Piece, on paroît convenir généralement que c'eſt très peu de choſe, & qu'elle ne mérite pas l'annonce amphatique qu'en faiſoient les Acteurs. Elle eſt du Sr. de Chamfort, jeune homme qui mérite quelqu'encouragement.

19 *Janvier* 1770. On vient de rendre public par la voie de l'impreſſion, tout ce qui s'eſt paſſé au Parlement, concernant la Compagnie des Indes, ſavoir: 1°. La dénonciation de l'Arrêt du 13 Août, faite par un de Meſſieurs, à l'Aſſemblée des Chambres, le 19 du même mois; enſemble ſon récit & ſes Réflexions: 2°. Le Procès-verbal de ce qui s'eſt paſſé le 21, jour de l'interrogatoire des Syndics, Directeurs & Députés de la Compagnie des Indes, ainſi que des Députés du Commerce: 3°. Les Repréſentations du Parlement, ordonnées dans l'Aſſemblée du 22 Août, arrêtées le 31 dudit mois, & faites au Roi de vive voix le 3 Septembre 1769, par M. le Premier Préſident: 4°. Enfin la Réponſe du Roi, du 3 Septembre, dont M. le Premier Préſident a rendu compte le 4, & dont il a été fait Régiſtre par l'Arrêté dudit.

Le Miniſtere & l'Adminiſtration ſont également fâchés d'une publicité qui dévoile au grand jour des choſes dont on auroit voulu dérober la connoiſſance au public, & aux Actionnaires ſurtout, & dont par une réticence très condamnable on avoit omis le détail dans le compte rendu à l'aſſemblée des actionnaires du mardi 23.

30 *Janvier.* Les caroſſes de Madame la Dauphine font la curioſité du jour. Les amateurs vont les voir chez le Sr. Francien, Sellier, où l'on doit les emballer inceſſamment pour les envoyer à Vienne. Ce ſont deux Berlines, beaucoup plus grandes que les caroſſes ordinaires, mais plus petites que ceux du Roi. Elles ne ſont qu'à quatre places. Elles ont huit places. L'une eſt revêtue d'un velours ras cramoiſi en dehors, où ſont brodées en or les quatre Saiſons ſur les principaux

C 5

panneaux, avec tous les attributs relatifs à la fête.
L'autre est en velours bleu de la même espece,
& représente les quatre Elémens, en or auffi. Il
n'y a aucune peinture dans tout cela, mais l'ouvrage de l'artiste est d'un fini, d'un recherché qui
équivaut presque à ce bel art. Les couronnémens
sont très riches : l'un des deux même paroît trop
lourd. L'impériale est surmontée de bouquets de
fleurs en or de diverses couleurs, dont le travail
n'est pas moins précieux. Ils sont d'une souplesse
qui les fait agiter au moindre mouvement, & les
rend flexibles au gré du plus léger soufle. Le Sr.
Trumeau est l'auteur de toute la broderie, auffi
élégante que magnifique, & M. le Duc de Choiseuil, comme Ministre des Affaires Etrangeres, a
ordonné ces superbes équipages, qui font infiniment d'honneur au goût de ce Ministre.

31 *Janvier* 1770. Le carosse de M. l'Evêque
de Tarbes ayant, dans un embarras, accroché &
maltraité un fiacre, au point de ne pouvoir con-
duire une Dame qui étoit dedans, le Prélat, jeune
& galant, après s'être confondu en excuses, a
descendu de sa voiture, a déclaré à la Dame qu'il
ne souffriroit pas qu'elle restât à pied, lui a donné
la main pour monter dans son carosse, & lui a
demandé où elle vouloit être conduite? Il s'est
trouvé que cette personne alloit à l'hôtel de Praslin, chez le Sr. Beudet, Secrétaire de la Marine.
Ce dernier est de la connoissance de l'Evêque,
qui a offert ses services à la Dame auprès de ce
Commis & a dit qu'il profiteroit de l'occasion pour
le voir & la ramener chez elle. Arrivé à l'hôtel,
Monseigneur a donné la main à la Dame, ce qui
a beaucoup fait rire tous les domestiques; mais
les éclats ont encore plus redoublé de la part des

fpectateurs, quand on a introduit ce couple chez
le Sr. Beudet, qui, lui-même, auroit bien voulu
éviter la publicité de cette visite. ...... Quoi
qu'il en foit, l'Evêque intrigué des ricannemens,
des chuchottemens qu'il voyoit, a infifté pour en
avoir l'explication, & l'on n'a pu lui diffimuler
que la femme dont il s'étoit fi charitablement chargé, étoit une certaine *Gourdan*, très renommée
par fa qualité de Surintendante des plaifirs de la
Cour & de la Ville. .... On fent bien que le
Prélat n'en a point demandé davantage, qu'il n'a
point infifté pour la ramener, & que s'il l'eft allé
voir depuis, ç'a été dans le plus parfait incognito.
Cette anecdote, qui paroit fûre, fait infiniment
d'honneur à M. de Tarbes, dont les confreres n'auroient pas tous également méconnu cette célebre
entremetteufe.

1ᵉʳ. *Février* 1770. Les Libraires répandent un
Mémoire à confulter pour les Libraires affociés
à l'Encyclopédie, dans lequel ils demandent au
Confeil.

1°. Si les Libraires affociés à l'Encyclopédie
ont rempli avec fidélité leurs engagemens envers les
Soufcripteurs ? Si leur conduite eft pure & exempte
de tout reproche, foit de la part des Soufcripteurs,
foit de la part du Public ?

2°. Si le contenu dans les pages 27, 28 & 30
d'un Mémoire imprimé ayant pour titre : *Derniere
Réponfe fignifiée & Confultation pour le Sr. Luneau de Boifjermain, contre les Syndics & Avocats des Libraires de Paris*, forme une diffamation caractérifée & répréhenfible ?

3°. Quelle eft la voie que doivent prendre les
Libraires affociés à l'Encyclopédie pour obtenir la
réparation que le Confeil eftimera leur être dûe ?

C 6

A quoi huit Avocats, par une Confultation du 7 Janvier, ont répondu :

Sur la premiere queftion, que la conduite des Libraires affociés à l'Encyclopédie envers les Soufcripteurs de cet ouvrage, eft pure, exempte de tout reproche & digne de bons & honnêtes Commerçans.

Sur la feconde queftion, que le Mémoire contre lequel réclament les Libraires, contient une diffamation caractérifée & réprehenfible en certains endroits ; qu'il n'eft pas poffible d'y faire à des Commerçans des imputations plus grâves, de leur porter des coups plus propres à les décréditer, & les outrager plus fenfiblement.

Sur la troifieme queftion, que c'eft à la procédure criminelle qu'ils doivent avoir recours, & que la route leur eft tracée par les Ordonnances.

2 *Février* 1770. M. Baculard d'Arnaud, accoutumé à traiter les fujets les plus lugubres, vient de faire paroître un Drame, qui, fous des noms différens, n'eft autre chofe que la *Gabrielle de Vergy* de M. de Belloy, & par une adreffe finguliere il l'a gagné de viteffe, & en inonde le public avant que fon confrere fe foit montré en lumiere. On prétend qu'il a affifté à la lecture de la Tragédie de M. de Belloy ; que s'étant bien rempli du cannevas, des incidens & de la cataftrophe de la piece, il n'a pas eu de peine à compofer la fienne. Quoi qu'il en foit, outre le mérite de l'invention, que M. d'Arnaud a par le fait, fans difcuter dans quel cerveau le Drame eft né le premier, il a celui de la verfification, qui malgré la langueur & la monotonie qui y regnent, n'eft point barbare, comme celle de l'autre.

3 *Février*. On vient de rendre publiques par

la voie de l'impreſſion , les très-humbles & très
reſpectueuſes Repréſentations du Conſeil Souverain
du Port-au-Prince, concernant les Milices. Ce
ſont ces Repréſentations que les Magiſtrats étoient
occupés à lire & à arrêter, lorſque M. le Chevalier
de Rohan fit inveſtir le palais & enlever douze
de ces Meſſieurs. Cette publicité ne peut que faire
infiniment d'honneur aux Magiſtrats intrépides ,
qui défendent avec autant d'éloquence que de raiſon les intérêts d'une Colonie gémiſſante ſous le
poids du Deſpotiſme de deux Gouverneurs ſuc-
ceſſifs. On y peint de couleurs vives & énergiques leur adminiſtration effroyable & monſtrueuſe ;
on fait voir partout les droits des Citoyens vio-
lés, la juſtice avilie & mépriſée, les Militaires ſubſ-
titués à la Magiſtrature, & la force à la Loi.
Comme une pareille réclamation inculpe néceſſairement de la façon la plus grâve M. le Comte
d'Eſtaing & M. le Chevalier Prince de Rohan ;
qu'en rendant compte des faits il n'a pas été poſſible de ne pas jetter beaucoup d'odieux ſur leurs
perſonnes, cet écrit eſt recherché très-ſévérement
par la Police ; & la famille des Rohans ſurtout
voit avec douleur le Gouvernement d'un Seigneur
de ſa Maiſon voué à l'exécration générale des habitans de St. Domingue, exécration qui s'étendra
juſques à la poſtérité la plus reculée.

4 *Février* 1770. A meſure que les opérations de
M. l'Abbé Terrai ſe développent, les malédic-
tions publiques s'accumulent ſur ſa tête. Pluſieurs
malheureux d'entre le peuple oſent dans leur dé-
ſeſpoir ſe livrer contre lui, tout haut, aux plaintes
les plus énergiques & aux réſolutions les plus ſi-
niſtres. Les Magiſtrats patriotes, à portée de voir
ce Miniſtre, ne lui déguiſent pas toute l'horreur

que leur inspirent la violence & l'arbitraire de ses dispositions. M. le Président Hocquart se trouvant à diner avec lui chez M. le Président, sur ce que cet Abbé, en parlant de ses opérations forcées, prétendoit qu'il falloit saigner la France, lui répondit vivement : *Cela se peut, mais malheur à celui qui se résout à en être le bourreau!*

Du reste, on en rit, on en plaisante à la maniere françoise. Le jour de l'ouverture de l'Opéra, où les premiers Arrêts du Conseil venoient de paroître, comme on étouffoit dans le Parterre, qu'on y étoit dans une gêne effroyable, quelqu'un s'écria: *Ah! où est notre cher Abbé Terrai? Que n'est-il ici pour nous réduire de moitié!* . . . . . Sarcasme qui, sous l'apparence d'un mauvais quolibet, devroit être bien douloureux pour ce Ministre, auquel il annonce que son image nous tourmente jusques aux lieux les plus agréables, & empoisonne même nos plaisirs.

5 *Février* 1770. M. Petit n'a pas voulu rompre le serment qu'il avoit fait de ne pas répondre au Docteur Bouvard, quoique celui-ci l'en eut relevé. Mais il a adroitement mis sa cause entre les mains de M. le Preux, un de ses Eleves. Par ce moyen il n'y court aucun risque. Si la réponse est foible, on saura toujours gré au jeune Médecin d'avoir défendu son Maître, & cela fera du moins honneur à son cœur. Si cet écrit est victorieux, tout l'honneur en reviendra à M. Petit, qu'on se doute bien avoir inspiré son apologiste. Cet écrit va paroître incessamment.

5 *Février* 1770. On est toujours curieux de tout ce qui sort de la bouche de Mlle. Arnoulx, le Piron femelle pour les ripostes & les saillies. M. Caron de Beaumarchais, l'auteur des *Deux Amis,*

dénigroit l'Opéra actuel devant elle : *Voilà*, difoit-il, *une très-belle Salle, mais vous n'aurez perfonne à votre Zoroaftre.* – *Pardonnez-moi*, reprit-elle, vos deux Amis *nous en enverront.*

6 *Février* 1770. *Inftruction du Gardien des Capucins de Raguse à Frere Pediculofo, partant pour la Terre Sainte.* Tel eft le titre d'un pamphlet de M. de Voltaire, qui n'a rien de nouveau que le nom & la tournure vive & piquante fous laquelle il réfume en 20 paragraphes, d'une maniere énergique & ferrée, les abfurdités, les horreurs & les infamies fans nombre dont il prétend que fourmillent les deux Teftamens.

Dans un autre, qu'il appelle *Tout en Dieu*, & qu'il donne pour un Commentaire fur Mallebranche, après avoir développé les loix de la Nature, le méchanifme des fens, celui de nos idées, il prouve que Dieu fait tout ; que toute action eft de Dieu ; qu'il eft inféparable de toute la Nature ; & fon réfultat eft que le fyftême du Pere de l'Oratoire n'eft autre chofe que le Matérialifme, fi conforme au bon fens & à la plus faine métaphyfique. Il y a une érudition finguliere dans ce petit Ouvrage, qu'il plait à l'Auteur d'attribuer à M. l'Abbé *Tilladet.*

7. *Février. Le Dépofitaire*, la nouvelle Comédie en cinq Actes, de M. de Voltaire, a été lue, il y a quelque tems, par le Sr. Molé, à l'affemblée des Comédiens, fans qu'ils fuffent quel en étoit l'auteur. Elle leur a paru fi baffement intriguée, fi plattement écrite, qu'elle a été refufée généralement, & que plufieurs fe font permis des réflexions plaifantes. L'un vouloit la faire jouer chez Nicolet, l'autre aux Capucins, &c. L'aréopage a été confondu quand le lecteur leur a appris

quel en étoit l'auteur : par refpect pour ce grand homme, ils ont déclaré qu'ils la joueroient s'il l'exigeoit ; mais ils ont perfifté à la trouver détestable, & les amis de M. de Voltaire l'ont retirée.

9 Février 1770. *Dialogues fur le Commerce des Bleds.* On voit que la *Pluralité des mondes* a fervi de modele à cet ouvrage ; mais celui - ci furpaffe l'autre de bien loin. L'auteur y difcute avec une fineffe, une fagacité merveilleufe les queftions les plus abftraites de l'économie politique. Il répand fur ces matieres des vues lumineufes & profondes, qu'il fait concilier avec toute la gaîté vive & brillante de l'homme du monde le plus frivole. Ses tranfitions font heureufes, fes tournures vives & piquantes : il fe joue de la matiere, & prouve trop bien qu'en fait d'adminiftration, comme dans tout le refte, on peut, avec de l'efprit, foutenir également le pour & le contre : que ce n'eft point par les principes d'une Philofophie pédantefque & exclufive] qu'on gouverne les Etats, & que le meilleur Législateur eft celui qui s'accomodé aux tems, aux lieux, aux circonftances, & dont la fageffe verfatile au gré des événemens fait fe foumettre aux chofes, & non vouloir foumettre les chofes à elle - même. Il paroît que ce Traité eft fpécialement dirigé contre les Economiftes, dont l'Ecrivain adopte quelques idées, mais rejette l'efprit fyftématique. Il applaudit à la bonté de leur cœur, à l'honnêteté de leurs motifs ; mais il couvre d'un ridicule indélébile cette complaifance pour eux-mêmes, ce mépris injurieux pour leurs adverfaires, qui regnent dans tous leurs ouvrages. Ces Meffieurs font vivement affectés de ces Dialogues écrits en ftyle Socratique, c'eft - à - dire

dont l'ironie fait la figure dominante. Ils se disposent à répondre, mais on doute qu'ils le fassent avec
succès. M. l'Abbé Galiani, Secrétaire d'Ambassade
de Naples, est l'auteur des Dialogues en question.

12 *Février* 1770. Les Comédiens François se disposent à remettre au Théâtre *Athalie*, avec les
Chœurs & toute la pompe du Spectacle. L'Abbé
Gauzergue, musicien estimé pour la musique d'E-
glise, est chargé de refaire celle de cette Tragédie. On doit commencer les répétitions dès ce carême, & l'exécution doit s'en faire à Versailles
dans la nouvelle Salle, pour le mariage de M. le
Dauphin.

13 *Février* 1770. Une jeune personne ayant écrit
en vers à M. de Voltaire, ce Patriarche du Par-
nasse, reprenant sa Lyre, a répondu par ceux-ci :

    Ancien Disciple d'Apollon,
    J'étois sur les bords du Cocythe,
    Lorsque le Dieu de l'Hélicon
    Dit à sa Muse favorite,
    Ecrivez à ce vieux barbon.
    Elle écrivit. Je ressuscite.

14 *Février.* M. Luneau de Boisjermain
dont on a rapporté la première contestation avec
les Libraires, vient de gagner contre eux en la
Chambre de Police du Châtelet. La saisie faite
sur lui a été déclarée irréguliere & nulle. En conséquence ses adversaires sont condamnés envers lui à
cent écus de dommages & intérêts, mais on ordonne
en même tems la suppression des expressions in-
jurieuses du Mémoire de Me. Linguet.

Reste à juger l'incident, plus grave que le fonds,

puifqu'il ne s'agit de rien moins que d'une action criminelle intentée par les Libraires affociés à l'Encyclopédie contre M. Luneau de Boisjermain , comme auteur d'imputations qui réuniffent tous les caracteres de la diffamation la plus repréhenfible , à l'occafion d'exactions dont il les accufe , relativement aux Soufcripteurs de ce Dictionnaire. Ce fecond procès eft pendant par devant M. le Lieutenant Criminel du Châtelet.

Au furplus , les Libraires , quelque chofe qui arrive , ne tendent pas moins qu'à ruiner ce malheureux auteur , par une manœuvre à laquelle il lui eft prefque impoffible de fe fouftraire fans les fecours les plus preffans; ils achettent toutes les créances qui fe trouvent contre lui à Paris, & profitent de ces titres pour le traiter de Turc à Maure , & renverfer de fond en comble l'édifice très – chancelant de fa fortune.

15 *Février* 1770. M. l'Abbé Galian , auteur des *Dialogues* , dont on a parlé, *fur le Commerce des bleds* , n'eft plus Secrétaire d'Ambaffade de Naples. On prétend que le Miniftère , fatigué des lazzis continuels de cet Abbé , d'une politique très-plaifante , fur le Gouvernement , l'a obligé de retourner en Italie , en lui déclarant qu'il n'avoit rien à craindre du reffentiment de la France , & même en le penfionnant.

17 *Février.* Le Sr. Paulin , Acteur de la Comédie Françoife , eft mort il y a quelque tems. C'étoit un médiocre acteur pour le Tragique. Dans le Comique il faifoit affez bien les rôles de Payfan. On a fu à fa mort qu'il avoit été Bas – Officier des Invalides. En conféquence il a joui d'un honneur fingulier pour un Comédien , & a eu l'épée croifée fur fon cercueil.

18 *Février* 1770. Les Comédiens Italiens ont affiché pour demain la première repréfentation de *Sylvain*, Comédie en un Acte & en Vers, mêlée d'Ariettes. On annonce depuis longtems avec les plus grands éloges ce Drame, dont la Mufique est du Sr. Grétry. L'auteur des paroles est M. de Marmontel. Il est affez plaifant de voir le grave auteur de *Bélifaire*, après s'être confacré dans fa jeuneffe, à faire hurler Melpomene fur le Théâtre François, fe livrer fur fes vieux jours à l'Opéra Comique. Il est vrai qu'on prétend qu'il n'est que le prête-nom de ce nouvel ouvrage, ainfi que de *Lucile*, dont les paroles paffent pour appartenir conftamment à M. le Duc de Nivernois.

19 *Février*. Il fe répand un nouveau livre en deux volumes *in-8°*, petit caractere, qui a pour titre : *le Syftême de la Nature, par M. de Mirabeau, Secrétaire perpétuel de l'Académie Françoife*. Ce Traité, extrêmement profcrit, est *L'Athéifme prétendu démontré*. Ceux qui l'ont lu, le trouvent fort inférieur à la *Lettre de Thrafibule à Leucippe*, qu'on fait avoir le même objet pour but. Les gens religieux gémiffent de voir avec quelle audace & avec quelle profufion on répand aujourd'hui des abominables Syftêmes qui, du moins autrefois, reftoient confignés dans des manufcrits poudreux & n'étoient connus que des Savans.

21 *Février*. Il y a quelque tems qu'une Novice du couvent de l'Affomption, à la veille de prononcer fes derniers vœux, fe pendit en préfence de fes pere & mere obftinés à forcer fa vocation. Du moins le fait a paffé pour conft.nt. M. de la Harpe, voyant que la Nation fe familiarifoit infenfiblement avec toutes les horreurs, a fait de celle-ci un Drame en trois actes, intitulé

la *Religieuse*. Comme une pareille pièce ne pouvoit être jouée sur le théâtre de Paris, l'auteur a eu recours à la protection de M. le Duc de Choiseuil pour la faire imprimer. Ce Ministre lui a répondu par une Lettre obligeante & ingénieuse : il s'y défend de lui accorder la grace demandée, qui dépend de M. le Chancelier ; mais il lui marque en même tems qu'il se retient pour son Libraire, & lui envoye en conséquence mille écus à compte sur l'édition.

21 *Février* 1770. M. l'Abbé Thierri, Chancelier de l'Eglise de Paris, &, en cette qualité, Chancelier de l'Université, a fait dimanche ce qu'on appelle la clôture de la Licence de Théologie. Un Docteur lui a présenté tous les sujets de ce cours scholastique, & lui a demandé pour eux, suivant l'usage, sa bénédiction. Durant le cours de la cérémonie le Chancelier prononce un discours. Dans celui de cette année, M. l'Abbé Thierri a inféré un pompeux éloge de M. l'Archevêque de Paris ; il l'a comparé à *Thomas Pecquet*, Archevêque de Cantorberi. Ce paralelle n'a pas plu à tout le monde. On a trouvé que ce n'étoit pas le tems de rappeler la fermeté, ou plutôt l'opiniâtreté d'un Prélat, qu'on convient aujourd'hui avoir porté un peu loin les prérogatives ecclésiastiques contre les droits de la Royauté.

Le lendemain, le Chancelier a donné un grand repas d'étiquette à tous les *Pantoufliers* ; c'est ainsi que les Abbés petits maîtres appellent les Docteurs & suppôts de Sorbonne.

23 *Février*. On continue les quolibets : on dit que M. l'Abbé Terrai est sans *Foi*, qu'il nous ôte l'*Espérance* & nous réduit à la *Charité*.

M. l'Abbé Terrai, malgré les soins du Ministere, a aussi des saillies. On raconte qu'un coryphée de l'Opéra pour le chant, pensionnaire du
Roi, ayant été solliciter le Contrôleur général
pour son payement, il lui avoit répondu *qu'il*
falloit attendre ; qu'il étoit juste de payer ceux
qui pleuroient, avant ceux qui chantoient.

24 *Février* 1770. C'est une fureur pour entendre
la lecture de la tragédie intitulée *la Religieuse,*
de M. de la Harpe. On s'arrache cet auteur ;
il ne peut suffire aux dîners ou soupers auxquels
on l'invite, & dont ce Drame fait toujours le
meilleur plat. On assure qu'il est très-bien fait,
& qu'on ne peut se refuser à s'attendrir jusqu'aux
larmes à cette lecture intéressante. Les acteurs
sont *le Pere, la Mere, la Religieuse, l'Amant*
& le *Curé*. Quoi qu'il en soit, ces éloges de
cotterie sont toujours suspects, & d'ailleurs M.
de Fontenelle a dévancé cet auteur pour l'invention, dans sa tragédie de *la Vestale* : même
sujet que celui là, traité d'une façon plus dé-
cente & plus susceptible d'être adapté au théâtre.

25 *Février.* La Comédie Françoise doit donner sur le théâtre de la Cour aux Fêtes du mariage de M. le Dauphin, outre *Athalie*, dont
on a parlé, la Comédie de *l'Inconnu*, de Thomas Corneille, piece en cinq actes, avec Spectacle & Divertissemens. C'est encore l'Abbé Gauzergue qui doit en refaire la Musique.

L'Opéra exécutera *Castor & Pollux*, & *Persée.*
Ce dernier a été réduit en quatre Actes, & c'est
M. Joliveau, ci-devant Secrétaire perpétuel de
l'Académie Royale de Musique, aujourd'hui l'un
de ses Directeurs, qui s'est chargé du soin de réformer le poëme de l'immortel Quinault. On se

doute bien que la Musique de Lully ne sera point épargnée, & qu'il faudra renforcer de toutes parts cet ouvrage tombé en vetusté. On a déja fait sur le théâtre des Menus quelques répétitions de ce dernier Opéra.

26 *Février* 1770. Si l'on est mécontent de la nouvelle Salle de l'Opéra, les curieux vont s'en dédommager en foule à Versailles & y admirer la magnifique Salle qu'on vient d'y construire. Indépendamment du beau coup d'œil qu'elle présente, de sa coupe avantageuse & de la magnificence de son ensemble, le méchanisme de son intérieur offre des détails immenses & admirables à ceux qui s'y connoissent. On peut en faire également & promtement une Salle de Spectacle, une Salle de Banquet Royal & une Salle de Bal. Le Roi veut que cela ait lieu dès le premier jour. Toute cette partie du travail appartient au Sr. Arnoux, ci-devant Machiniste de l'Opéra, mais qui malheureusement trop occupé de la Salle de Versailles n'a pu donner ses lumieres pour celle de Paris, qui ne se ressent que trop de son absence.

28 *Février.* Mrs. les Chanoines de l'Église de Paris, en reconnoissant dans M. l'Abbé Bergier, leur nouveau confrere, toutes les qualités d'un bon prêtre, se plaignent qu'il ne soit pas un homme de ce monde, & qu'il n'ait rien de ce liant, de cette aménité qui constituent les agrémens de la société. Sans discuter ce que peuvent valoir ces reproches, on se contentera de dire que M. l'Archevêque de Paris ne tardera pas à mettre en œuvre ce Savant laborieux. On présume que le projet du Prélat est de s'en servir pour proscrire successivement & en détail cette

multitude de livres impies dont les presses étrangeres nous inondent sans interruption , & par des Mandemens, forts de preuves & de raisonnemens, repousser les attaques des Incrédules & défendre la foi des Fideles, malheureusement trop ébranlée. M. Bergier a déja montré ses talens pour ce genre de combat contre M. de Voltaire , & les secours qu'il trouvera dans la Capitale ne serviront qu'à le rendre plus propre à soutenir la belle cause qu'il défend.

2 *Mars* 1770. M. de Voltaire, pour préliminaire de la farce spirituelle qu'il se propose de jouer vraisemblablement pour la troisieme fois à Pâques prochain , vient de se faire nommer Pere temporel des Capucins de la Province de Gex. Ces bons Peres , qu'il a tant bassoués & sous le nom desquels il a fait paroître tant de brochures impies & scandaleuses , sont aujourd'hui sous sa protection. On sait que le devoir de cette place est de soutenir l'Ordre , de le défendre. En conséquence il sollicite ordinairement les plus grands Seigneurs de vouloir bien l'accepter. M. le Comte d'Argenson étoit Pere temporel des Capucins de la Province de France, & M. le Marquis de Voyer, son fils , a bien voulu le remplacer. Le Patriarche de la Littérature vient d'apprendre la nouvelle en question à plusieurs de ses amis, & il en rit dans différentes Lettres , où il en parle avec cette grace & cette légéreté qui lui sont propres.

3 *Mars*. Le Vauxhall des Champs Elysées , ce vaste monument qui a essuyé tant de contradictions , repris & interrompu plusieurs fois , vient de reprendre enfin une nouvelle activité , au moyen d'autres souscripteurs que les Entrepre-

neurs ont perfuadé de la majefté , de l'utilité &
de la fûreté de leur projet. On efpere toujours que
ce Colyfée fera fini pour le mariage de M. le Dauphin , & que la ville y donnera des fêtes à ce fujet.

Le peu de fuccès de celui de la foire St. Germain expofe les Entrepreneurs à perdre la plus
grande partie de leurs fonds, mais le Gouvernement, qui fent les avantages & la douceur pour
le public de ces voluptueux établiffemens, pour
encourager leurs auteurs, accorde à ceux-ci toutes les facultés poffibles, afin de ramener les amateurs refroidis. Ils ont imaginé une Loterie, qui
a commencé avant-hier. Au billet que l'on donne
à la porte pour y entrer, & qui ne coûte qu'un
écu, comme à l'ordinaire, on joint un numéro,
jufqu'à la quantité de 1,200. Ces numéros auront part à un tirage & concoureront à la
diftribution de douze Lots en bijoux, de la valeur en total de 600 Livres, qu'on payera en
argent à ceux qui l'exigeront. Cette Loterie doit
fe tirer à une heure fixe, quelque nombre qu'il
y en ait en diminution, fans qu'il puiffe jamais
excéder celui de 12,00. Deux enfans feront le
tirage en préfence des Spectateurs, & cette amu-
fette fera un nouveau véhicule pour attirer les affif-
tans, qu'elle occupera.

4 Mars 1770. Il paroît un Mémoire imprimé
fur la conftruction d'un théâtre pour la Comédie
Francoife, accompagné d'un plan. L'auteur de
cet écrit, fort bien rédigé, adopte l'emplacement
de l'Hôtel de Condé, que va quitter le Prince
qui l'occupe. Le projet, loin de répondre à la
grande idée qu'il préfente, fe refute de lui-même.
Il jetteroit dans une dépenfe très-confidérable pour
édifier un magnifique monument, où il feroit très
difficile

difficile d'aborder pendant les grandes chaleurs, comme dans les grandes gelées, & ne feroit que gêner la circulation des voitures publiques qu'il veut éviter. On fait que c'est par-là que doivent déboucher les rouliers venant d'Orléans, & autres voitures de charge dont cette grande route abonde; & nécessités à ne passer alors que dans les rues adjacentes, les issues en seroient beaucoup plus resserrées & sujettes à des engorgemens dangereux. On est surpris que ces considérations n'ayent pas frappé l'auteur du projet, qui semble un homme d'esprit. Celui de mettre la Comédie au carrefour de Buffy, paroît réunir seul jusqu'à présent la commodité publique, l'utilité générale, & l'embellissement du quartier, sans nulle dépense pour l'Etat & pour la ville, & par une finance prise sur la chose même.

En attendant que le Ministere se décide, la translation des Comédiens François à la Salle des Tuilleries sur le théâtre où l'on jouoit l'Opéra, est certaine. Ainsi l'on présume que les travaux à faire à la nouvelle Salle d'Opéra seront exécutés dans l'espace de trois semaines.

5 Mars 1770. M. l'Archevêque de Rheims, Président de l'Assemblée du Clergé, poussé par les Prélats ses confreres, n'a pu s'empêcher de témoigner au Roi la douleur du Corps Episcopal, de voir, au moment où il alloit s'assembler, élever sous ses yeux dans la Capitale de la France un monument à l'erreur & à l'irréligion, par la nouvelle Edition qui s'y faisoit du *Dictionnaire Encyclopédique*, ouvrage contre lequel il avoit toujours réclamé, & anathématisé de tant de censures canoniques.

La Religion de S. M. ne lui a pas permis de

refufer au Clergé la juftice qu'il lui demandoit.
En conféquence la nouvelle Edition de ce Dictionnaire eft arrêtée , & M. le Comte de St.
Florentin a faît dépofer à la Baftille tous les
exemplaires des trois premiers volumes de ce
livre déja imprimés.

On fe flatte qu'après la diffolution de l'affemblée l'Edition fe reprendra , & l'on le préfume
par l'attention avec laquelle on conferve ce qui
en eft fait , & qu'on auroit dû brûler avec authenticité, fi l'on eût voulu donner férieufement
fatisfaction aux Evêques.

7 *Mars* 1770. M. de Pompignan , Evêque du
Puy , répand depuis quelque tems un gros livre,
fervant d'Apologie aux derniers Actes du Clergé,
qu'il ne pourra défendre contre la pouffiere & les
vers , les feuls ennemis que cet ouvrage ait à
combattre aujourd'hui. Quoi qu'il en foit , ce
Prélat veut leur rendre une nouvelle exiftence,
& dans ce Livre il établit contradictoirement à
ce qui fut dit dans le tems, lors de leurs dénonciation & profcription par le Parlement: 1°.
Que les Affemblées du Clergé de France ne font
pas feulement des affemblées temporelles & defti-
nées à fatisfaire aux demandes d'argent du Souverain, à l'affiette & à la répartition du Don gra-
tuit, qu'elles ont encore, & ont toujours eu pour
objet , de traiter toutes les matieres de doctrine
ou de difcipline que les Evêques jugent à propos d'y agiter : 2°. Que les Magiftrats ne font
nullement dans le cas de fe mêler des refus de
Sacremens ; qu'ils ne pouvoient en connoître qu'à
raifon du deshonneur dans l'Ordre Civil, qui en
réfulteroit pour la réputation de l'excommunié ;
mais que cette tache eft une tache invifible &

purement spirituelle, qui ne s'imprime que fur l'ame du pécheur & ne flétrit en rien l'état & l'exiftence légale du Citoyen : 3°. Que ce paffage de St. Paul : *Omnis poteftas a Deo ordinata eft*, a été cathégoriquement interprété aux dits Actes ; que c'eft le fens véritable de l'Apôtre & de l'Eglife : &, par une rencontre affez bifarre, il fe trouve que le Prélat eft d'accord avec les Encyclopédiftes.

Cet Ouvrage, très fufceptible de la flétriffure du Parlement, lui fera vraifemblablement dénoncé & pourroit faire quelque peine à fon auteur, s'il n'avoit eu la prudence de n'y pas mettre fon nom. On croit que pour donner plus d'éclat à cette profcription, la Cour n'en connoîtra qu'en préfence de l'Affemblée de Noffeigneurs du Clergé.

8 Mars 1770. Il y a dans Paris une petite rue, près la place des Victoires, qu'on appelle la rue *Vuide gouffet* ; un de ces jours on a trouvé ce nom effacé, & l'on y avoit fubftitué : *La rue Terrai.*

On voit des pafquinades de différentes efpeces, entr'autres une carricature repréfentant un Lievre avec un Cordon Bleu, après lequel court un Levrier traînant une canne à bec-de-corbin. Sur le plan de derriere eft un homme en fimarre, avec un fufil à deux coups, qui paroit vifer le prémier & attendre fucceffivement le fecond.

On a frappé auffi une Eftampe, où l'on remarque le Fermiers généraux à genoux, & M. l'Abbé Terrai qui leur donne des cendres, avec l'infcription au bas : *Memento homo quid pulvis es, & in pulverem reverteris.*

D 2

hommes fouviens toi que tu es de cendre et que tu retourneras vous la cendre

9 *Mars* 1770. *Vers à Madame la Comtesse Du-*
barri , à l'occasion de sa division avec M. le
Duc de Choiseul.

Déesse des plaisirs , tendre Mere des Graces ,
Pourquoi veux-tu mêler aux fêtes de Paphos
    Les noirs soupçons , les honteuses disgraces ?
Ah ! pourquoi méditer la perte d'un Héros !
        Ulysse est cher à la patrie ;
        Il est l'appui d'Agamemnon :
Sa politique active & son vaste génie
Enchaînent la valeur de la fiere Ilion.
        Soumets les Dieux à ton empire.
Vénus sur tous les cœurs regne par la beauté ;
        Cueille , dans un riant délire ,
        Les roses de la volupté ;
        Mais à nos vœux daigne sourire ,
Et rends le calme à Neptune agité.
Ulysse , ce mortel aux Troyens formidable ,
        Que tu poursuis dans ton courroux ,
        Pour la Beauté n'est redoutable
        Qu'en soupirant à ses genoux.

10 *Mars.* On a appris que M. l'Abbé
Chappe d'Auteroche , Astronome , de l'Académie des Sciences , connu par ses tavaux en ce
genre , est mort en arrivant en Californie ,
pour y observer le dernier passage de Vénus sur
le Soleil.

10 *Mars. Sur l'association de M. le Chan-*
selier avec M. le Contrôleur général actul.

Maupéou , que le ciel en colere

Nomma pour organe des Loix ;

Maupeou , plus fourbe que son pere ;

Et plus scélérat , mille fois ;

Pour cimenter notre misere ,

De Terrai vient de faire choix.

Le traitre vouloit un complice ;

Mais il trouvera son supplice

Dans le cœur de l'Abbé fournois.

10 *Mars* 1770. Le Sr. Luneau de Boisjermain ,
que les Libraires associés à l'impression du Dictionnaire Encyclopédique ont attaqué au criminel,
comme auteur de diffamation & de calomnie à leur
égard , vient d'opposer à leur Mémoire un Mémoire à consulter , & une Consultation signée de
sept Jurisconsultes. Cette affaire, devenue très-
grâve , est trop avancée pour qu'on puisse reculer
de part ou d'autre.

12 *Mars* On vient d'imprimer, très–furtivement sans doute , un *in* 4° , ayant pour titre:
Procédure de Bretagne , ou *Procès extraordinairement instruit & jugé , au sujet d'Assemblées illicites, discours injurieux, subornation de témoins,
complot de poison & incident de calomnie.* C'est le
Recueil de toutes les pieces relatives à ce qui s'est
passé dans cette province , depuis la publication du
fameux tableau des assemblées secrettes & fréquentes
des Jésuites & leurs Affiliés, à Rennes , qui parut à Paris au mois de Novembre 1766 , qu'un
Ministre fit passer au Sr. Flesselles , alors Intendant
de Rennes , avec ordre de la part de S. M. de
vérifier les faits, & qui provoqua enfin le 27 Mai

1767 une dénonciation, en regle de M. le Prêtre de Châteaugiron, second Avocat général.

L'ouvrage est précédé d'un discours préliminaire, où le Duc d'Aiguillon est représenté *comme l'ennemi implacable, l'instigateur & presque le bourreau des six Exilés, un sujet indigne de la confiance de son Prince, un chef de conjurés, un suborneur de témoins, le fauteur d'un projet d'empoisonnement, le complice & peut-être même le premier auteur de ces crimes.* Tel est l'effroyable portrait par lequel on débute, & qui ne peut avoir été tracé que par une plume très-hardie.

12 Mars 1770. Madame la Duchesse de Villeroi, très-renommée par son goût pour les fêtes & pour les spectacles, & d'ailleurs à même d'influer grandement dans cette partie, étant sœur de M. le Duc d'Aumont, premier Gentilhomme de la Chambre, a fait préparer une espece d'Opéra à machines, intitulé : *la Tour enchantée ;* qu'elle compte faire exécuter pour le mariage de M. le Dauphin. Elle a extrêmement à cœur de faire réussir ce spectacle, pour lequel elle se donne beaucoup de soins & entre dans les plus petits détails. On ne doute pas de la beauté, de la magnificence, & du génie qui regneront dans cet ouvrage, presque tout entier de féerie. On croit que c'est Mr. de Sauvigny qui, inspiré par cette Muse, a composé les paroles du poëme, la moindre chose de cette composition à grandes machines.

13 Mars. Le Mémoire pour le Sr. Luneau de Boisjermain, souscripteur de l'Encyclopédie, est dirigé contre le Sr. Briasson Libraire, Syndic des Libraires & Imprimeurs, ancien Adjoint de sa Communauté, & le Sr. le Breton Libraire, ancien

Syndic de la même Communauté, affocié avec le Sr. Briaffon pour l'impreffion de l'Encyclopédie.

Ce Mémoire, extrêmement ferré & précis, tend à prouver que le Sr. Luneau avoit un intérêt preffant à dire ce qu'il a dit ; qu'il a eu droit de dire ce qu'il a dit ; qu'il n'y a rien que de vrai dans ce qu'il a dit. Il demande en conféquence à fon Confeil.

1°. Si fa Réclamation contre les Libraires affociés à l'Encyclopédie eft fondée ?

2°. Si les phrafes & les expreffions de fon dernier Mémoire qu'attaquent les adverfes parties, forment une diffamation ?

3°. Ce qu'il doit faire pour arrêter le cours de celle que la diftribution du Mémoire des Libraires & l'inftruction de leur procès criminel forment réellement contre lui ?

Suit la Confultation du 30 Janvier, fignée de fept Jurifconfultes, qui établit.

1°. Que le Sr. Luneau eft fondé à répéter les fommes qu'il prouve avoir été payées de trop par lui.

2°. Que c'eft furtout par les circonftances que doivent s'apprécier les phrafes & expreffions du Mémoire du Sr. Luneau ; qu'il eft le premier outragé ; qu'il n'a fait que rétorquer une affertion injurieufe, & que, quand même il auroit employé des expreffions trop fortes, la voie criminelle ne pouvoit avoir lieu dans une affaire purement civile.

3°. Que le Sr. Luneau doit paifiblement laiffer achever l'information. Que, quand les Juges auront prononcé fur ce fingulier genre de délit ; que, quand ils auront fait droit fur la demande en réparation & en dommages intérêts que tout l'autorife à former, il pourfuivra fa demande en reftitution.

D 4

Ce Mémoire, écrit avec beaucoup de févérité, a été envoyé à tous les Gens de Lettres, & peut faire grand tort aux Libraires affociés à l'Encyclopédie, dont il développe manifeftement une exaction de 634, 307 Livres 4 Sols, prife fur la totalité des Soufcripteurs & qu'ils font en droit de répéter. Elle eft encore démontrée d'une façon plus précife dans une Carte qui précede fon Mémoire, & qui fait toucher au doigt & à l'œil l'iniquité des auteurs de la Soufcription.

14 *Mars* 1770. M. Dupuy Demportes, auteur plus fécond que précieux de différentes pieces de Littérature, vient de mourir. Il a écrit auffi fur la Politique & fur quelques autres Sciences.

15 *Mars.* Extrait d'une Lettre d'un Jéfuite de Bretagne, le 8 Mars 1770. „ . . . . . Je ne fais ce que je vais devenir. Le Parlement de cette Province vient de rendre un Arrêt foudroyant. Je ne puis prêter le ferment qu'il exige : je le regarde comme contraire à ma probité, à ma confcience, à mon honneur. . . . . . Il faut que je déguerpiffe, & je ne fais où trouver un afyle. On dit qu'il y a quelques Jéfuites à Paris, qu'on y tolere. Marquez-moi fi je puis m'y rendre, ou s'il eft encore un coin de terre que je puiffe habiter. . . . . . . "

16 *Mars.* Le jugement de M. de Sartines, comme Commiffaire du Confeil en cette partie, entre le Sr. Luneau de Boisjermain & les Syndics & Adjoints de la Librairie & Imprimerie de Paris, rendu dès le 30 Janvier dernier, n'a pu être fignifié que le 17 Février, & n'eft publié que depuis peu. Quoiqu'on l'ait déjà annoncé en gros, comme il fait une grande fenfation parmi les gens de Lettres, on va le détailler dans toute fon étendue.

Ce jugement ordonne main levée pure & fimple de la Saifie faite fur le Sr. Luneau le 31 Août 1768 par les Syndics & Adjoints de la Librairie, &c. Leur défend d'en faire de pareilles à l'avenir; de fe tranfporter chez des particuliers domiciliés, fans une permiffion expreffe de mondit Sr. de Sartines; & pour avoir fait ladite Saifie, les condamne en 300 Livres de dommages & intérêts, &c. lefquels feront compenfés jufqu'à dûe concurrence, avec ceux à lui adjugés. Sur le furplus des demandes des parties, les met hors de Cour & de procès; fauf à être fait par S. M. tel Réglement qu'elle jugera néceffaire quant à la maniere d'exercer la Commiffion en fait de Librairie. Ordonne que le préfent jugement foit imprimé & affiché, au nombre de cent exemplaires, aux fraix defdits Syndics & Adjoints de la Librairie.

C'eft ce Réglement que les auteurs attendent avec impatience, & qui doit déformais fixer leur fort, & leur fervitude ou leur affranchiffement des Libraires.

18 *Mars* 1770. Hier s'eft célébrée la Meffe du St. Efprit pour l'ouverture de l'affemblée du Clergé. Cette cérémonie a été exécutée avec toute la pompe d'ufage. C'eft M. l'Archevêque de Rheims qui officioit. M. l'Archevêque d'Embrun a prononcé le difcours: il rouloit fur la Religion. Il a établi qu'elle feule pouvoit faire des hommes pour la fociété, des citoyens pour l'État. Il a rempli ce beau plan avec toute l'éloquence d'un grand orateur chrétien. Le fujet étoit d'autant mieux choifi, que depuis quelques années nous fommes inondés de livres où l'on prétend que la Religion ne fait que des hommes atrabilaires, des citoyens

D 5

lâches, des hypocondres triſtes ou des fanatiques ſéditieux.

On n'entroit que par billets à cette Meſſe, auſſi curieuſe qu'édifiante. La cérémonie du Livre de l'Evangile, que les Prélats députés baiſent au milieu du Livre, & dont les Députés du ſecond Ordre ne baiſent que la couverture; celle des encenſemens de chaque Evêque, qui ſe renvoie tour-à-tour le parfum, après en avoir pris la doſe; celle du baiſer de paix qu'ils ſe donnent ſucceſſivement à la joue droite; enfin la cérémonie ſainte de la communion qu'ils reçoivent tous, ſans exception, des mains de l'officiant; toute cette lithurgie forme un ſpectacle bien capable de donner une grande idée de l'aſſemblée qui s'ouvre.

19 Mars 1770. Mémoire pour le Sr. Alliot, fils, Intervenant, Demandeur & Intimé, contre le Sr. Alliot, père, Fermier général, Appellant comme d'abus du mariage de ſon fils, Défendeur à une demande en proviſion. Tel eſt le titre d'un Mémoire très célèbre de Me. Target Avocat, où, après l'expoſition très-rapide des faits, qui préſentent en ſubſtance un fils dénoncé par ſon père, un fils enfermé deux fois à St. Lazare, arrêté en pays étranger, détenu au Mont St. Michel, repris encore une fois hors du Royaume, chargé de fers, confondu dans une priſon avec des ſcélérats, jetté ſur l'un des vaiſſeaux qui portent le rebut de la ſociété dans une Ile ſauvage, il le peint comme rare, eſtimable, intrépide, qui met ſon devoir au deſſus de tout & qui préfère l'honneur à la vie. L'auteur examine deux queſtions: *le Mariage du Sr. Alliot eſt-il valable? Le Sr. Alliot père doit-il nourrir ſon fils?* Après avoir établi la validité d'un hymen

contracté par l'honneur , la seconde question n'en
est plus une , & donne lieu à l'orateur de développer les traits de l'éloquence la plus nerveuse
& la plus pathétique. La cause est extrêmement
intéressante & attire l'attention du public.

20 *Mars* 1770. L'affaire singuliere dont on a parlé dans son origine , entre le Sr. Mouton , Eleve
d'Architecture à Rome , & le Sr. Natoire , Directeur de cette Ecole , étoit pendante depuis longtems au Châtelet. Le tems nécessaire pour avoir
les certificats & pieces justificatives pour établir
les preuves auxquelles le Sr. Mouton avoit été
admis , avoit allongé de beaucoup cette contestation. Les Juges viennent enfin de prononcer en
premiere instance. Le Sr. Natoire est condamné
envers le Sr. Mouton à 20,000 Livres de dommages & intérêts , à tous les frais & dépens.
Permis au Sr. Mouton de faire afficher un certain
nombre d'exemplaires imprimés de la sentence ,
tant à Paris qu'à Rome , aux frais & dépens du
Sr. Natoire , &c.

21 *Mars*. Le Sr Duclos , de l'Académie
des Inscriptions & Belles-Lettres & de l'Académie Françoise , est connu pour être extrêmement
lié avec Mrs. de la Chalotais. On a parlé , dans
le tems , de la chaleur qu'il mettoit à défendre
en public les procureurs-généraux , & des craintes qu'il avoit inspirées à ses amis par ce zele in-
considéré. Il est parti depuis peu subitement pour
se rendre à Xaintes , lieu de l'exil des Magistrats.
On croit que M. le Chancelier a voulu employer
cette derniere ressource pour négocier avec Mrs.
de la Chalotais , & les séduire , s'il est possible.
Comme le Sr. Duclos est un homme sans conséquence , en cas de refus M. le Chancelier pré-

D 6

tend qu'il ne fera pas compromis. Ceux qui connoiffent le Négociateur, peuvent juger par-là de
l'embarras où fe trouve le Chef de la Magiftrature, pour avoir recours à cet homme turbulent,
plus propre à brouiller qu'à pacifier, & dont le
caractere n'annonce aucune des qualités néceffaires
à une négociation auffi délicate.

22 *Mars* 1770. On prétend que M. de la Chalotais prévenu de l'arrivée du Sr. Duclos, dès le
premier inftant qu'il l'a vu lui a demandé s'il venoit le voir comme fon ami, ou comme fon
tentateur ? Qu'en la premiere qualité, il feroit le
très bien-venu & pouvoit refter : qu'en la feconde, il ne vouloit ni ne pouvoit l'écouter.....
Sur quoi la franchife de l'Académicien ne lui a
pas permis de diffimuler qu'il étoit chargé de le
folliciter de la part de la Cour, & de lui détailler les propofitions qu'il avoit à lui faire d'a-
près les inftructions de M. le Chancelier. A quoi
M. de la Chalotais ayant abfolument fermé l'o-
reille, le Négociateur étoit réparti, comme
l'huiffier de Rennes, fans qu'on eût ouvert les
paquets.

23 *Mars.* Il y a dans l'intervalle des Sef-
fions des Etats de Bretagne une Chambre de
Commiffaires, toujours fubfiftante à Tréguier,
dont les fonctions font de les repréfenter & d'agir
comme ils feroient pour la confervation des droits
de la Province & des Citoyens. Ces Commiffaires n'ont pas cru devoir être les feuls à garder
le filence dans l'affaire de Mrs. de la Chalotais.
Depuis la derniere réponfe du Roi à la Députation du Parlement, ils ont adreffé des Repréfentations à S. M. en forme de Mémoire, où ils
réclament les deux Procureurs-généraux de la ma-

niere la plus ferme & la plus inftante. Ils y appuyent principalement fur la contradiction des diverfes réponfes du Roi à leur égard, qui les déclare innocens & les punit. Ces Repréfentations, très-courtes, mais très-nerveufes, font fans contredit ce qu'on a écrit de plus fort en pareille matiere. Sans s'écarter du refpect dû au Souverain, ils ne lui diffimulent pas combien on a compromis fa juftice dans une affaire qui eft le comble de l'iniquité & de la tyrannie.

On écrit de Tréguier que les Miniftres ont déclaré qu'ils fe donneroient bien de garde de montrer au Roi ces Repréfentations, qui pourroient extrêmement déplaire à S. M. & provoquer fon indignation contre les auteurs.

24 *Mars* 1770. Le Sr. le Breton, premier Imprimeur ordinaire du Roi, revêtu de toutes les dignités de fon état, qui conduifent à la confidération & dénotent l'eftime d'une Communauté, comme un des affociés à l'Encyclopédie a rendu plainte contre le Sr. Luneau de Boisjermain par devant M. le Lieutenant Criminel, de ce qu'il a avancé dans le Mémoire dont on a parlé. Sur fa plainte le Sr. Luneau en a interjetté appel, comme auffi du Decret prononcé contre lui. Le Sr. le Breton vient de donner un Précis des motifs de fa plainte, qu'il entend fuivre & qu'il a fait appuyer d'une Confultation de huit Avocats. De fon côté, M. Luneau foutient fon dire & prétend le prouver.

25 *Mars*. M. l'Abbé Trublet, Archidiacre de St. Malo, vient d'y mourir, après avoir langui plufieurs années. Il étoit de l'Académie Françoife, où il avoit brigué une place pendant longtems. Tout fon mérite confiftoit dans une gran-

de vénération pour Fontenelle & pour La Mothe. Il avoit fait plusieurs rapsodies, qui avoient donné lieu à ce vers caractéristique de M. de Voltaire :

Il compiloit, compiloit, compiloit, &c.

Ce vers l'avoit rendu plus célebre que ses Oeuvres.

26 *Mars* 1770. On a commencé des répétitions sur le théâtre de Versailles, & l'on y a fait manœuvrer des chevaux de la petite écurie. On a dit qu'il étoit si vaste qu'il étoit question d'y faire paroître des Escadrons entiers de Cavalerie. *La Tour enchantée*, cette piece de féerie, pour laquelle Madame la Duchesse de Villeroi se donne tant de mouvement, prête à merveille à tout le spectacle imaginable, & donnera lieu de réaliser l'illusion autant qu'il est possible.

26 *Mars.* On prétend que l'auteur du placard affiché à la porte du Contrôle-général, où il étoit écrit : *Ici l'on joue au noble jeu de Billard*, a été arrêté, & que, pour entrer dans les vues de douceur & d'indulgence de M. l'Abbé Terrai, on lui en a rendu compte, mais que ce Ministre avoit décidé qu'il falloit le laisser à la Bastille jusqu'à ce que la partie fut finie.

27 *Mars.* On a joint à la tragédie d'*Athalie*, qui doit être jouée à la cour pour le mariage de M. le Dauphin, celle de *Tancrede.* On assure qu'on a choisi cette piece pour Mlle. Clairon, & l'on continue à se flatter de la voir reparoître.

28 *Mars.* M. de Monclar, Procureur-général du Parlement de Provence, avoit fait un Mémoire pour établir les droits du Roi sur Avi-

gnon & le Comtat Venaiſſin. Ce Mémoire étoit imprimé à Paris ; & il en avoit déja tranſpiré quelques exemplaires : mais le St. Pere inſtruit de cet écrit, a demandé vraiſemblablement qu'il ne ſoit pas répandu, & M. le Duc de Choiſeul en a fait porter toute l'Edition au Louvre. Ce Miniſtre a tellement à cœur de donner cette ſatiſfaction à S. S., que M. Caperonnier, de la Bibliotheque du Roi, en ayant demandé un exemplaire pour y être dépoſé, M. le Duc de Choiſeul lui a répondu que cela ne ſeroit point.

Ceux qui ont lu cet écrit, aſſurent que c'eſt un détail très circonſtancié de toutes les manœuvres des Papes pour extorquer ces Domaines, & qu'on y dévoile des myſteres d'iniquité qu'il eſt de l'intérêt du Saint Siege de laiſſer dans les ténebres. Le fond eſt au ſurplus ſoutenu de toute la force d'un ſtyle plein & vigoureux; ce qui rend le Mémoire très précieux par lui-même, indépendamment de ſa rareté.

30 *Mars* 1770. On a trouvé ces jours derniers à Nôtre-Dame, affiché à la chapelle de l'Abbé Griſel, arrêté dans le procès de Billard, où il ſe préſente journellement une grande affluence de monde pour ſavoir de ſes nouvelles, un écriteau portant ces mots : *Relâche au théâtre.* Ce quolibet ſacrilege a fait frémir les premieres dévotes qui l'ont lu : on en a inſtruit le Chapitre, qui a fait arracher l'écriteau, & on l'a dépoſé au Greffe du Bailliage, ſans autre formalité.

31 *Mars.* *Epitre de M. de Voltaire, à un ami, ſur ſa nomination à la dignité de Pere Temporel des Capucins du Pays de Gex, & ſur la Lettre d'affiliation à cet Ordre, qui lui a été écrite par le Général.*

Il eſt vrai, je ſuis Capucin;
C'eſt ſur quoi mon ſalut ſe fonde.
Je ne veux pas, dans mon déclin,
Finir comme les gens du monde.
Mon malheur eſt de n'avoir plus,
Dans mes nuits, ces bonnes fortunes,
Ces nobles graces des élus,
Chez mes confreres ſi communes.
Je ne ſuis point Frere Frapart,
Confeſſant ſœur Luce ou ſœur Nice;
Je ne porte point le cilice
De Saint Griſel, de Saint Billard.
J'acheve doucement ma vie :
Je ſuis prêt à partir demain,
En communiant de la main,
Du bon curé de *Mélanie*.
Dès que Monſieur l'Abbé Terrai
A ſçu ma capucinerie,
De mes biens il m'a délivré :
Que ſervent-ils dans l'autre vie ?
J'aime fort cet arrangement :
Il eſt leſte & plein de prudence.
Plût-à-Dieu qu'il en fit autant
A tous les Moines de la France [V].

I. *Avril* 1770. Il paſſe pour conſtant que M. le Chancelier, à qui les Repréſentations des Commiſſaires de Tréguier, dont on a parlé, avoient été adreſſées, les a renvoyées ſans les montrer au Roi; qu'il a écrit à ces Meſſieurs, que le meilleur fervice qu'il pût leur rendre étoit de ne point faire mention de cet écrit auprès de S. M. Cependant les auteurs n'en ont pas jugé de même, puifqu'il en tranfpire des copies. Il paroît qu'elles font la plus grande fortune dans le public, & qu'on les regarde comme un chef-d'œuvre de logique & d'éloquence. On fe les arrache ; on les copie ; on les multiplie de façon à ne point laiffer périr ce beau morceau, où font renfermés en bref tous les principes qui conftituent le véritable Etat Monarchique ; principes dont on s'eft fi fort écarté depuis quelque tems, qu'ils font devenus un problême pour bien des gens. On attribue l'ouvrage à un Avocat de Bretagne.

3 *Avril* 1770. M. Saurin, de l'Académie Françoife, ayant adreffé à M. de la Harpe des vers extrêmement fades & doucereux fur fa *Mélanie*, un inconnu a parodié ces vers, & s'eft fervi des mêmes rimes ponr préfenter l'inverfe des mêmes penfées.

Vers de M. Saurin.

Pour la fixieme fois, en pleurant *Mélanie*,
Mon admiration fe mêle à ma douleur :
Ton Drame fi touchant, tes vers pleins d'harmonie,
Rétentiffent encor dans le fond de mon cœur.
    Pourfuis ta brillante carriere :
Appelé par la gloire, on t'y verra voler.
Tu nous confoleras quelque jour de Voltaire ;
Si quelqu'un toutefois peut nous en confoler.

Parodie.

J'ai lu plus d'une fois ta trifte *Mélanie*,
Et je n'ai reffenti ni trouble ni douleur :

De tës vers fi corrects la pefante harmonie
A frappé mon oreille & non touché mon cœur.
    En vain tu pourfuis ta carriere.
Sans ailes, à la gloire on ne peut pas voler,
Nous pleurerons longtems la perte de Voltaire,
S'il ne refte que toi pour nous en confoler.

5 Avril 1770. M. le Duc d'Aiguillon fe trouvant chez le Roi, on prétend que S. M. parut inquiette de fa fanté, lui demanda s'il ne fe portoit pas bien & remarqua qu'il lui paroiffoit jaune. On affure que le Duc de Noailles, en poffeffion de tout facrifier à fes bons mots, dit : *Ah ! Sire, Votre Majefté voit toujours les gens bien favorablement, car le Public le trouve bien noir.*

6 Avril. Le Sr, Darigrand eft un Avocat fort renommé dans fon genre. Il eft fpécialement voué aux affaires qui intéreffent les droits du Roi, & c'eft le fléau des Fermiers généraux. Comme il a été anciennement à leur fervice, il connoît tous les détours, tous les fubterfuges, toutes les vexations du métier. Ce zele infatigable à combattre les Traitans lui a fait beaucoup d'ennemis. Enfin il a été déféré à l'Ordre, comme ayant prévariqué dans les fonctions de fon état, comme coupable de s'être prêté à des chofes illicites, comme fufceptible de corruption, d'efcroquerie, &c. Son affaire a été jugée mardi par fes confreres affemblés. Plus de cent ont perfifté à le trouver innocent, malgré 13 qui le jugeoient coupable. La féance s'eft terminée par reconnoître qu'il n'étoit point dans le cas d'être rayé du Tableau, mais bien d'être rappelé par le Bâtonnier à une délicateffe de fentimens, dont fon éducation ou fa façon de penfe

ne lui avoient peut-être pas fait affez connoître
l'importance, mais effentielle à la noble proffeffion
qu'il exerçoit.

7 Avril 1770. Il paroît très furtivement encore,
un *Mémoire de M. le Comte de Lauraguais fur la
Compagnie des Indes, dans lequel on établit les
droits & les intérêts des Actionnaires, en réponfe
aux compilations de M. l'Abbé Morellet.*

L'ouvrage eft précédé d'une Epître dédicatoire
au Comte de Lauraguais même, où l'Editeur, après
l'avoir encenfé, lui avoue fon larcin, & bénit l'infidélité faite à ce Seigneur, en livrant au Public
ce Mémoire, monument durable de fon zele pour
les Actionnaires, & de fon courage à défendre
leurs droits & leurs propriétés.

8 Avril. La Défenfe du Clergé par M. l'E-
vêque du Puy eft extrêmement rare. M. le Lieutenant général de Police ne laiffe point percer
d'exemplaires de cet ouvrage, qu'il fent devoir extrêmement déplaire au Parlement. Au furplus, c'eft
peut-être la feule maniere de faire rechercher cet
ouvrage fec & froid. C'eft mal à propos qu'on a
dit qu'il n'y avoit pas mis fon nom. Il y eft très
parfaitement.

9 Avril. Le livre de M. de Lauraguais eft
divifé en trois parties. La premiere eft précédée d'une
longue Préface, où l'auteur diftribue des coups de
patte à droite & à gauche, avec cette vérité &
cette légéreté qu'on lui connoît. Il y établit, entr'autres chofes, un Dialogue entre l'Abbé Morellet & M. Boutin, qui couvre l'un & l'autre
d'un ridicule complet. Enfuite il s'attache plus particuliérement à la réponfe de l'Abbé Morellet à
M. Necker. Il la diffeque phrafe à phrafe, & en
fait la plus hideufe anatomie.

Dans la seconde partie, M. de Lauraguais donne
un abrégé du Système, des Notes historiques sur
la Banque, & les Edits du Roi, concernant la
Compagnie. Ces divers objets sont prouvés, ap-
puyés, développés, 1º. du Mémoire de M. Des-
marets; 2º. de l'abrégé du Système de M. Dutot;
3º. d'une suite de faits qui montrent la Compagnie des Indes liée dès sa naissance à la Banque,
& d'où les Actionnaires verront naître tout ce
qui les intéresse. Dans le cours de cette Partie, le
terrible adversaire ne perd jamais son ennemi de
vue. Il relève infatigablement les bévues, ses erreurs, ses réticences, ses falsifications, ses contradictions, en un mot, la mauvaise foi soutenue,
& son dévouement servile aux impulsions de M.
Boutin.

Enfin la 3º. Partie renferme *Discussion & Ré-
sultat des droits des Actionnaires*, qui en prouve
la certitude & l'étendue, contradictoirement toujours aux assertions & aux preuves prétendues de
l'Abbé Morellet. L'auteur fait voir par le Procès-
verbal des réponses de l'interrogatoire subi au Parlement le lundi 21 Août, par l'Administration de
la Compagnie & les Députés du Commerce,
ensemble par les représentations de cette Cour,
concernant le même objet, que toutes les induc-
tions qu'en tire cet Ecrivain en sa faveur, sont
fausses & à son désavantage. Tel est le résumé de
cet ouvrage fort rare, où l'ingénieux Seigneur crible
impitoyablement son adversaire de sarcasmes con-
tinus & toujours nouveaux. On pourroit peut-être
mettre plus de logique dans un pareil écrit, mais
sûrement moins d'esprit.

10 *Avril* 1770. Il y a une grande fermentation
parmi les gens de Lettres à l'occasion du projet fia-

gulier de quelques enthousiastes de M. de Voltaire, qui ont proposé de faire ériger une statue à ce grand Poëte dans la Salle nouvelle de Comédie Françoise, qu'il est question de construire, sans que l'emplacement en soit encore arrêté. Ils ont cru que le monument dont on a parlé, seroit placé-là mieux qu'ailleurs, puisque ce lieu est le principal théâtre de sa gloire. Ils ont toujours commandé à compte la statue au Sr. Pigal. Elle sera en marbre, & l'on prétend que le marché est conclu à dix mille francs. On veut que cela se fasse par une souscription, ouverte seulement aux gens de Lettres. C'est M. d'Alembert qui est chargé de recueillir l'argent. On ne doute pas que la somme ne soit bientôt complette.

11 *Avril* 1770. *Vers de M. de Voltaire à Madame la Duchesse de Choiseul, sur la suspension des travaux de Versoy, nouvelle Ville, que M. le Duc de Choiseul faisoit construire près de Genève, comme on l'a annoncé, il y a plusieurs années, & qui devoit se nommer Choiseul la Ville.*

Madame, un héros destructeur
N'est à mes yeux qu'un grand coupable :
J'aime bien mieux un fondateur.
L'un est un Dieu, l'autre est un Diable.
Dites-bien à votre mari,
Que des neuf filles de mémoire
Il sera le vrai favori
Si de fonder il a la gloire.
Didon, que j'aime tendrement,
Dont le nom vivra d'âge en âge,

La belle qui fonda Carthage ;
Avoit alors beaucoup d'argent.
Si le vainqueur de la Syrie
Avoit eu pour Surintendant
Un Conseiller au Parlement ,
Nous n'aurions pas Alexandrie.
Envoyez - nous des Amphions,
Ou nos peines seront perdues :
A Versoy nous avons des rues,
Et nous n'avons pas de maisons.
Sur la vertu , sur la justice ,
Sur les graces , sur la douceur
Je fonde aujourd'hui mon bonheur,
Et vous êtes ma fondatrice.

12 *Avril* 1770. On a déjà composé l'inscription pour la statue projettée de M. de Voltaire. Elle portera : *à Voltaire, pendant sa vie : Par les Gens de Lettres, ses compatriotes & ses contemporains.*

13 *Avril.* La ville fait redoubler les travaux des préparatifs pour les fêtes qu'elle se propose de donner à l'occasion du mariage de M. le Dauphin. On déblaye la Place de Louis XV, où l'on a dit que devoit être le feu d'artifice, & l'on met les deux gros pavillons en état de figurer par les ornemens, avec l'illumination qu'ils doivent recevoir. Quant à celle des Boulevards, il paroît qu'on a changé la forme dont elle seroit ; & qu'on y a substitué 360 lanternes à reverbere, qui donneront une clarté très-brillante. Cela s'accordera mieux avec la foire franche qui doit y durer neuf jours,

& garnir abfolument le Boulevard depuis la porte
St. Honoré jufqu'à la porte St. Antoine; ce qui
donne lieu à un de ces quolibets dont le François
affaifonne fes plaifirs & fe confole de fes difgraces.
On fait que M. de Bernage, aux deux mariages
de feu M. le Dauphin, avoit fourni beaucoup de
mangeailles au peuple, & entr'autres au fecond,
avoit fait promener des chars avec des Cornes d'a-
bondance, d'où fe jettoient les cervelats, les fau-
ciffons, &c. & autres rocambolles pour les gour-
mands. On dit que *celui-là avoit donné des in-
digeftions, & que celui-ci donnoit la foire.*

14 *Avril* 1770. C'eft dans une Société particuliere
qu'a été enfanté le projet d'ériger à M. de Voltaire la ftatue dont on a parlé, entre M. d'Alembert, l'Abbé Raynal, &c. & autres enthoufiaftes
de ce grand homme. La claufe, de n'admettre à
la foufcription que des gens de Lettres François,
eft fi expreffe, que les particuliers même, à la table
defquels, dans la gaîté d'un Champagne riant, ces
Meffieurs ont propofé cette heureufe idée, ont
l'humiliation de ne pouvoir en être, faute d'a-
voir quelque ouvrage, bon ou mauvais, à produire; car on n'eft pas difficile fur la qualité ni
fur la quantité. Et il y a été arrêté que tous les
Membres de l'Académie Françoife feroient tenus
pour bons, quoique plufieurs n'euffent fait que
d'affez mauvais difcours de reception. Pigal, de
fon côté, s'anime & s'évertue pour produire un
chef-d'œuvre digne du héros Littérateur qu'il eft
chargé de tranfmettre à la poftérité, & dont il
efpere à fon tour être célébré dans quelque Epître. Il affure que fi l'exécution répond à fes defirs, il fe regardera comme le plus heureux des
Artiftes; mais que fi l'ouvrage ne répond pas au

chef- d'œuvre qu'il imagine, il en mourra de douleur.

15 *Avril* 1770. Une cérémonie merveilleufe qui
s'exécute de tems immémorial la nuit du Vendredi
au Samedi Saint à la Sainte-Chapelle, a eu lieu
à l'ordinaire, avec une affluence prodigieufe de
Spectateurs. C'eft à minuit que fe rendent en cette
Eglife tous les poffédés qui veulent être guéris
du diable qui les tourmente. M. l'Abbé de Sailly,
Grand' Chantre de cette Collégiale, les touche
avec du bois de la vraie Croix. Auffitôt leurs
hurlemens ceffent, leur rage fe calme, leurs
contorfions s'arrêtent & ils rentrent dans leur état
naturel. Les incrédules prétendent que ces éner-
gumènes font des mendians qu'on paye pour jouer
un pareil rôle, & qu'on exerce de longue main.
Mais on ne peut croire que des Miniftres de la
Religion fe prêtaffent à une comédie fi indécente.
Tout au plus, peut-être, à defaut de vrais poffédés, auroit - on recours à ce pieux ftratagême
pour ne pas laiffer interrompre la croyance des
fideles, à un miracle fubfiftant depuis tant de fiecles & fi propre à les raffermir dans leur foi
ébranlée de tant de parts aujourd'hui. Heureufement, les poffédés font fi communs que fans
doute il n'eft pas befoin d'en préparer de factices.

16 *Avril.* Il paroît un Mémoire du Sr.
Billard, écrit avec ce même efprit de fanatifme
qui femble être depuis longtems le principe de
toutes fes actions. En avouant fes malverfations,
il veut les juftifier & rendre en quelque forte
le ciel fon complice, par le bandeau épais que
la Providence, fuivant lui, avoit jetté fur les
yeux de fes fupérieurs. Il affure que fes erreurs
étoient fi claires, que fans un miracle d'aveuglement

ment de leur part , il n'eft pas de jour où ils
n'euffent dû s'en appercevoir ; que depuis plufieurs années il ne rendoit pas un compte , il ne
préfentoit pas un bordereau , qui ne dépofât contre & n'adminiftrât des preuves évidentes de fes
infidélités. Il en conclut qu'il avoit droit de fe
regarder fous la garde de Dieu même , d'autant plus
que fa diftraction de deniers n'étoit pas pour favorifer le libertinage , pour fomenter des paffions
criminelles , pour afficher un luxe infolent , mais
pour faire des charités , des bonnes œuvres , pour
foutenir enfin les défenfeurs & les martyrs de la
religion. Ce Mémoire manufcrit , dénué de toute
citation des loix , ou d'avis de Jurifconfultes , mais
fort de textes de l'Ecriture Sainte & de décifions
des Cafuiftes , eft dans un genre fi fingulier , qu'on
feroit tenté de le regarder comme le fruit du loifir
de quelque plaifant , s'il n'étoit foutenu d'un détail
de faits & de particularités très propres à lui donner
le caractere de l'authenticité.

20 *Avril* 1770. L'Académie Royale de Mufique doit ouvrir fon Théâtre par *Zaïde* , Ballet
en trois actes , précédé d'un Prologue. La Mufique
eft de Royer , & les paroles font de La Marre.

21 *Avril*. M. Boutin vouloit intéreffer les In-
tendants des finances , fes confreres , à demander
juftice en corps de la maniere outrageante dont
un Commiffaire de la Compagnie des Indes eft
traité dans le Mémoire de M. le Comte de Lauraguais , dont on a parlé. On ne fait fi les autres
fe font joints à l'offenfé , mais fur les follicitations
faites auprès de M. le Contrôleur général , celui-ci
a remis le livre entre les mains du Roi , afin que
S. M. pût en juger en connoiffance de caufe. Il
paroît qu'Elle a traité tout cela de bagatelle , puif-

Tome V.   E

que M. le Comte de Lauraguais n'a point été à la Baftille, comme l'exigeoit M. Boutin, & que par les propos qu'on rapporte du Roi à cette occaſion, le plaignant n'eſt pas ſans beaucoup de torts dans l'affaire qui a donné lieu à la ſortie en queſtion. Bien des gens même le regardent comme perdu ſans reſſource. Ce qu'il y a ſûrement de fâcheux pour lui, c'eſt que l'éclat que fait à la Cour cette querelle, donne au Mémoire une publicité qu'il n'auroit pas eue. Depuis que le Roi en a eu communication, tous les Miniſtres, tous les Princes, tous les grands Seigneurs veulent lire cet ouvrage, qui juſqu'ici n'étoit intéreſſant que pour les Actionnaires, & étoit très peu répandu.

On écrit de Châlons qu'on avoit ſaiſi un ballot de 12,00 Exemplaires de ce Mémoire, ce qui va le rendre fort cher dans ce pays-ci.

Au ſurplus, ce qui juſtifie M. le Comte de Lauraguais, même ſur le procédé, c'eſt que le manuſcrit paroît lui avoir été dérobé, avoir été imprimé ſans ſon aveu, & qu'il ne ſe ſeroit certainement pas permis la licence ſans exemple de laiſſer le nom de *Boutin* en toutes lettres, répété une infinité de fois dans le livre, s'il eut préſidé à l'impreſſion.

23 *Avril* 1770. Inſcription pour la Porte Dauphine du côté de l'Eſplanade.

Auguſtiſſimæ Delphinæ,
Mariæ Ant. Joſ. Joan. Auſtriacæ,
Inter Civium plauſus
Urbem ingredienti
Die Menſis Maii, Anno 1770,

Arcum hunc triumphalem
Ejus infignitum nomine
Senatus , Populufque Cathalaunenfis.

D. V. C.

Infcription du côté de la Ville.

PORTE DAUPHINE.

» Ce Monument a été élevé par les foins de
» M. Rouillé d'Orfeuil , Intendant de la Provin-
» ce , lors du Paffage de Madame la Dauphine ,
» mariée à Verfailles le . . . du mois de Mai
» 1770 «.

Telles font les deux Infcriptions qu'on écrit de
Châlons avoir été adoptées par la ville pour le
monument dont on a parlé, & qu'on efpere devoir être prêt au tems prefcrit.

Ces infcriptions font de la compofition d'un
Chanoine, membre de la Société Littéraire de la
même ville. On ajoute que M. l'Abbé *Befchefer*
(c'eft fon nom) s'eft muni avant de l'approbation de Mrs. de l'Académie des Belles-Lettres,
qu'ils l'ont extrêmement loué de fon talent pour
le ftyle lapidaire, & qu'ils n'ont rien trouvé à
changer à fa production. On en eft fi content ,
qu'on voudroit bien le déterminer à travailler
auffi pour la nouvelle Salle de comédie de la
même capitale & lever les fcrupules qui l'arrêtent.

24 *Avril* 1770. Les Comédiens François ont
ouvert hier leur Théâtre fur la Salle des Tuilleries , que quitte l'Académie Royale de Mufique.
Cette tranflation, qu'on croyoit devoir être fort
tumultueufe dans ce pays-ci, où tout fait époque
& excite la curiofité, n'a eu rien d'extraordinaire ,

E 2

que beaucoup de critiques auxquelles elle a donné lieu. La différence du genre des Spectacles exigeoit nécessairement du changement, & l'on a jugé digne de la magnificence royale de faire supporter ces frais par S. M. La précipitation qu'on a mise à ce bouleversement, peut seule excuser les restaurateurs de la Salle. On leur reproche des bévues énormes de toute espece, mais surtout d'avoir rompu l'harmonie qui régnoit dans la distribution des loges, pour en augmenter le nombre; d'avoir reculé le Théâtre, ce qui produit l'effet le plus révoltant, prolonge trop la Salle, & la rend très sourde pour le fond de l'Amphithéâtre. Ce sont les Menus qui ont présidé à ces changemens, de concert avec les Comédiens, que l'intérêt seul a guidés. La fureur des petites Loges fait dénaturer les formes les plus convenables, pour y substituer des commodités particulieres qui dégradent la noblesse du spectacle. On ne peut que plaindre les artistes, forcés de s'asservir à tant de petites prétentions, qui enchaînent les talens & les énervent.

24 *Avril* 1770. *Séance publique de l'Académie des Belles Lettres.* Aujourd'hui l'Académie des Inscriptions & Belles Lettres a fait sa rentrée publique d'après Pâques. Il n'y a point eu de distribution des Prix, & l'on a seulement distribué un Programme pour celui de la St. Martin 1771.

Il est question d'examiner *quels furent les noms & les attributs divers de Junon chez les différens peuples de la Grece & de l'Italie? Quelles furent l'origine & les raisons de ces attributs?*

M. le Marquis de Paulmy, Directeur, ayant donné le signal, M. le Beau, Secrétaire, a ou-

vert la Séance par l'*Eloge de feu M. l'Abbé Vatry*, *Penfionnaire de la dite Académie*. La vie
de ce Savant, peu féconde en événemens & en
ouvrages, ne fournissoit pas beaucoup à l'hiftorien. Après un développement des progrès de fon
héros dans la Littérature antique, il a pefé particu-
lièrement fur la circonftance de cette Vie, la plus
intéressante pour le Philofophe, & la plus affli-
geante pour l'humanité; c'eft le tableau des ravages
qu'une attaque d'apoplexie fit dans les organes de
M. l'Abbé Vatry, qui a furvécu treize ans encore
à cet accident, pendant lequel efpace il éprouva
plus de foixante rechûtes, fans être dans une im-
bécillité entiere, fans même avoir perdu aucune
de fes connoissances, réfultat principalement de
fa mémoire. Il régnoit une telle confufion dans
fon cerveau, qu'il n'étoit plus maître de produire
des idées & qu'elles fortoient malgré lui difparates
& fous les formes les plus bifarrés. Du François,
du Latin, du Grec, &c. fe plaçoient l'un à côté
de l'autre. La tête de ce Savant, en un mot,
n'étoit plus qu'un vafte garde-meuble, d'où l'on
tiroit alternativement des étoffes magnifiques &
des guenilles.

A cette Vie a fuccédé un *Mémoire* de M. le
Roi, *fur la Marine des Anciens*. L'Académicien
n'a traité dans cette Séance que celle des Phéniciens & des Egyptiens, les premiers navigateurs
connus; car il n'a point voulu remonter jufqu'à
l'Arche de Noé, chef-d'œuvre d'une main divine,
& auquel il ne faut pas comparer les foibles ouvrages des mortels.

M. de Chabanon a pris la parole après M. le
Roi, & a lu *la traduction en profe de la huitieme
Ode Pythique de Pindare*. C'eft la fuite de la

tâche que s'est impofée l'Académicien de mettre
en françois cet auteur, qui auroit d'abord befoin
d'être traduit dans fa propre langue. Malgré tous
les foins de M. de Chabanon pour faire fentir
une fuite & une liaifon dans le galimathias de fon
modele, on n'y trouve encore qu'un mêlange
difparate d'images & de morale, de defcriptions
& de préceptes, d'écarts fols & d'apophtegmes
froids. L'auteur fent fi parfaitement les défauts de
fon Poëte, qu'il a encore ajouté des Notes à fon
Ode, pour en éclaircir le texte, vraiement intra-
duifible, & qui fera moins de fortune que jamais
dans ce fiecle de goût méthodique & raifonné.

Un *Mémoire fur les Edits des Romains, &
fur l'influence qu'ils eurent dans leur Jurifprudence,* étoit la production naturelle d'un Profeffeur en Droit, tel que M. Bouchaud, Membre
auffi de cette Académie. Cette matiere, affez
abondante pour fournir à un Traité complet, ne
pouvoit être embraffée toute entiere, à beaucoup
près, dans une féance auffi courte. L'auteur s'eft
contenté d'agiter deux queftions : Les Magiftrats
feuls avoient-ils droit de rendre des Edits chez
les Romains ? Ce droit étoit-il attaché à la puiffance coactive, ou fimplement au droit honori-
fique ?

M. Dupuy a fini la Séance par la lecture d'un
Mémoire d'une Littérature infiniment plus agréable & à la portée de tous les auditeurs. Il eft de
M. l'Abbé le Batteux. Ce Savant, homme de
goût en mêmé tems, a entrepris de réunir enfemble les quatre Poëtiques faites dans les quatre âges
les plus brillans pour les Arts & pour les Sciences ; celle d'Ariftote, compofée au fiecle d'Alexandre ; celle d'Horace, au fiecle d'Augufte ;

celle de Vida, contemporain de Léon X; & enfin celle de Delpréaux, écrite fous Louis XIV.

A la fin de cette lecture, M. de Paulmy ayant obfervé qu'il étoit près de cinq heures un quart, a dit qu'il étoit inutile de commencer autre chofe, & a rompu la féance, qui, dans la regle, n'auroit dû finir qu'à cinq heures & demie.

25 Avril 1770. Affemblée publique de l'Académie Royale des Sciences. L'Académie Royale des Sciences a fait aujourd'hui fa rentrée d'après Pâques.

Le Sr. de Fouchy, Secrétaire, a commencé la féance par annoncer que l'Académie n'avoit pas encore été affez fatisfaite des Mémoires qui lui avoient été envoyés pour le Prix propofé d'abord pour 1768, & remis pour 1770 avec une fomme double, dont le fujet étoit de perfectionner les méthodes fur lefquelles eft fondée la théorie de la Lune, de fixer par ce moyen celle des équations de cette planette, qui font comme incertaines, & d'examiner, en particulier, fi l'on peut rendre raifon par cette théorie, de l'équation féculaire du mouvement moyen de la Lune. Que cependant, comme il y avoit d'excellentes chofes dans certains ouvrages, & que le principal défaut étoit de n'avoir pas fuivi des méthodes affez aftronomiques dans les objets propofés, l'Académie, toujours jufte, avoit adjugé la moitié du prix à un ouvrage dont les auteurs étoient conjointement les Srs. Euler, pere & fils; & que l'autre moitié feroit jointe au Prix de 1772, pour lequel on propofoit de nouveau le même fujet, qu'on avoit à cœur de difcuter à fond & auffi parfaitement qu'il feroit poffible.

Le même Secrétaire ajouta que l'Académie

E 4

n'avoit publié depuis Pâques 1769 que la seule
description de *l'Art du Tailleur*, publiée par M.
de Garsault.

Ensuite; la poitrine de l'orateur ne lui permet-
tant pas de continuer, on a lu pour lui *l'Eloge
du Sr. Jars*, Membre de cette Académie depuis
peu de tems, mais qui, par ses travaux, longs,
soutenus & utiles, auroit mérité d'y être admis
beaucoup plutôt. Il avoit beaucoup voyagé : il
s'étoit adonné à l'étude des Mines; il étoit en
tournée de visites de Manufactures par ordre du
Gouvernement, lorsqu'il est tombé grièvement
malade, & est mort au lit d'honneur, comme
un héros sur la brêche. Ce Savant laborieux a eu
le mérite rare d'être Académicien, même après
sa mort, & d'occuper les Séances par plusieurs
Mémoires posthumes. Sa vie privée n'offroit aucun
trait particulier; c'étoit un homme modeste &
obscur. L'historien, qui a souvent le défaut de
prodiguer trop les fleurs sur les cendres des dé-
funts, a écrit cet Eloge avec une simplicité convenable au sujet, & avec la rapidité digne des
courses de ce voyageur infatigable.

Alors M. Morand, pere, a pris la parole; il
a fait part à l'assemblée d'une Suite historique de
*Recherches sur les conformations monstrueuses des
doigts de l'homme, & surtout sur les individus
à six doigts.*

A cette lecture a succédé celle d'un Mémoire
du Sr. Guettard, concernant un projet de donner
une *Nouvelle Géographie de France en Cartes
Minéralogiques.*

Pour couper ces lectures seches & fastidieuses
pour une grande partie des Auditeurs, M. le Marquis de Paulmy a lu l'Eloge de M. le Duc de

Chaulnes , Membre honoraire de cette Académie ,
toujours de la compofition du Sr. de Fouchy. Ce
dernier eft entré d'abord dans un grand détail des
fervices militaires du défunt & de fes différens
grades, acquis & mérités à jufte titre. Toute
cette partie hiftorique , que peu de gens avoient
préfente , a fait plaifir & a paru neuve à bien
des égards. Enfuite l'Orateur a traité plus particuliérement la partie favante de M. le Duc de Chaulnes. Il a fait voir qu'il étoit auffi grand Académicien que bon Militaire , & que fes exploits
fcientifiques en tems de paix rempliffoient à merveille le tems que lui laiffoit la fin de fes expé-
ditions belliqueufes. Ce Seigneur s'étoit adonné
furtout à la Chymie , à l'Hiftoire Naturelle. Il
avoit compofé un fort beau Cabinet dans ces deux
parties ; mais il ne s'en tenoit pas à l'oftentation
& à la parade de la fcience , il produifoit auffi , &
a enrichi les Mémoires de l'Académie de plufieurs
ouvrages de fa compofition.

Le panégyrifte n'a point oublié de peindre les
mœurs , le caractere , l'ame ferme & philofophique de fon héros. Il n'a point diffimulé qu'il
avoit effuyé des chagrins longs & vifs , qu'il avoit
foutenus avec une conftance peu commune , mais
qui n'avoient pas moins pris fur fon tempéramment
bien conftitué & robufte , qui l'avoient miné infenfiblement & l'avoient conduit au tombeau dans
la force de l'âge.

Le Sr. de Fouchy a élevé davantage le ton dans
cet Eloge : animé par fon fujet il y a répandu
plus de graces & plus d'efprit que dans celui du
Sr. Jars. On eut feulement defiré qu'il eût fait
une mention particuliere de Madame la Duchefle
de Chaulnes , qui , par fon attachement pour fon

E 5

mari, & plus encore par la profondeur de fes connoiſſances & la hauteur de ſon génie, pouvoit être louée dans ce Temple des Sciences ſans qu'on y trouve à redire.

Le Sr. Tenon a continué la Séance, en liſant un écrit ſur de nouvelles découvertes qu'il prétend avoir faites dans la conformation & l'uſage des dents du cheval.

Quoique l'heure s'avançât, le Directeur a permis au Pere Pingré d'entamer la lecture de ſes Obſervations Géographiques, Aſtronomiques, pour l'examen des montres marines de nos artiſtes françois, exécuté dans un voyage entrepris à cet effet ſur un bâtiment du Roi, dont les Gazettes ont parlé dans le tems. Cette relation longue n'a point été achevée, & l'on a fermé la bouche à l'Académicien environ après un quart-d'heure de lecture.

27 *Avril* 1770. M. l'Abbé Nollet, Membre de l'Académie des Sciences, très renommé pour ſes expériences de Phyſique Expérimentale, eſt mort avant-hier matin preſque ſubitement.

29 *Avril.* Il y a eu ces jours derniers ſur l'ancien Théâtre de la Comédie Françoiſe une Répétition d'*Athalie*, telle qu'elle doit être exécutée à Verſailles, c'eſt-à-dire avec les Chœurs. Le bruit qui couroit depuis quelque tems ſur Mlle. Clairon, s'eſt réaliſé. Madame la Ducheſſe de Villeroi a réinſtallé elle-même dans ſes fonctions l'Actrice, qu'elle avoit amenée avec elle, & les ſpectateurs ont vu avec la plus grande ſatisfaction reparoître cette Divinité de la ſcene. On aſſure que dans cet eſſai, très informe, elle a paru plus héroïque que jamais, & a développé une

majefté théâtrale qui en a impofé à toute l'Affemblée.

Les Chœurs qu'on y a exécutés en Mufique,
ne font pas de l'Abbé Gauzargue, comme on le
comptoit. On croit qu'il n'a pas voulu y travailler, par quelques tracafferies affez ordinaires dans
ce tripot. Quoi qu'il en foit, on y a adapté divers morceaux de mufique, tirés d'Opéra connus,
& l'on fe loue furtout d'un morceau d'invocation
d'*Ernelinde*, qui a fait le plus grand effet.

Malgré le fuccès de Mlle. Clairon, les partifans de Mlle. Dumefnil ne font pas moins vivement affectés du triomphe de la premiere. Ils fe
confolent par l'efpoir que l'autre ne fera pas tout-
à-fait exclue. Le bruit court que Madame Dubarri veut être fa protectrice, & a demandé
qu'*Athalie* fût jouée alternativement par les deux
Actrices.

D'un autre côté, on fait que fi Mlle. Clairon
rentre au Théâtre, ce ne fera que pour faire les
rôles de Mlle. Dumefnil; qu'elle ne fe fent plus
affez jeune pour ceux d'Amoureufes, & qu'elle
a profité de fa retraite pour étudier & raifonner
tous ceux dont elle veut fe mettre en poffeffion.

2 *Mai* 1770. On écrit de Metz que M. de Valdahon, dont l'affaire fe trouve attribuée à ce Parlement, n'eft pas jugé, comme on l'avoit annoncé;
que ce n'eft que le 8 ou le 10 de ce mois qu'on
commencera à plaider; que ce qui peut avoir
donné lieu à ce faux bruit, eft un Mémoire répandu depuis peu dans cette ville par M. le Monnier; que ce Mémoire, très-volumineux, ne fait
que répéter ce qui a été dit dans les précédens,
mais qu'il eft compofé avec beaucoup plus d'a-
dreffe, & devient ainfi beaucoup plus dangereux

E 6

qu'on y établit hardiment, comme prouvées, toutes les affertions avancées par M. le Monnier
contre la naiffance de M. de Valdahon, & foutenues de faits qu'on donne comme démontrés ;
qu'on y fuppofe, non - moins gratuitement, que
M. de Valdahon a été reconnu féducteur par le
Parlement de Befançon, & condamné en cette
qualité. D'où l'orateur tire des conféquences très-
bien déduites, & fortifiées par des plaidoyers
d'Avocats - généraux, dans des efpeces approchan-
tes, & qu'on veut affimiler en tout à celle - ci ;
que ce Mémoire enfin pourroit faire paffer M.
de Valdahon pour très - coupable aux yeux de
gens qui ne font pas au fait du procès : mais qu'on
attend avec impatience un nouveau Mémoire de
M. l'Oifeau de Mauléon, qui renverfera de fond
en comble l'édifice calomnieux de l'Avocat de M.
le Monnier ; que tout Metz, qui s'intéreffe fortement aux Amans malheureux, eft dans l'attente
de cette défenfe, d'autant plus qu'on y a une
grande idée de l'éloquence de M. de Mauléon,
qu'on fait avoir été indiqué à M. de Valdahon
par Rouffeau, comme l'homme du Barreau le plus
propre à traiter *la queftion d'entrailles*.

5 *Mai* 1770. M. le Duc de Villars, Gouverneur
de Provence, vient de mourir dans fon Gouvernement. Ce Seigneur, fils du Maréchal de ce nom,
n'avoit pas couru la même carriere & avoit bien
dégénéré de la vertu de fes ancêtres. Il étoit taxé
d'un vice qu'il avoit mis à la mode à la cour,
& qui lui avoit valu une renommée très - étendue,
comme on peut le voir dans *la Pucelle*. Du refte,
il avoit beaucoup d'efprit ; il étoit homme de Lettres, & Membre de l'Académie Françoife depuis

1734. Il étoit aimé dans son Gouvernement, où il s'étoit fort bien comporté à certains égards.

7 Mai 1770. Mémoire du Sr. Billard, Ecuyer, contre M. le Procureur du Roi. Telle est la nouvelle défense qui paroit en faveur de ce fameux hypocrite, qui est signée du Sr. Aubry, Avocat, qui est imprimée & se répand par la famille de l'accusé avec la plus grande profusion.

Cet écrit, le même, quant au fond, que celui dont on a parlé, est tout différent dans la forme. On y établit, comme dans le premier, que la déroute du Sr. Billard ne doit être attribuée ni à l'amour déréglé des plaisirs, ni à un luxe dépravé, cause trop ordinaire du renversement des fortunes. On ne lui reprochera point d'avoir abandonné des travaux nécessaires pour se livrer à des amusemens frivoles ; qu'il est avéré, qu'il est notoire, qu'il lui a été impossible de mener une vie plus modeste & plus frugale, plus retirée & plus laborieuse ; qu'on ne reconnoît dans la conduite qui a précédé sa détention aucun des traits qui indiquent de la mauvaise foi, point de créances simulées, point de souftractions d'effets, de deniers comptans, ou de titres, point de cession ni de transports à des personnes préposées ; qu'il a été libre de s'évader, mais que, loin de souftraire sa personne aux inquiétudes de ses créanciers, il a cru devoir les prévenir ; qu'il leur a déclaré, dans un tems non suspect, sa résolution de se constituer prisonnier ; que c'est à lui qu'on est redevable des différens éclaircissemens de sa gestion ; que, maître absolu de ses papiers jusqu'au moment de sa captivité, il les a conservés avec l'attention la plus scrupuleuse, & il a donné aux Administrateurs des Postes toutes les lumieres qu'ils pouvoient désirer ; qu'en un mot, si sa conduite n'a pas été d'une fidélité aussi exacte, aussi integre que l'exigeoit la confiance de ses commettans, son cœur a toujours été pur, & il ne s'est pas permis le moindre déguisement, la moindre altération, la moindre précaution frauduleuse pour les empêcher de connoître sa situation.

Mais loin d'attribuer en fanatique cet aveuglement de ses Supérieurs à une approbation spéciale du ciel, on a fait convenir le Sr. Billard d'une premiere faute, très - grâve certainement, mais qui ne dérive point d'une cupidité criminelle. Cette faute est, lors de sa nomination à l'emploi de Caissier des Postes, d'avoir emprunté des deniers de sa caisse pour le payement de ses dettes, dans la certitude que cela ne feroit aucun tort à son service, qu'il a effectivement rempli sans le moindre retard pendant quatorze années, & dans l'espoir de recueillir des bénéfices d'entreprises, dont le produit, moralement assuré, devoit être plus que suffisant pour remplir ce vuide momentané. Et quelles entreprises ! Des entreprises qui devoient procurer le bien public, & pour lesquelles seules il a toujours eu un attrait décidé.

Si le succès n'a point répondu aux espérances du Sr. Billard, son défenseur, malgré cela, prétend que l'espérance seule de parvenir à l'extinction de ses dettes empêche le Sr. Billard de succomber sous le poids de ses disgraces, & par un bilan qui présente un tableau fidele de son actif & de l'emploi de ses fonds, veut démontrer que ses vœux ne sont point chimériques.

Au reste : 1o. les circonstances qui ont précédé & accompagné la faillite du Sr. Billard, écartent invinciblement l'idée d'une banqueroute frauduleuse : 2o. les deniers qu'il a placés dans des entreprises

très-connues ne font pas des deniers Royaux,
& les Edits & Réglemens qui concernent les Fer-
mes font étrangers à l'affaire préfente : 3°. le crime
de faux ne lui peut être imputé ; ainfi il n'exifte
pas de corps de délit, & tout l'édifice de la procédure extraordinaire eft fappé par le fondement.

Ainfi le Sr. Billard n'eft point coupable de crimes qui l'expofent à fubir toute la rigueur des
Loix ; il eft dans le cas de tant de banqueroutiers
qui fe trompent dans des fpéculations trop vaftes ;
de ces Caiffiers peu délicats, qui font valoir les
deniers de leur dépôt ; pratique fi ufitée, fi connue,
qu'on regarde aujourd'hui comme imbécille tout
homme qui ne faifiroit pas cette facilité pour augmenter fa fortune. Enfin, l'affaire confidérée fous
le point de vue d'une procédure extraordinaire,
n'intéreffe pas fes créanciers, ou plutôt le procès
criminel qu'on lui fufcite eft un nouvel obftacle
à l'acquittement de fes dettes. Réduit à l'impoffi-
bilité de fuivre des entreprifes dont il connoît feul
la manutention & dont il a toujours dirigé les ref-
forts, il voit avec la douleur la plus amere fes
créanciers expofés à perdre le fruit précieux de
travaux & de dépenfes qui n'ont jamais eu pour objet
que fa libération.

Tel eft le précis de ce nouveau Mémoire, fur
lequel on s'eft étendu, par l'éclat fingulier qu'a fait
l'étrange procès en queftion. Il eft écrit avec beaucoup de fageffe & de modeftie, & il intérefferoit
en faveur du Sr. Billard, fi la haute dévotion qu'il
affichoit n'eût femblé exiger de lui une probité d'un
autre genre que celle des gens du monde ; une
morale auftere, conforme à celle de l'Evangile,
& qui n'eft pas, à beaucoup près, celle qui l'a
guidé, fuivant fon propre aveu.

Il n'eſt fait aucune mention de l'Abbé Griſel dans cet écrit, au grand étonnement des Lecteurs.

8 Mai 1770. Extrait d'une Lettre de Châlons, du 4 Mai 1770. ..... Nous attendons inceſſamment vos principaux acteurs de Paris, de la Comédie Italienne & de la Comédie Françoiſe, pour jouer devant Madame la Dauphine, *La Chaſſe d'Henri IV*, & *Lucile*, Opéra - comique. On craignoit que la cour ne déſaprouvât le choix de la premiere piece, dont on aſſure qu'elle n'a jamais voulu permettre la repréſentation dans votre Capitale; mais M. Rouillé s'eſt adroitement muni de l'approbation ſpéciale de S. M.

9 Mai. Depuis quelques jours le bruit court que Mlle. Clairon ne fera point le rôle d'*Athalie*, quoiqu'elle l'ait déjà répété; ce qui la mortifie infiniment. Mais elle paroîtra toujours dans le rôle d'*Aménaide*. On aſſure que Madame Dubarri a obtenu du Roi qu'on ne feroit pas un paſſe-droit auſſi injuſte à Mlle. Dumeſnil. D'un autre côté, Madame de Villeroi ſe donne de grands mouvemens pour empêcher ce nouvel arrangement. On connoît la paſſion extrême qu'a cette Dame pour Mlle. Clairon, & combien elle eſt zélée pour empêcher que la délicateſſe de cette Actrice ne ſoit bleſſée en rien.

11 Mai. Le plan de la nouvelle ſalle de Comédie, à conſtruire à l'Hôtel de Condé, eſt paſſé au Conſeil & ſigné. Mais on croit que le défaut d'argent pourroit bien obliger d'en revenir à celui du carrefour de Buſſi.

16 Mai. Extrait d'une Lettre de Châlons du 12 Mai .... Nous avons été tous enchanrés de Madame la Dauphine. On a exécuté pour

cette Princeſſe dans notre nouvelle Salle de Comédie , le Drame de *la Chaſſe d'Henri IV* &
l'Opéra comique de *Lucile*. Ce ſont vos excellens Acteurs de Paris qui ont joué avec le plus
grand ſuccès. La premiere piece a paru affecter vivement Madame la Dauphine , & ſon cœur
ſympathiſer avec celui du bon Prince qui en eſt
le héros . . . . . . Du reſte , la Salle eſt charmante , & peu de Provinces peuvent ſe flatter d'en
avoir une pareille . . . . . .

18 *Mai* 1770. On a joué hier pour premier ſpectacle à la Cour l'Opéra de *Perſée*. On ſait que
les paroles ſont de Quinault & la Muſique de
Lully. Malgré toutes les précautions qu'on a
priſes pour renforcer cette derniere , il a paru
ſingulier que pour début on aſſomme Madame
la Dauphine , dont l'oreille n'a entendu juſqu'ici
que les meilleurs ouvrages des grands maîtres
d'Italie , d'un récitatif françois , que l'on ſait
être inſupportable pour ceux qui n'y ſont pas
faits.

19 *Mai*. Tous ceux qui ſont entrés aux
Appartemens le jour du mariage , & au feſtin
royal ſurtout , conviennent qu'ils n'ont jamais
vu de coup d'œil auſſi miraculeux. Ils prétendent que toutes les deſcriptions qu'ils en feroient,
feroient au deſſous de la vérié , & que celles
qu'on lit dans les romans de féerie ne peuvent
encore en donner qu'une idée très imparfaite.
La richeſſe & le luxe des habits , l'éclat des
diamans , la magnificence du local , éblouiſ-
ſoient les ſpectateurs & les empêchoient de rien
détailler.

L'Opéra de *Perſée* , joué le lendemain jeudi,
avec toute la pompe & toute la magnificence

du fpectacle, n'a point eu de fuccès. On a trouvé mauvais que le Sr. Joliveau fe fût avifé de changer le poëme de Quinault, ou plutôt de le prophaner par fes corrections facrileges. On fait d'ailleurs qu'il eft effentiellement trifte, & l'on a fort cenfuré le goût de ceux qui ont affifté au choix des Spectacles, d'avoir préféré celui-ci, qui a répandu un ennui général fur toutes les phyfionomies. On a déja obfervé que le genre de la mufique ne pouvoit affecter que défagréablement les oreilles de Madame la Dauphine, accoutumées jufqu'à préfent feulement à la vivacité & à la légereté de la mufique italienne. On n'a pas trouvé que les Ballets réparaffent ce qui manquoit d'ailleurs, & les machines, qu'on avoit extrêmement vantées, n'ont point produit l'effet merveilleux qu'on s'en promettoit. En tout, l'exécution a été plus que médiocre.

21 *Mai* 1770. Le Sr. Ruggieri, l'antagonifte de Torré depuis longtems, s'eft piqué d'une nouvelle émulation depuis le fuccès du feu de ce dernier. Comme il eft chargé de celui que la Ville fe propofe de faire tirer le 31 de ce mois à la place de Louis XV, il fent qu'il eft de fon honneur de renchérir fur l'ouvrage de fon camarade. Ce qui fera fort difficile par l'étendue plus refferrée du local. Il ne peut fe diftinguer que par plus d'élégance & de propreté, forte de caractere de fes feux, qui n'ont jamais été fervis avec l'abondance, la chaleur, la rapidité de ceux de l'autre.

23 *Mai.* On a fait hier à Verfailles fur le magnifique théâtre de la cour la répétition d'*Athalie*, dans toute fa pompe & telle qu'elle doit être exécutée aujourd'hui. C'étoit depuis quelque

tems un problême ſi ce ſeroit Mlle. Dumeſnil, ou Mlle. Clairon qui feroit le rôle. La derniere l'a emporté enfin , malgré l'énormité de cette injuſtice. Mais on ne fait ſi la premiere ne ſera pas bien vengée par l'indignation générale du public contre ſa rivale , qui au demeurant a déclamé plus que ſenti ſon rôle. On n'en a nullement été content. On eſt partagé ſur les Chœurs, qui font un merveilleux effet au gré d'une partie des ſpectateurs , & qui refroidiſſent & affoibliſſent l'action ſuivant d'autres amateurs. On ſe réunit plus complettement ſur le ſpectacle & ſur les décorations , qu'on aſſure être de la plus grande beauté & d'une vérité d'imitation admirable ; ſurtout le dernier tableau a fait un effet prodigieux : cinq cent hommes ſur la ſcene , débouchant par quatre côtés ſur dix de front , ont préſenté le coup d'œil le plus impoſant & le plus terrible.

24 *Mai* 1770. On raconte un bon mot de l'Abbé Terrai au Roi , qui indique dans ce Miniſtre une préſence d'eſprit gaie , dont la Nation ne peut qu'être fort aiſe par la bonne opinion qu'elle en doit concevoir du génie & des reſſources du Miniſtre , qui , s'il n'avoit pas devers lui de quoi ſe raſſurer , ne feroit certainement pas plaiſant. On dit que S. M. lui ayant demandé comment il trouvoit les fêtes de Verſailles? *Ah , Sire,* a-t-il répondu , *impayables* !

25 *Mai.* Aucun des ſpectateurs du feu de Verſailles n'en eſt ſorti ſatisfait. Il ne répond en rien à l'idée qu'on s'en étoit faite & au proſpectus qu'en avoit diſtribué l'auteur. Cette Girande de vingt mille fuſées n'a produit aucune ſenſation , & a terminé le ſpectacle on ne peut plus

mal. On ne fait encore quelle récompenfe aura Torré : on parle de lui donner le Cordon de St. Michel, honneur qui, comme on fait, eft affecté aux talens.

27 *Mai* 1770. Voici exactement le portrait de Madame la Dauphine. Cette Princeffe eft d'une taille proportionnée à fon âge, maigre, fans être décharnée, & telle que l'eft une jeune perfonne qui n'eft pas encore formée. Elle eft très bien faite, bien proportionnée dans tous fes membres. Ses cheveux font d'un beau blond; on juge qu'ils feront un jour d'un châtain cendré : ils font bien plantés. Elle a le front beau, la forme du vifage d'un ovale beau, mais un peu allongé; les fourcils auffi bien fournis qu'une blonde peut les avoir. Ses yeux font bleus, fans être fades, & jouent avec une vivacité pleine d'efprit. Son nez eft aquilin, un peu affilé par le bout : fa bouche eft petite; fes lèvres font épaiffes, furtout l'inférieure, qu'on fait être la lèvre Autrichienne. La blancheur de fon teint eft éblouiffante; & elle a des couleurs naturelles qui peuvent la difpenfer de mettre du rouge. Son port eft celui d'une Archiduceffe; mais fa dignité eft tempérée par fa douceur, & il eft difficile, en voyant cette Princeffe, de fe refufer à un refpect mêlé de tendreffe.

30 *Mai*. Les préparatifs du feu qui doit fe tirer aujourd'ui, ont attiré quantité de curieux. Ils annoncent quelque chofe de plus marqué que celui de Verfailles, & dans fon plan, beaucoup moins étendu, on y faifit un enfemble, qui échappoit aux fpectateurs dans l'autre. La principale décoration repréfente le Temple de l'Hymen, précédé d'une magnifique Colonnade, dont les

gens qui veulent tout critiquer ont trouvé les pro-
portions manquées. Ce Temple eſt adoſſé à la
Statue de Louis XV. Il eſt entouré d'une eſpece
de parapet, dont les quatre angles ſont flanqués de
Dauphins, qui paroiſſent diſpoſés à vomir des
tourbillons de feu. Des fleuves, occupant les
quatre façades, doivent auſſi répandre des nap-
pes & des caſcades du même genre. Le Palais
eſt ſurmonté d'une pyramide terminée par un globe.
Beaucoup de pieces d'artifice ſont rangées autour
de la décoration. Après la Statue, & du côté de
la riviere, eſt un Baſtion, dont les flancs con-
tiennent le corps de réſerve de l'artifice, & d'où
ſortira le Bouquet, piece eſſentielle à une ſemblable fête, & qui doit ordinairement la terminer d'une façon à ne plus rien laiſſer à deſirer à
l'admiration.

31 *Mai* 1770. Le feu d'artifice tiré hier à la place
de Louis XV a eu les ſuites les plus funeſtes.
Outre la mauvaiſe exécution, un accident arrivé
d'une fuſée qui eſt tombée dans le corps de réſerve d'artifice dont on a parlé, qui a fait partir
le bouquet au milieu de la fête & qui a enflammé toute la décoration, a rendu ce ſpectacle fort
médiocre. Le Sr. Ruggieri n'a pas profité des
fautes de ſon antagoniſte Torré, & n'a pas les
mêmes excuſes. Outre que ſon plan étoit beaucoup moins combiné que celui de l'autre, & n'exigeoit pas la même étendue de génie, c'eſt qu'il
n'avoit pas éprouvé les mêmes contrariétés de la
part du tems, & le ciel l'avoit favoriſé entiérement.

L'accident ſurvenu au Baſtion a été fort long,
& comme on ne donnoit aucun ſecours au feu,
bien des gens ſe ſont imaginés que cet incendie

étoit un nouveau genre de spectacle, qui en effet présentoit un très-beau coup d'œil, & éclairoit magnifiquement la place, pendant qu'on formoit l'illumination.

Mais pendant ce tems il se passoit une scene infiniment plus tragique. La place n'ayant, à proprement parler, qu'un débouché dans cette partie du côté de la ville, & la foule s'y portant, indépendamment des voitures qui venoient prendre ceux qui avoient été invités aux loges du Gouverneur & de la ville, pratiquées dans les bâtimens neufs, un fossé, qu'on n'avoit point comblé, & qui s'est trouvé au passage de quantité de gens poussés par derriere, les a fait trébucher; ce qui a occasionné des cris & un effroi général. Trop peu de gardes ne pouvant suffire à contenir la presse, ont été obligés de succomber ou de se retirer; des filoux, sans doute, augmentant le tumulte pour mieux faire leurs coups; des gens oppressés mettant l'épée à la main pour se faire jour, ont occasionné une boucherie effroyable, qui a duré jusqu'à ce qu'un renfort puissant du Guet ait rétabli l'ordre. On a commencé par emporter les blessés comme on a pu, & ce spectacle étoit plutôt l'idée d'une ville assiégée que d'une fête de mariage. Quant aux cadavres, on les a déposés dans le cimetiere de la Magdeleine, & l'on y en compte aujourd'hui 133. Pour les estropiés, on n'en sait pas la quantité. M. le Comte d'Argental, Envoyé de Parme, a eu l'épaule démise; & Mr. l'Abbé de Raze aussi ministre étranger, a été renversé & est horriblement froissé & meurtri.

2 *Juin* 1770. Mercredi 30, l'Académie Royale de Musique a joué *gratis* l'Opéra de *Zaïde*

pour le peuple : vendredi premier de ce mois, les François ont donné, au même sujet, *le Tartuffe*, & *Crispin Rival de son Maître* ; & les Italiens, *le Déserteur* & *le Diable-à-quatre*.

3 *Juin* 1770. M. le Dauphin a paru fort inquiet dès le commencement du jour du premier Juin, de ce que son mois n'arrivoit pas. Il est de deux mille écus, destinés à ses menus plaisirs. On ne pouvoit deviner le sujet de cette impatience. On l'a découvert enfin par l'usage qu'il a fait de son argent. Il a envoyé la somme entiere à M. le Lieutenant général de Police, avec la Lettre suivante :

» J'ai appris le malheur arrivé à Paris à mon » occasion : j'en suis pénétré. On m'a apporté » ce que le Roi m'envoye tous les mois pour » mes menus plaisirs ; je ne peux disposer que » de cela, je vous l'envoye : secourez les plus » malheureux. J'ai, Monsieur, beaucoup d'es- » time pour vous. (Signé) LOUIS AUGUSTE.

» A Versailles, le 1er. Juin 1770 ».

Madame la Dauphine a aussi envoyé sa bourse à M. de Sartines. Mesdames en ont fait autant. Les Princes du Sang ont suivi cet exemple respectable, & des Particuliers l'ont imité. Il en est qui n'ont pas même voulu qu'on sût d'où venoient les secours qu'ils envoyoient. Les Fermiers généraux ont donné 5,000 Livres.

5 *Juin.* Le Sr. Boucher, premier peintre du Roi, vient de mourir. Depuis qu'il occupoit ce poste distingué, sa réputation avoit diminué, & il n'avoit rien fait digne de sa place. Le seul morceau qu'il avoit exposé au dernier Sallon, étoit plus que médiocre. En général, cet Artiste a joui d'une réputation précoce, & portée beau-

coup au-delà de ce qu'il méritoit. Il avoit un pinceau facile, agréable, spirituel, & peut-être trop fin pour les détails champêtres auxquels il s'étoit consacré. Toutes ses Bergères ressembloient à celles de Fontenelle, & avoient plus de coquetterie que de naturel. Son genre n'étoit pas proportionné à son rang. C'est comme si l'on donnoit le sceptre de la Littérature à qui feroit des idylles ou d'Eclogues.

6 *Juin* 1770. Les exercices des Elèves de Navigation, indiqués ci-devant sous le nom de *Jeux Pléjens*, ont recommencé avant-hier dans la même enceinte que ci-devant, mais mieux décorée, & enrichie d'une promenade agréable, qui attirera encore plus de monde à ce spectacle amusant. On a retranché le titre de *Jeux Pléjens*, comme trop scientifique, & on l'a replacé par celui d'*Exercices des Eleves de Navigation*, plus simple & plus proportionné au sujet.

7 *Juin*. C'est le Sr. Pierre, premier peintre de M. le Duc d'Orléans, qui est nommé pour remplacer le Sr. Boucher dans la place de premier peintre du Roi. Le grand genre, dans lequel s'est distingué cet Artiste, la quantité de ses ouvrages & leur mérite, quoiqu'ils ne soient pas sans défaut, le rendent beaucoup plus digne de cet honneur que son devancier.

10 *Juin*. On a donné hier sur le Théâtre de la Cour l'Opéra de *Castor & Pollux*, tant attendu. Il n'a pas répondu en tout au grand succès qu'on s'en promettoit, & le Sr. le Gros a crié plus que chanté, ce qui a nui notamment à la beauté de la Scène. Les décorations, les Ballets, l'ensemble de la Salle, tout cela formoit le plus magnifique

magnifique coup d'œil, & a paru plaire beaucoup à Madame la Dauphine.

10 *Juin* 1770. Depuis que Mlle. Clairon a paru à la cour au préjudice de Mlle. Dumesnil, il semble que ce passe-droit n'ait servi qu'à enflammer davantage le génie de cette derniere. Elle a joué différens rôles aux François avec une sublimité nouvelle & continue ; elle n'a point eu de ces disparates qui lui étoient si ordinaires, surtout depuis quelques années. Le Public, de son côté, a paru la regarder comme plus chere à ses yeux, & elle a été applaudie d'une maniere bien propre à la dédommager de la mortification dont on vient de parler.

12 *Juin.* Les Comédiens Italiens donnent demain la premiere représentation d'une piece nouvelle, ayant pour titre : Dom *Alvar &* *Mencia*, ou *le Captif de retour*, Comédie en trois actes, mêlée d'ariettes. Les paroles sont du Sr. de Cailly, Trésorier de M. le Comte d'Eu, & la musique d'un amateur peu connu. Il paroît que ce Drame n'a pas fait une grande sensation aux répétitions, tant par son intrigue romanesque, que par son harmonie décousue & sans ensemble.

14 *Juin.* Madame la Comtesse de Noailles, Dame d'honneur de Madame la Dauphine & dont les fonctions sont de guider cette Princesse dans tout ce qui est étiquette & cérémonial, voit avec peine qu'elle s'affranchisse de ses conseils, & lui fait sans cesse des représentations sur ce qu'elle se familiarise trop ; ce qui la rend peu agréable à la Princesse & au public, & ce qui donnera la clef de la chûte de la piece de vers suivante, qui, par une adresse assez heureuse,

Tome V. F

eſt tout-à-la-fois un Eloge très flatteur pour Madame la Dauphine & une Epigramme contre Madame de Noailles.

Le Bal maſqué, à Madame la Dauphine.

Quand au milieu d'une brillante cour
Aux Rois nous offrons notre hommage ;
Le reſpect ſur notre viſage
Tient lieu de maſque au tendre amour.
C'eſt pour mieux nous faire connoître
Qu'aujourd'hui nous maſquons nos traits ?
A la félicité du maître
Chacun veut applaudir de près.
Pour donner à notre tendreſſe
Le droit d'éclatter librement ,
Faut-il en ce jour d'allégreſſe
Recourir au déguiſement ?
Ce qu'il ſent hautement , le François le publie ;
Laiſſez-lui la ſincérité ;
En eſt-il un qui ne s'écrie :
Cette Dauphine , en vérité ,
Nous l'aimons tous à la folie !
Nous l'aimons ! Ce mot eſt ſi doux.
Qu'au milieu de ce peuple errant autour de vous ;
Vous vous plaiſez ſous le maſque à l'entendre ;
Vous épiez , vous cherchez à ſurprendre
L'aveu , le ſeul aveu dont les Dieux ſoient jaloux.
Si pourtant vous croyez que rien ne vous décele ,
Vous vous trompez: partout LOUIS vous ſuit des yeux ;
Ses regards attendris ſemblent dire : c'eſt elle !

Et puis cette ceinture, ornement précieux,

   Que vous portez dès l'âge le plus tendre,

Et dont vous fit préfent la mere de l'amour,

   Jamais votre Dame d'Atour ;

En vous mafquant, n'a pu vous la reprendre.

15 *Juin* 1770. Madame Geoffrin eft une Virtuofe très-connue, furtout chez les étrangers, plus enthoufiafmés de fon efprit que fes compatriotes. On fe rappelle qu'elle fit, il y a quelques années, un voyage en Pologne ; qu'elle eut l'honneur de voir plufieurs Souverains dans cette tournée, & furtout d'être admife à une audience particuliere de l'Impératrice - Reine. Cette Majefté, dans fon intimité avec elle, lui fit voir fon oratoire garni de très - beaux tableaux. Madame Geoffrin y remarqua une place vuide. Depuis fon retour en France, ayant acquis une très - belle Vierge de *Carlo Maratto*, elle a demandé à l'Impératrice-Reine la faveur de lui permettre d'envoyer ce morceau fameux à S. M. Impériale, s'imaginant qu'il figureroit très- bien dans l'endroit en queftion. Cette Souveraine a accepté le préfent, & a envoyé à Madame Geoffrin un Service très - magnifique en porcelaine.

16 *Juin.* Les vers à Madame la Dauphine font du Sr. Moreau, ci- devant Avocat des Finances, enfuite Confeiller en la Cour des Aides & Finances de Provence, & aujourd'hui Bibliothécaire de Madame la Dauphine. Il eft auteur de l'*Obfervateur Hollandois*, Ouvrage périodique, compofé en France, pendant la derniere guerre, par ordre du Gouvernement & fous fes aufpices.

16 *Juin.* Le Marquis du Terrail, (*Durey de*

F 2

Sauroy), fils d'un Tréforier de l'Extraordinaire des guerres, & qui, par des arrangemens de famille, avoit pris le nom diftingué de fa mere, iffue du Chevalier *Bayard*, eft mort ces jours derniers. C'étoit un homme qui avoit des prétentions à l'efprit. Il avoit compofé quelques pieces dramatiques, qu'il avoit eu la prudence de garder dans fon porte-feuille, mais qu'il faifoit jouer fur fon magnifique théâtre à Epinay. Il paffoit d'ailleurs pour avoir un goût très-antiphyfique. Il avoit cependant époufé depuis quelques années une jeune Demoifelle d'Uzès, mais dont il n'avoit point d'enfans. Enforte que fa fucceffion, très-opulente, retourne à M. de Coffé, fon neveu par fa mere, fœur de M. du Terrail.

16 Juin 1770. On ne ceffe pas de parler du fatal événement de la nuit du 30 au 31 dernier, & l'on attend avec impatience la rentrée du Parlement pour voir comment cette Cour traitera la chofe. On cite à cette occafion un exemple de la même efpece, mais bien inférieur pour la quantité des morts, arrivé fous Louis XI; par lequel on voit que le Prevôt des Marchands de ce tems-là fut très-févérement puni. Les défenfeurs de celui-ci rejettent la faute fur fon peu de génie; &, pour donner une idée de fa force, on rappelle la plaifanterie que dit M. d'Argenfon à M. Bignon, lorfqu'il fut nommé Bibliothécaire du Roi: *Mon neveu, voilà une belle occafion pour apprendre à lire.* C'eft à la même caufe qu'ils imputent fa fauffe démarche, d'avoir été le lendemain à l'Opéra, fous prétexte de fe juftifier vis-à-vis du Public & de démentir les faux bruits qui couroient à cette occafion.

17 Juin. Quoique le nouveau Mémoire de

M. le Duc d'Aiguillon ne doive être publié que
le mardi, jour de l'Assemblée des Pairs, on en
voit déjà quelques exemplaires dans le public.
Outre le fond de l'affaire qu'il traite, & qui est
fort curieux en lui-même, on y trouve un détail
historique & circonstancié, concernant la tenue
des Etats de Bretagne, leur origine, leurs changemens, leur police & leurs inconvéniens, qui
rendra cet ouvrage intéressant en tout tems. Il est
signé du Sr. Linguet. On connoît la plume chaude
& rapide de cet Ecrivain, & sans doute il aura
le double d'énergie & de véhémence dans une
cause aussi susceptible de grands mouvemens de
l'éloquence. On parlera plus amplement de ce
Mémoire, lorsqu'il aura acquis toute la publicité
qu'il doit avoir.

17 *Juin* 1770. Lés Comédiens François doivent
jouer incessamment une piece nouvelle, qui a déjà
été annoncée sous deux titres : *L'Homme dange-*
reux, & *le Satyrique*. On ne nomme point l'auteur de ce Drame. Bien des gens le mettent sur
le compte du Sr. Palissot : d'autres prétendent,
au contraire, qu'il est dirigé contre lui. Quoi qu'il
en soit, on en jugera au théâtre, & à l'œuvre on
connoîtra l'ouvrier.

18 *Juin.* Les Spectacles de la cour se termi-
neront mecredi par *Tancrede* & *la Tour enchan-*
tée. Il paroît que *Sémiramis* ne sera jouée qu'à
Fontainebleau. Cette *Tour enchantée* fait aujour-
d'hui l'objet de la curiosité des amateurs. C'est un
Drame à machines, dans un goût tout nouveau.
Il n'y a que trois acteurs : *La Princesse*, un *Bon*
& un *Mauvais Génie*. L'objet principal de cette
fête est de retracer les combats de l'ancienne Che-
valerie & ces magnifiques tournois dont l'histoire

F 3

nous a conservé les descriptions. Il y aura entre
autres choses quatre Chars traînés par des chevaux des Ecuries du Roi, exercés depuis longtems à cet effet. On combattra à la lance & au
sabre. La musique n'est autre chose que différens
morceaux pris de côté & d'autre, dont on a formé
un ensemble. Les paroles sont moins que rien aussi,
& ce genre de Divertissement est uniquement pour
les yeux. Il n'y aura point de Ballets ni de Danse.
Madame la Duchesse de Villeroi se donne de grands
mouvemens pour faire réussir ce spectacle, sinon
de son invention, duquel au moins elle a donné
le cannevas, auquel elle a présidé, & qui s'exécute
entièrement sous ses auspices.

19 *Juin* 1770. Le projet de dresser une statue à
M. de Voltaire a été enfanté & rédigé chez Madame Necker, femme du Banquier de ce nom,
qui reçoit chez elle beaucoup de gens de lettres.
En conséquence, ce grand Poëte lui a adressé l'E-
pitre suivante :

> Quelle étrange idée est venue
> Dans votre esprit sage, éclairé ?
> Que vos bontés l'ont égaré,
> Et que votre peine est perdue !
> A moi, chétif, une Statue ?
> D'orgueil je vais être enivré.
> L'ami Jean Jacques a déclaré
> Que c'est à lui qu'elle étoit due :
> Il la demande avec éclat.
> L'univers, par reconnoissance,
> Lui devoit cette récompense ;
> Mais l'univers est un ingrat.

En beau marbre, d'après nature,
C'est vous que je figurerai,
Lorsqu'à Paphos je reviendrai,
Et que j'aurai la main plus sûre.
Ah ! si jamais, de ma façon,
De vos attraits on voit l'image,
On sait comment Pygmalion
Traitoit autrefois son ouvrage.

21 *Juin* 1770. Le Mémoire de M. le Duc d'Aiguillon, de 200 pages *in* 4°, tend à prouver que
ce Commandant, bien loin d'avoir excité les troubles de Bretagne, n'y a pris part que pour les
appaiser ; que bien loin d'avoir été l'oppresseur,
le tyran de la Province, il en a été le gardien,
le défenseur le plus zélé ; qu'il n'a jamais rien fait
pour cette Société, dont on l'a accusé d'être le
protecteur ; qu'au lieu de solliciter des ordres ri-
goureux contre des Sujets qu'une chaleur pardon-
nable, peut-être, emportoit à des excès, il s'est
fait un devoir de les prévenir & d'en adoucir les
suites, quand il s'est trouvé dans la triste nécessité de les faire exécuter ; que s'il y a jamais eu
un Commandant envers qui la Bretagne ait dû
conserver quelque reconnoissance, c'est peut-être
celui à qui elle souffre qu'on reproche en son nom
d'avoir travaillé à la ruiner ; qu'enfin, s'il est vrai
qu'il ait à y redouter de véritables ennemis, ce
ne sont que ceux du bien public.

Pour mieux prouver ces assertions, que le défenseur de M. le Duc d'Aiguillon trouve encore trop
modestes, il divise son Discours en onze paragraphes. Dans le premier il développe les devoirs

F 4

des Commandans pour le Roi dans les pays d'E-
tats, & donne une idée de la Conſtitution de la
Bretagne. Dans les paragraphes 2, 3, 4, 5, 6,
7 & 8, il rend compte de l'adminiſtration de M.
le Duc d'Aiguillon, depuis ſon arrivée en Bretagne en 1753, juſques à ſa retraite en 1768. Il
peint tour-à-tour en lui, l'homme de guerre
& l'homme d'Etat, le Héros, qui repouſſe l'ennemi de la patrie au dehors, & le Miniſtre actif
qui calme les troubles du dedans. Il expoſe au
grand jour les peines ſecrettes, les perplexités con-
tinuelles, les angoiſſes cruelles où il ſe trouvoit,
les contradictions, les dégoûts, les humiliations
que lui faiſoit dévorer ſon zele infatigable pour
concilier les ordres du Prince avec les intérêts des
Sujets, & il aſſure que dans ſix tenues d'Etats
conſécutives, à force de douceur & de patience,
il avoit triomphé d'une cabale acharnée, qui lui
fourniſſoit ſans ceſſe de nouveaux obſtacles & des
combats plus violens; que dans toutes il avoit
donné des marques de ſon attachement à la Province & de ſa condeſcendance pour la Nobleſſe,
malgré les fréquens écarts où elle ſe laiſſoit en-
traîner. Il étoit venu à bout d'accorder les beſoins
preſſans du Royaume, avec les égards dûs à la
miſere des peuples. Il avoit enfin toujours obtenu
ce qu'il avoit été chargé de demander au nom du
Monarque; des ſoulagemens conſidérables à la
Province, des graces aux membres de l'Aſſemblée, au point d'arracher ſouvent la reconnoiſſance & les éloges de ſes ennemis même. Il ne
diſſimule pas que dans la ſeptieme tenue des Etats,
en 1768, il n'eût pas le même ſuccès, & que
le trouble parvenu à ſon comble, il crut devoir,
par une retraite prudente, prévenir un plus grand

& plus long défordre. Dans les paragraphes 9, 10 & 11, le Sr. Linguet difcute féparément les griefs principaux qn'on impute à M. le Duc d'Aiguillon, qui font :

1°. D'avoir fait effuyer à la Bretagne un defpotifme cruel, de l'avoir accablée fous des coups d'autorité abufifs & réitérés, ou plutôt continués fans interruption.

2°. D'avoir protégé les Jéfuites, de s'être livré aux confeils de quelques moines turbulens & vindicatifs.

3°. De s'être occupé de l'avilissement, de la ruine de la Magiftrature & des Magiftrats.

4°. D'avoir favorifé des complots criminels de toute efpece, trâmés pour perdre des hommes vertueux; d'avoir ordonné, ou au moins fouffert, qu'en vue de lui plaire, on attaquât leur vie par le poifon, & leur bonheur par des dépofitions mendiées & fuggérées.

Il réduit le premier grief à trois faits : l'ordre enrégiftré en 1762 fur la prépondérance de deux voix contre une : les Corvées, dans lefquelles les campagnes, dit-on, ont été traitées fans ménagement : les Lettres de cachet, les Enlèvemens violens, dont on a publié des liftes très-nombreufes.

Quant au premier article, l'ordre étoit légitime, il étoit néceffaire, il étoit utile. D'ailleurs, M. le Duc d'Aiguillon ne l'a point follicité; il ne pouvoit fe difpenfer de l'exécuter : il ne peut en être refponfable. C'eft à lui, & à lui feul, que les Etats en ont dû la révocation.

A l'égard du fecond, M. le Duc d'Aiguillon n'a violé ni les droits de la Province, ni ceux de la liberté naturelle envers les habitans des villes, ni ceux des agriculteurs & des habitans de la campagne. Après une perquisition rigoureuse, après l'invitation formelle & publique faite aux mécontens, on n'a presque reçu que des éloges : les plaintes ont été si légeres, que les Etats ont cru devoir à peine les écouter ; qu'elles ne pouvoient en aucune maniere concerner M. le Duc d'Aiguillon, & que les Etats, par leur Délibération de 1764, ont reconnu la bonté de ses principes sur l'administration des grands chemins, & l'exactitude avec laquelle elle s'exécutoit.

Enfin, six actes d'autorité auxquels M. le Duc d'Aiguillon n'a concouru qu'en remplissant le devoir indispensable d'informer le Roi de ce qui se passoit, sont à quoi se réduit le tableau chronologique prétendu des Lettres de cachet & des actes violens, de pouvoir absolu, exécutés en Bretagne sous ce Commandant, qu'on fait monter à 158, depuis l'acte de démission du 22 Mai 1765 jusqu'en Septembre 1766, & qui, bien discutés, se réduisent à des ordres auxquels il n'a eu aucune part, dont il a ignoré le plus grand nombre & auxquels il n'avoit ni le droit ni le pouvoir de s'opposer.

Sur le second Chef, il fait voir que M. le Duc d'Aiguillon n'a eu aucunes liaisons avec les Jésuites, ni avant leur expulsion ni depuis ; que jusqu'en 1764 on n'avoit vu ni soupçonné aucun rapport de ce Commandant avec la Société ; & que ce n'est qu'en 1766 qu'on a consigné cette assertion dans un libelle qui parut sous le titre de M. de la Chalotais, mais qui contient des faits si opposés à ce qu'avoit écrit ce Procureur

général lui-même, à ce qu'il favoit, & fi faux
en certaines circonftances, que cela feul eft la
preuve que l'ouvrage n'eft pas du Magiftrat dont
il porte le nom.

L'orateur détruit enfuite les deux derniers
chefs, qu'il réunit & qu'il difcute enfemble. Il
affure que pendant onze années, c'eft-à-dire
depuis 1753 jufqu'en 1764, M. le Duc d'Aiguillon n'a eu aucune prife avec le Parlement,
qu'une feule fois. Cette Compagnie avoit hafardé
contre lui une inculpation fâcheufe, dont elle a
reconnu la fauffeté & qu'elle a défavouée : que
les événemens furvenus depuis n'ont dépendu de
lui en rien, qu'il n'a pu les prévenir ni empêcher;
que lors de la diffolution du Parlement, il étoit
à 200 lieues de la Bretagne : n'étoit inftruit de
rien ; il n'avoit de correfpondance ni avec la
cour ni avec la Bretagne ; qu'il ne pouvoit fe
refufer enfuite à la Commiffion qui fembloit élu-
der le rappel de l'univerfalité ; qu'il ne le devoit
pas : qu'à l'égard des Magiftrats accufés, il n'a
eu aucune part à leur détention, aux procédures entamées contr'eux, aux mouvemens
que leurs malheurs ont occafionnés dans la Province : que fur le refte, un Arrêt même du
Parlement de Bretagne difpenfe M. le Duc d'Aiguillon de fe difculper. Qu'au furplus, avant d'a-
voir eu connoiffance de l'information, il avoit
les preuves des machinations commencées pour
juftifier l'audace des Libelles, & l'éclat des inculpations accumulées contre lui ; qu'il a cru devoir rendre plainte lui-même en fubornation, &
que lorfque la Cour des Pairs, faifie de ce nouveau grief, y aura fait droit, c'eft alors que fe
montrant à fes adverfaires avec toute la fup'...

F 6

rité que lui donnent la bonté de fa caufe, fa vérité, fa juftice, il mettra enfin au jour de véritables manœuvres dont il a été l'objet, de vrais
complots trâmés contre lui.

Ceci annonce un fecond Mémoire, qui paroît
en effet néceffaire à la fuite de celui-ci, plus
hiftorique que raifonné, plein de faits curieux,
de détails fecrets, fur lefquels il a fallu enfin lever
le voile, concernant les intrigues de cour & les
cabales des Etats ; mais point affez fort de preuves juftificatives, d'argumens convainquans, &
de cette logique preffante qui, jointe à l'éloquence chaude & nerveufe de l'orateur, auroit produit
le plus grand effet dans le public.

22 *Juin* 1770. M. l'Abbé Bergier, pour remplir les intentions de M. l'Archevêque de Paris,
lorfqu'il l'a appelé auprès de Sa Grandeur & lui
a conféré un Canonicat de Notre Dame, vient
de faire une *Réfutation du Syftême de la Nature*, qu'il fait imprimer. Mais en même tems
cet Eccléfiaftique s'eft plaint que les devoirs de
fon état le gênoient beaucoup & lui laiffoient
peu de tems pour le travail. On affure qu'en
conféquence l'Affemblée du Clergé fe propofe de
lui faire une penfion de 1,800 Livres, d'en requérir autant pour cet Ecrivain de la part de M.
l'Evêque d'Orléans, afin de le mettre à même
de réfigner fon Canonicat, & de vaquer entiérement à la défenfe de la Religion attaquée de tant
de maniéres & par tant d'ennemis.

23 *Juin.* C'eft aujourd'hui famedi que doit
avoir lieu à l'Académie Françoife la Réception
de M. de St. Lambert, dans une Séance publique, qui fe tiendra à cet effet fuivant l'ufage.
L'ancien Evêque de Limoges répondra en qua-

lité de Directeur. Lè refte de la Séance fera rempli par la lecture de quelques fables de M. le Duc de Nivernois, & le Récipiendaire la terminera par la lecture du fecond Chant d'un Poëme intitulé *Effai fur le goût*.

26 *Juin* 1770. On attribue l'éloignement de M. l'Archevêque de Paris pour l'Abbé de Vermont, à la qualité d'Encyclopédifte qu'a mérité cet Abbé, pour avoir fourni plufieurs articles théologiques de ce Dictionnaire, articles qui ne font pas aux yeux de certaines gens dans la plus grande orthodoxie.

27 *Juin.* M. l'Archevêque de Touloufe, défigné fucceffeur de M. le Duc de Villars depuis quelque tems, ayant fait fes vifites, fuivant l'étiquette indifpenfable de l'Académie Françoife, a été élu lundi dernier membre de cette Compagnie.

Premier Juillet. On raconte deux bons mots à l'occafion du Lit de Juftice, car le François eft toujours facétieux : l'un, de M. de Choifeul à M. le Chancelier, qui s'embarraffoit en fortant dans les plis de fa robe : *M. le Chancelier*, lui dit ce Seigneur en riant, *prenez garde de tomber.* L'autre, d'un de M. M. qui entendant ronfler la trompette avec laquelle il eft d'ufage d'annoncer les Princes à ces fortes d'affemblées ...... *Qu'entends-je ! c'eft, je crois, la trompette du Jugement dernier !*

1er. *Juillet.* Jean-Jaques Rouffeau, las de fon obfcurité & de ne plus occuper le public, s'eft rendu dans cette capitale, & s'eft préfenté, il y a quelques jours, au Caffé de la Régence, où il s'eft bientôt attroupé un monde confidérable. Notre philofophe cynique a foutenu ce petit triomphe avec une grande modeftie. Il n'a pas paru effarouché de la multitude de fpectateurs, & a mis beaucoup d'aménité dans fa converfation, contre fa coutume. Il n'eft plus-habillé en Arménien ; il eft vêtu comme tout le monde, proprement, mais fimplement. On affure qu'il travaille à nous donner un Dictionnaire de Botanique.

La publicité que s'eft donné l'auteur d'*Emile*, eft d'autant plus extraordinaire, qu'il eft toujours dans les liens d'un décret de prife-de-corps à l'occafion de ce livre, & que, dans le cas même où il auroit parole de M. le Procureur général de n'être pas inquiété, comme on l'affure, il ne faut qu'un membre de la Compagnie de mauvaife humeur pour le dénoncer au Parlement, s'il ne garde pas plus de réferve dans l'incognito qu'il doit toujours conferver ici.

2 *Juillet* 1770. On parle d'un *Dialogue des Morts* nouveau. Cette facétie a été faite à l'occafion de la cataftrophe de la nuit du 30 au 31 Mai, qui n'eft rien moins que plaifante. On fuppofe que les gens péris dans la bagarre arrivent en foule chez Pluton. Ce Dieu eft furpris de cette débacle. Il les interroge fur le fujet de leur venue, & demande pourquoi ils ne font pas reftés à la nôce ? Ce qui amene un détail des circonftances de l'aventure malheureufe, & une fatyre amere contre ceux qui auroient dû la prévenir. On y joint divers éloges, & entre autres celui de M. de Sartines, qu'on difculpe à tous égards. Il paroît que l'auteur, qui peut-être auroit mieux fait de ne pas rire fur un fujet auffi lugubre, ne l'a pas traité avec toute la légéreté que méritoit une femblable méchanceté, & n'en a pas tiré le parti convenable.

3 *Juillet* 1770, Le François met tout en chanfon. Voici un couplet qu'on a fait fur la ter-
minaifon du procès de M. le Duc d'Aiguillon.
Il eft fur un air du *Déferteur.*

> Oublions jufqu'à la trace
> De mon procès fufpendu :
> Avec des Lettres de grace
> On ne peut être pendu.
> Je triomphe de l'envie,
> Je jouis de la faveur :
> Graces aux foins d'une amie,
> J'en fuis quitte pour l'honneur.

On prétend que M. le Duc de Briffac avoit dit
à cette occafion, *que M. le Duc d'Aiguillon
avoit fauvé fa tête, mais qu'on lui avoit tordu
le col.*

6 *Juillet.* Le Sr. Rochon de Chabannes,
auteur de quelques ouvrages, d'opéra comiques,
& de quatre petits drames joués aux François
avec fuccès, après avoir travaillé un an ou deux
dans les Bureaux des Affaires Etrangeres à la
partie des déchiffremens, avoit été réformé,
en confervant fes appointemens, étoit rentré
dans la carriere des Lettres, & fe difpofoit à
préfenter aux comédiens une comédie en cinq
actes ; mais la roue de la fortune le porte fur
un plus grand théâtre, il vient d'être chargé
des affaires du Roi à la Cour de Drefde. Il paroît que Mlle. Dangeville, dont la protection
l'avoit pouffé la première fois auprès de M. le
Duc de Praflin, n'a pas peu contribué à ce nouvel événement.

7 Juillet 1770. Le Sr. Jean-Jacques Rousseau, après s'être montré quelquefois au caffé de la Régence, où son amour propre a été flatté d'éprouver qu'il faisoit la même sensation qu'autrefois, & que sa renommée attiroit encore la foule sur ses pas, s'est enveloppé dans sa modestie ; il est rentré dans son obscurité, satisfait de cet éclat momentané, jusqu'à ce qu'une autre circonstance lui donne une célébrité plus longue. On parle beaucoup de son Opéra de *Pygmalion*, ouvrage d'un genre unique, en un acte, en une scene, & n'ayant qu'un acteur. Il est en prose, sans musique vocale. C'est une déclamation forte & prononcée, dans le goût des Drames anciens, soutenue d'un accompagnement de Symphonie. Il a fait essayer sur le théâtre de Lyon cette nouveauté, qui a eu du succès. On desireroit fort la voir dans ce pays, mais on croit qu'elle sera d'abord réservée pour les Fêtes du mariage de M. le Comte de Provence.

8 Juillet. Outre le *Dialogue des Morts* dont on a parlé, concernant le désastre de la nuit du 30 au 31 Mai, il y a une *Vision* sur le même sujet. La critique en paroît plus fine & plus juste. Elle peint le peu d'ordonnance, de goût & d'esprit qui ont regné dans les Fêtes de Paris, données par la ville, tant à l'occasion des boutiques sur le boulevard & de l'illumination, que de la décoration du feu de la place, où il n'y avoit, dit l'auteur facétieux, d'autre ordre que l'*Ordre Corinthien* de l'Edifice du feu, représentant le Temple de l'Hymen.

11 Juillet. Le Sr. Pigale, ce fameux Sculpteur, qui s'est chargé de faire la Statue de M. de Voltaire, est revenu de Ferney, où il étoit

allé prendre toujours les traits du Philosophe de
ce lieu. Il paroît qu'on est fort embarrassé sur l'attitude qu'on lui donnera ; que d'ailleurs la ferveur
des gens de Lettres se rallentit beaucoup, & que
la Souscription n'avance point.

12 *Juillet* 1770. Le Sr. Linguet, auteur du Mémoire en faveur du Duc d'Aiguillon, a été aussi
frappé de sarcasmes à cette occasion. On a rapproché les éloges qu'il a insérés dans ses ouvrages
des Empereurs Romains les plus en horreur, &
la critique de ceux que l'histoire a toujours loués,
& il en résulte l'Epigramme suivante très sanglante :

Linguet loua jadis & Tibere & Néron,
Calomnia Trajan, Titus & Marc-Aurele :
Cet infâme, aujourd'hui, dans un affreux Libelle ,
Noircit la Chalotais & blanchit d'Aiguillon.

13 *Juillet*. Le Sr. Bonamy, de l'Académie
Royale des Inscriptions & Belles-Lettres, Historiographe & Bibliothécaire de la ville de Paris,
est mort, il y a quelques jours, âgé de plus de
70 ans. C'étoit un Savant obscur & modeste,
dont les ouvrages (s'il en a fait) restent consi-
gnés dans les Mémoires de son Académie. Il étoit
depuis 1749 auteur d'un ouvrage périodique, intitulé : *le Journal de Verdun*, qu'on qualifie de
Mercure des Curés de Campagne, parce qu'il est
spécialement répandu dans les provinces.

15 *Juillet*. On commence à aller voir chez le
Sr. Pigale, Sculpteur, le Mausolée de M. le Maréchal de Saxe, dont étoit chargé cet artiste, &
qui paroît enfin à son point de perfection. Le public est admis chez lui les fêtes & dimanches.

18 *Juillet* 1770. On a joué famedi, à Verſailles ,
la tragédie de *Sémiramis*, & pour petite piece ,
l'Impromptu de campagne. Mlle. Dumeſnil y a
paru avec la robe dont lui avoit fait préſent Madame la Comteſſe Dubarri. Les partiſans de cette
actrice ont trouvé qu'elle avoit été infiniment ſupérieure à Mlle. Clairon dans les diverſes pieces
où elle a joué ; mais le Sr. Molé n'a pas rendu le
rôle de Le Kain avec la même force que ce dernier, qu'on a regretté. Le Sr. Préville a beaucoup
amuſé Madame la Dauphine, & l'a fait rire, à
la comédie, à gorge déployée.

20 *Juillet*. Les nouvelles publiques ont fait
mention de la cataſtrophe finguliere des deux Amans
de Lyon. On débite leur épitaphe, qu'on prétend
avoir été faite par Jean Jacques Rouſſeau, qui ſe
trouvoit alors dans cette ville :

Ci giſſent deux Amans : l'un pour l'autre ils vécurent.

L'un pour l'autre ſont morts, & les loix en murmurent ;

La ſimple piété n'y trouve qu'un forfait ;

Le ſentiment admire & la raiſon ſe tait.

22 *Juillet*. Quelques gens, ſans doute ennemis
du Sr. Jean Jacques Rouſſeau, prétendent qu'il
eſt extrêmement baiſſé. Ce qu'il y a de ſûr, c'eſt
qu'il eſt beaucoup plus liant qu'il n'étoit ; qu'il a
dépouillé cette morgue cynique qui révoltoit ceux
qui le voyoient ; qu'il ſe prête à la ſociété ; qu'il
va manger fréquemment en ville, en s'écriant
que les dîners le tueront. On ne ſait trop à quoi
il s'occupe. On ſait ſeulement qu'il va pluſieurs
fois par ſemaine au Jardin du Roi, où eſt la collection de toutes les plantes rares, & qu'il a été

herborifer dans la campagne avec le Sr. de Juffieu, Démonftrateur de Botanique.

Il paffe pour conftant qu'il a envoyé fes deux Louis pour la ftatue de M. de Voltaire : acte de générofité bien humiliant pour ce dernier ; façon bien noble de fe venger de la fortie indécente & cruelle que l'autre a faite contre ce grand homme, dans le chiffon en vers qu'il a adreffé à Madame Necker, & de s'élever infiniment au deffus de lui auprès de tous ceux qui connoiffent la vraie grandeur.

23 *Juillet* 1770. Des partifans de Mlle. Dumefnil, enchantés que la cour lui ait enfin rendu Juftice & n'ait pas fecondé la baffe jaloufie de Mlle. Clairon, ont fait contre cette derniere les vers fuivans, qui, quoique vrais, paroîtront un peu durs :

De la cour tu voulois en vain
Expulfer, ô Clairon, ton illuftre rivale.
Dumefnil paroît, & foudain,
D'elle à toi l'on voit l'intervalle.
Renonce, crois-nous, au deffein
De furpaffer cette héroïne ;
Ton triomphe le plus certain
Eft d'avoir en débauche égalé Meffaline.

24 *Juillet*. Le Chevalier d'Arcq, qui par fon intimité avec Madame la Comteffe de Langeac, & par le goût & l'intelligence qu'il a pour les plaifirs, préfide à toutes les fêtes qu'elle donne à M. le Comte de St. Florentin, n'a pas laiffé paffer l'occafion de la faveur que ce Miniftre a reçue tout récemment de S. M., fans la célébrer

d'une maniere toujours galante & nouvelle. Il a
fait accepter à ce Miniftre un concert & un fouper
à l'hôtel qu'il a en face de celui de Madame de
Langeac, fans qu'il parût être queftion d'autre
chofe. Après fouper on a engagé M. le Duc de
la Vrilliere à faire un tour dans le jardin. Il s'eft
trouvé une communication avec un jardin voifin,
où la curiofité l'a invité d'entrer. Quelle furprife
agréable! quel fpectacle enchanteur s'eft offert à
fes yeux! un village entier a paru conftruit en ce
lieu; une joie naïve fembloit animer tous fes
habitans, & fur le champ il s'eft établi une efpece de drame entre ces bonnes gens, qui a facilement indiqué le fujet de leurs divertiffemens:
c'étoient les vaffaux du nouveau Duc, qui fe fé-
licitoient de l'élevation de leur Seigneur à cette
dignité. Ils font venus tour-à-tour lui préfenter leur
hommage & leurs préfens, en chantant des couplets analogues, & un bal général a terminé la
fête. Elle s'eft exécutée le 3 Juillet, c'eft-à-dire
le jour même où a paru le fameux Arrêt du Parlement contre le Duc d'Aiguillon. Cet événement, qui a bouleverfé tout Paris, n'a femblé
troubler en rien la gaîté de l'oncle Miniftre &
celle du neveu, qui y affiftoit, & qui, en fa
double qualité d'homme d'efprit & d'homme de
cour, n'a laiffé percer aucune altération. Au furplus, ce joli Divertiffement ne s'eft paffé qu'en
petit comité, & en préfence feulement des ini-
tiés aux myfteres de ces ingénieufes farces.

C'eft le Sr. de la Dixmerie, poëte confacré à
ces fortes de fêtes, qui avoit fait les paroles du
drame & des couplets, & qui a reçu tous les applaudiffemens que méritoit fa complaifance.

26 *Juillet* 1770. Le Sr. Jean Jacques Rouffeau

de Genève a herborifé dans la campagne jeudi
dernier avec le Sr. de Juffieu, Démonftrateur de
Botanique. La préfence de cet Eleve célebre a
rendu le concours très nombreux. On a été fort
content de l'aifance qu'il a mife dans cette fociété.
Il a été très parlant, très-communicatif, très-
honnête ; il a développé des connoiffances profondes dans cet art. Il a fait beaucoup de queftions au démonftrateur, qui les a réfolues avec la
fagacité digne de lui : & à fon tour le Sr. Rouffeau a étonné le Sr. de Juffieu, par la fineffe &
la précifion de fes réponfes.

27 Juillet 1770. On parle d'une diatribe dia-
bolique, que le Sr. de Voltaire vient de vomir
contre plufieurs petits auteurs, entr'autres les Srs.
Le Mierre, Dorat, &c. Ce dernier lui a déjà
répondu par une Epigramme, bien digne de faire
le pendant de l'autre piece :

Un jeune homme bouillant invectivoit Voltaire :

    Quoi, difoit-il, emporté par fon feu,

Quoi, cet efprit immonde a l'encens de la terre ?

Cet infâme Archiloque eft l'ouvrage d'un Dieu ?

De vice & de talent quel monftrueux mélange !

Son ame eft un rayon qui s'éteint dans la fange ?

Il eft tout à la fois & Tyran & Bourreau :

Sa dent d'un même coup empoifonne & déchire ?

Il inonde de fiel les bords de fon tombeau,

Et fa chaleur n'eft plus qu'un féroce délire.

Un Vieillard l'écoutoit, fans paroître étonné :

Tout eft bien, lui dit-il. Ce mortel qui te bleffe ?

Jeune homme, du ciel même attefte la fageffe ?

S'il n'avoit pas écrit, il eut affaffiné.

29 *Juillet* 1770. Le Sr. Du Theil, Sous-lieu-
tenant aux Gardes Françoises, vient d'être élu
par l'Académie des Belles-Lettres à la place
vacante par la mort du Sr. Bonamy. L'abbé
Bergier, ce nouveau Chanoine de Notre-Dame,
défenseur ardent de la Religion Chrétienne, a
eu les secondes voix; ce qui fait présumer qu'il
aura la premiere place vacante.

31 *Juillet.* Le Mausolée du Maréchal de Saxe
est sans contredit un des plus beaux morceaux de
génie qu'on puisse voir en fait de Sculpture. Le
sujet en est simple & grand, l'ordonnance belle,
nette & riche: tout y est plein de vie, de mouvement & de chaleur. La figure principale, celle
du Maréchal, s'offre la premiere au Spectateur,
suivant les principes du bon sens & de l'art. Il est
dans ses habits militaires, & semble s'avancer
vers le Sarcophage ouvert à ses yeux. Il descend
déjà les marches qui y conduisent: il a cette fermeté tranquille des héros, que les ignorans ont
prise pour de la froideur. La Mort est debout devant lui, sur la gauche: elle lui présente le Sable,
& lui indique qu'il est tems d'entrer au tombeau.
L'artiste l'a couverte d'un voile, pour dérober
aux yeux le hideux de cette figure, & cependant
le squelette perce à travers la draperie. Du même
côté, & sur le plan en avant, c'est-à-dire aux
pieds du Maréchal, est la France allarmée, qui
paroît retenir d'une main son défenseur, & de
l'autre supplier la Mort de retarder le fatal moment. A la droite du Héros, & en face de celle-
ci, est un Hercule courbé, dans l'attitude de la
plus profonde douleur, mais d'une douleur mâle
& réfléchie. Cette figure est d'une grande beauté,
& peut lutter avec tout ce que l'antique nous

offre de plus parfait. A la droite, en remontant, & un peu derriere le Maréchal, on voit le Léopard terraſſé, l'Aigle éperdu, le Lion qui s'enfuit en rugiſſant ; tous emblêmes caractériſtiques des Puiſſances liguées dans la guerre où M. de Saxe ſe couvrit de gloire & la France. A ſa droite ſont des trophées militaires, ſur leſquels pleure le Génie de la guerre, qui tient ſon flambeau renverſé.

On voit par cette expoſition, quel effet peut produire un ſujet auſſi bien conçu & développé avec autant d'ordre & d'intelligence. Mais ce qu'on ne peut rendre, ce ſont les airs de tête, & l'expreſſion caractériſtique de chaque figure : tout y eſt d'un ſublime proportionné à une auſſi belle idée.

Au ſurplus, comme il n'eſt point d'ouvrage ſans défaut, celui-ci a eſſuyé pluſieurs critiques, dont quelques-unes ſont difficiles à réſoudre. D'abord on demande pourquoi le tombeau s'ouvre en ſens contraire, c'eſt-à-dire pourquoi la pierre qui le ferme, au lieu de ſe renverſer du côté oppoſé au Maréchal, revient ſur lui, & ſemble faire obſtacle à ſon entrée, bien loin de la faciliter ? Il faut convenir, malgré tout ce que l'on dit pour excuſer l'artiſte, que c'eſt une faute de bon ſens, telle qu'il s'en trouve ſouvent dans les productions du génie.

On prétend, en ſecond lieu, que l'Hercule pleurant d'une part, & le Génie de la guerre pleurant de l'autre, ſont un pléonaſme dans la compoſition, & n'expriment que la même allégorie d'une façon différente ; ce qui rend le travail de l'Artiſte plus riche, mais trahit la ſtérilité de l'inventeur. On reproche au Sculpteur d'avoir affoibli l'allégorie, en travestissant en Génie de la guerre cet Enfant, qui n'étoit que l'Amour autrefois, & ajoutoit réellement à l'idée du Poëte.

D'autres Censeurs disent que le Sable est un attribut du Tems, & que c'est un défaut de costume de le donner à la Mort, ainsi que de la voiler. Cette derniere critique paroît tomber sur une hardiesse trop ingénieuse de l'auteur pour ne pas la rejetter.

Enfin on veut que l'invention du poëme soit de l'Abbé Gouguenot, amateur éclairé des arts, mort depuis quelque tems; & l'on assure que, par une modestie aussi sublime que l'ouvrage même, le Sr. Pigale n'en disconvient pas, & publie lui-même l'anecdote.

5 *Août* 1770. On a dit que les Comédiens Italiens, & surtout le Sr. Carlin, Arlequin, avoient beaucoup amusé Madame la Dauphine. Cette Princesse a fait présent à ce dernier d'une médaille d'or, comme une récompense du plaisir que son jeu lui avoit fait.

7 Août. Vers faits à Versailles par une femme de 20 ans, le 16 Juillet 1770.

Fille à dix ans est un petit livret,
Intitulé : *Le berceau de nature.*
Fille à quinze ans est un joli coffret,
Qu'on n'ouvre point sans forcer la serrure.
Fille à vingt ans est un épais buisson,
Dont maint chasseur pour le battre s'approche.
Fille à trente ans, est de la venaison
Bien faisandée & bonne à mettre en broche.

A

A quarante ans c'eft un gros baftion
Où le canon a fait plus d'une brêche.
A cinquante ans c'eft un vieux lampion
Où l'on ne met qu'à regret une mêche.

8 *Août* 1770. La diatribe de M, de Voltaire qui a provoqué la fanglante épigramme qu'on a citée, n'eft autre chofe que des *Anecdotes fur Jean Freron*, imprimées il y a longtems dans un Recueil, mais qui n'avoient encore fait aucun bruit, & n'étoient pas parvenues à la connoiffance de ceux qu'elles concernoient. Ce Libelle, outre le Sr. Fréron, diffame tous ceux que le vieillard de Ferney croit être les acolytes & les fuppôts du journalifte. Le Sr. Dorat, entr'autres, qu'on fait être fort lié avec lui, fe trouve aujourd'hui obligé de renier fon ami, & dans une Lettre à M. de Voltaire, qu'il vient de faire imprimer, fe difculpe abfolument de ce commerce.

9 *Août.* En allant voir dans l'attelier du Sr. Pigale le Maufolée du feu Maréchal de Saxe, on y trouve un petit Bufte esquiffé nouvellement par ce grand artifte, de la tête de M. de Voltaire. Rien de plus reffemblant que cette figure, pleine d'efprit & de feu. Cette rage de mordre qui fait aujourd'hui le caractere diftinctif du Philofophe de Ferney, refpire dans tous les traits de fon vifage, & la Satyre femble s'élancer de tous les plis & replis de cette face ridée.

10 *Août. Lettre fur la Théorie des loix civiles, &c. où l'on examine entr'autres chofes s'il eft bien vrai que les Anglois foient libres, & que les François doivent ou imiter leurs opérations ou porter envie à leur Gouvernement.* Tel eft le

Tome V.   G

titre d'un livre attribué au Sr. Linguet, & qui
porte en effet l'empreinte de son imagination
ardente & de son génie satyrique. Il y défend
le paradoxe de sa *Théorie des Loix*, où il avoit
avancé que le Despotisme étoit le meilleur des
gouvernemens. A cette occasion il dit des vérités dures & hardies, il établit des paralelles
singuliers & brillans, & il plaide sa cause avec
tant d'esprit & d'adresse, qu'on seroit tenté sur
son exposition de préférer le gouvernement des
tyrans orientaux à celui des Etats qui semblent les
plus libres. En un mot, il renverse de fond en
comble le système de Montesquieu dans son *Esprit des Loix*, & parle de ce grand homme avec
une irrévérence, un mépris, une horreur même
bien propre à allarmer ses adorateurs.

Mais ce qui paroît tenir le plus au cœur du
Sr. Linguet, est la critique que les auteurs du
Journal des *Ephémérides* ont faite de ses ouvrages. En conséquence, il tombe d'estoc & de
taille sur ses adversaires, & pour donner une
idée de l'amertume de sa réponse, voici le portrait qu'il fait des Economistes, sous les auspices desquels s'est formé & se propage le Journal en question : ,, Une Secte (dit - il) s'est éle-
,, vée, qui s'est piquée surtout de diriger les
,, Princes & de maîtriser la subsistance des peu-
,, ples ; Secte qui compte pour rien la vie des
,, hommes, & qui a osé pour fondement de sa
,, croyance établir que les denrées seules pou-
,, voient être comptées pour quelque chose par
,, la politique ; Secte qui a toujours le mot d'*E-
,, conomie* à la bouche, & qui favorise, sinon
,, directement par ses principes, au moins très-
,, certainement par ses conséquences, la plus ef-

» froyable diffipation ; Secte d'autant plus dange-
» reufe , qu'elle s'attache à exciter le fanatifme ;
» qu'elle féduit de belles ames par l'apparence &
» la nobleffe impofante de fes myftiques fpécu-
» lations ; qu'en affectant de la fierté elle s'infinue
» avec adreffe dans le cabinet des Grands, que
» fes adeptes parviennent à l'opulence en parlant
» beaucoup de la mifere des autres: monftrueux
» mélange , enfin , de la frivolité françoife & de
» la pefante , de l'inhumaine inconféquence des
» Anglois. » Il prend enfuite à partie les Srs.
Abbé Beaudeau & Dupont, rédacteurs du Journal , qu'il traite de la façon la plus injurieufe &
nomme par leur nom fans aucun ménagement.
On fent qu'un pareil ouvrage ne peut fe vendre
qu'avec la plus grande clandeftinité , & que l'auteur n'y a pas mis fon nom.

A la fuite de cette Lettre, & après quelques
autres écrits qui ne font pas auffi faillans, eft
une Lettre du même Ecrivain à M. le Chevalier
de . . . . . . *fur l'hiftoire des Révolutions de l'Empire Romain* , où le Sr. Linguet, vivement piqué
de l'Epigramme répandue contre lui, à l'occafion
de fon Mémoire en faveur de M. le Duc d'Aiguillon , fe difculpe d'avoir loué les Tiberes , les
Nérons, d'avoir déprimé les Trajans, les Titus,
&c. cite fes textes , & prouve l'injuftice des reproches horribles qu'on lui fait à cet égard.

Il réfulte de ces divers écrits , que l'auteur a
un amour - propre très chatouilleux ; que s'il fait
profeffion, comme il l'annonce dans fon livre,
d'être un grand fectateur de la vérité , de la dire
hautement aux autres, il n'aime pas qu'on la lui
dife avec la même franchife , ou , ce qui revient
au même , qu'il regarde comme injure , comme

calomnie, comme procédé atroce, toute cenfure de fa conduite ou de fes ouvrages.

11 *Août* 1770. La piece du Sr. le Mierre, après être tombée dans les regles à la 5eme repréfentation, eft abfolument morte aujourd'hui famedi à la 6eme. On dit que l'auteur s'en prend à la chaleur du tems & au mauvais jeu des acteurs. Quoi qu'il en foit, relativement à la derniere circonftance, qui eft vraie en elle-même, un plaifant a fait l'Epigramme fuivante :

> J'ai vu cette Veuve indécife :
> Ami, que veux-tu que j'en dife ?
> Son fort eft digne de nos pleurs.
> Du bûcher elle eft délivrée,
> Mais c'eft pour être déchirée
> Par le public & les acteurs.

13 *Août.* Le Clergé eft fort fcandalifé d'un nouveau livre, intitulé : *du droit du Souverain fur les biens fonds du Clergé & des Moines, & de l'ufage qu'il peut faire de ces biens pour le bonheur des Citoyens.* On fent effectivement par ce titre combien il doit redouter la diftribuzion d'un pareil Mémoire. Auffi jette-t-il les hauts cris contre l'auteur & l'ouvrage. Les zélés voudroient les flétrir l'un & l'autre des Cenfures Eccléfiaftiques, mais les Prélats les plus flegmaziques craignent que le châtiment n'illuftre ce livre clandeftin & ne lui donne plus de publicité: d'autres fouhaiteroient plus judicieufement qu'on le refutât.

En attendant que l'Affemblée ait pris un parti définitif fur cet objet, elle s'occupe du foin de

conferver le précieux dépôt de la Foi , & de garantir les Fideles contre tout ce qui pourroit ébranler leur créance. Pour oppofer une digue à ce
torrent d'ouvrages abominables contre la religion ,
toujours les mêmes, mais que l'impiété reproduit
infatigablement fous des figures diverfes, elle a
nommé le Pere Bonhomme, Cordelier, Docteur de Sorbonne, à cette illuftre fonction. Il eft
chargé de ramaffer les meilleurs écrits faits en faveur de la bonne caufe, & d'en former un corps
de preuves, fuffifant pour repouffer tous les argumens qu'on renouvelle, & refutés d'avance dans
ces traités auffi folides qu'éloquens.

14 Août 1770. Il paroît que le livre de M. le
Marquis de Puyfégur, intitulé: *Difcuffion intéreffante fur les prétentions du Clergé*, &c. qui
fit un fi grand fcandale dans l'Eglife au commencement de 1768 , a donné lieu à celui dont on
a parlé, *Sur les Droits des Souverains*, &c. Mais
l'auteur pouffe fon fyftême plus loin; il le développe, il l'étend, il en tire des conféquences,
&, après avoir démontré que les richeffes & les
dignités politiques ne font point effentielles à la
religion, & qu'elles ne lui fervent de rien; qu'elles font même contraires à l'efprit de fon inftitution, puifque fon auteur ne l'a dotée d'aucun
bien, qu'il a placé fon berceau dans l'aviliffement
& la pauvreté; il démontre de quelle maniere s'eft
opéré le changement, comment le Clergé a féparé fes intérêts de ceux du refte des Fideles,
& s'eft fubftitué aux droits de l'Eglife invifible.
Il difcute enfuite fi le peuple a pu donner, &
le Clergé recevoir, & il pulvérife tous les titres
prétendus du Clergé, même le titre fi facré de la
propriété de l'antiquité, duquel fe prévalent les

G 3

gens de main morte, & qui s'écroule de lui même par le vice imprescriptible de son origine.

Ces faits & ces principes établis, l'auteur présente la situation déplorable de l'Etat, qu'il suppose obéré de 1 milliard de livres. Il ne voit plus de ressource que dans une crise, & il n'en trouve pas de plus salutaire que la rentrée des richesses que possedent les gens de main - morte dans la société civile. Des divers moyens dont on peut user pour cette rentrée, il préfere le plus simple, mais le plus tranchant & le plus décisif; il veut que le Souverain mette sur le champ sous sa main tous ces biens, soit fonds, soit rentes, ou revenus en argent ou en nature de choses appartenant aux gens de main morte; de sorte que dès l'instant du retrait, les jouissans ne soient plus que les pensionnaires de l'Etat, & l'Etat l'économe de toutes leurs richesses.

Il n'en subsistera pas moins une hiérarchie convenable à la dignité de la religion. L'Ecrivain veut surtout venir au secours du curé & du vicaire, qui sont des ministres essentiels, & sur lesquels tombe tout le poids des travaux apostoliques. Il pourvoit à la subsistance de toutes les especes de moines, soit qu'on les sécularise, soit qu'on les séquestre dans des cloîtres. Il prétend enfin marier un certain nombre de paysans, & les mettre dans une sorte d'aisance pour en avoir une postérité saine & robuste qui nous manque.

Après avoir fait sa réduction, soit dans le nombre, soit dans les revenus des Evêques & des gros Bénéficiers, il dote chaque membre du Clergé & attribue à cette dépense les Dixmes de toute espece levées actuellement par le

Clergé du premier & du second ordre, les Abbés, les Moines, &c. Les Droits Seigneuriaux, les Cens & rentes de toute nature suffiroient, selon lui, pour l'entretien des couvens & communautés de chaque genre, & même à instituer des maîtres d'école dans tous les villages.

Resteroit les biens fonds des gens de mainmorte, que notre politique évalue au tiers des biens de la France ; c'est-à-dire à dix mille lieues quarrées, non compris la Lorraine, formant, 4, 688 arpens chacune, un total de 46 millions, 880000 arpens de terrein, qui, à raison de 70 Livres l'arpent seulement, donneroient une rente de 3, 281, 600, 000 Livres ; ce qui suffiroit, & au-delà, à liquider les dettes de l'Etat.

Tel est en effet le projet très-simple, très-promt & très-judicieux de l'auteur, pour retirer la France du désordre effroyable où elle se trouve. Il n'attaque en rien la religion, envers laquelle l'écrivain annonce le plus profond respect. C'est dans l'Ecriture Sainte même, dont il paroît très instruit, qu'il puise toutes les preuves de ses assertions & de ses raisonnemens. Du reste, l'ouvrage est écrit avec autant d'austérité que d'énergie ; il n'y regne aucune déclamation, point d'esprit de parti, point de chaleur, & le sang-froid dont il est soutenu ajoute beaucoup à la force, à la clarté des argumens du dissertateur.

Cet ouvrage passe pour être aussi de M. le Marquis de Puységur.

15 *Août* 1770. Le Roi de Prusse a écrit à M. d'Alembert ; à l'occasion de la souscription ou-

verte aux gens de lettres en faveur de la statue
de M. de Voltaire : ce Monarque lui apprend
qu'il veut se réunir aux admirateurs de ce grand
homme, & qu'il laisse son correspondant maître
de porter à la somme qu'il jugera à propos
celle qu'il entend donner, non en Roi, mais
en homme de lettres. Le Prince loue beaucoup
un pareil projet, qu'il suppose principalement
éclos dans le sein de l'Académie Françoise, dont
à cette occasion il exalte plusieurs membres.
L'académicien n'a pas manqué de faire part à
ses confreres d'une Lettre aussi flatteuse, & la
Compagnie, vivement touchée de reconnoissance
envers ce Roi Poëte & Philosophe, a ordonné
par une Délibération solemnelle que ladite Lettre seroit inscrite dans ses Régistres.

16 *Août* 1770. L'Académie Françoise dérogeant
à son usage introduit nouvellement, de laisser le
choix du sujet du Prix de Poësie libre, en étoit
revenue à son ancienne coutume, & avoit fixé
pour titre du sujet de cette année : *Les inconvéniens du Luxe.* De près de 50 pieces envoyées
à la Compagnie, il ne s'en est trouvé aucune
digne d'être couronnée. L'Abbé de Voisenon,
constamment opposé au nouvel arrangement,
s'est prévalu de la circonstance pour représenter
encore combien une pareille gêne énervoit le
génie. On espere que l'Académie reviendra à
son avis, & rendra la même liberté pour l'année
prochaine.

17 *Août.* Les Prélats de l'Assemblée du
Clergé ne se sont pas contentés du travail dont
ils ont prescrit la tâche au Pere Bonhomme,
Cordelier dont on a parlé ; ils ont entrepris
eux mêmes une *Instruction Pastorale* anti-philo-

sophique, c'eft-à-dire, une Inftruction où ils renverfent cette Philofophie irréligieufe, qui voudroit lutter contre l'Eglife & en fapper les fondemens. Les Fideles attendent avec impatience cet ouvrage falutaire & confolant, qui, s'il ne convertit point les Incrédules, raffermira au moins dans leur foi les bons Catholiques, & les fera perféverer plus fûrement dans leur attachement à la religion.

18 *Août* 1770. Un courtifan, fans doute, a voulu flétrir le Parlement par les vers fuivans, où il femble l'accufer d'abufer de fon pouvoir :

Thémis a ceint le diadême :
Elle tient de *Louis* le fceptre dans fa main,
Pour abroger par fon pouvoir fuprême
Le vieux refpect qu'on porte au Souverain.
Gens, qui tenez le Parlément de France ;
Dieu foit loué ! vous voilà Rois.
On ne fauroit vous contefter vos droits :
Vous les avez pefés dans la même balance ;
Où l'on vous a vu tant de fois
Immoler au tuteur le pupille & les loix,
En proteftant d'obéiffance.

19 *Août.* Il y a une Requête adreffée au Roi par les habitans de St. Claude, contre les Abbé & Religieux dudit lieu, que l'on attribue à M. de Voltaire, & qui refpire en effet tous les fentimens d'humanité dont eft paîtri ce poëte philofophe.

20 *Août.* L'Affemblée du Clergé, depuis fon ouverture, s'eft fpécialement occupée à confo-

G 5

lider la foi ébranlée de toutes parts, & comme le concours de la puissance séculiere lui a paru nécessaire à ce grand œuvre, elle a provoqué le zele du St. Pere, qui, de concert avec elle, a sollicité le Roi d'interposer son autorité en faveur de la Religion. Le Parlement n'a pu se refuser à cette injonction, & les Gens du Roi depuis quelque tems travailloient à un Réquisitoire contre les livres scandaleux les plus nouveaux, les plus répandus & les plus dangereux. Le Réquisitoire a été présenté samedi, aux Chambres assemblées, par M. Seguier. Il a été rendu Arrêt, qui brûle tous les ouvrages en question.

Mais par une humiliation sans exemple, on n'a point voulu admettre le Réquisitoire de M. Seguier, & il ne sera point imprimé en tête de l'Arrêt, suivant l'usage. Outre ce mécontentement personnel que la Cour a des Gens du Roi à l'occasion de leur derniere mission à la Cour, on a trouvé que ce Réquisitoire étoit une dérision perpétuelle de la religion, par l'affectation d'y présenter les morceaux les plus brillans des ouvrages condamnés, ainsi que les raisonnemens les plus forts, & d'y mettre à côté des citations misérables & des refutations très foibles.

M. Seguier, dont le Réquisitoire étoit déjà à l'impression, est allé le retirer de fort mauvaise humeur & couvert de confusion.

21 Août 1770. Les livres brûlés & lacerés par l'Arrêt du Parlement du 18, sont au nombre de sept, savoir : *La Contagion sacrée* ou *Histoire naturelle de la Superstition*, &c. *Dieu & les Hommes*, *Œuvres Théologiques*, mais ré-

fonnables, &c. *Difcours fur les Miracles de J. C. traduits de l'Anglois de Woolfton*, &c. *Examen critique des Apologiftes de la Religion Chrétienne, par M. Freret*, &c. *Examen impartial des principales Religions du monde*, &c. *Le Chriftianifme dévoilé, ou Examen des principes & des effets de la Religion Chrétienne. Syftême de la Nature, ou des Loix du monde phyfique & du monde moral, par M. Mirabaud*, &c.

Ces livres font condamnés à être lacérés & brûlés, comme impies, blafphématoires & féditieux, tendans à détruire toute idée de la Divinité, à foulever les Peuples contre la Religion & le Gouvernement, à renverfer tous les principes de la fûreté & de l'honnêteté publique, & à détourner les Sujets de l'obéiffance dûe à leur Souverain.

Arrêté en outre qu'il fera nommé des Commiffaires, qui s'affembleront au lendemain de la St. Martin, à l'effet d'avifer aux moyens les plus efficaces pour arrêter les progrès d'écrivains téméraires, qui femblent n'avoir d'autre objet que d'effacer de tous les cœurs le refpect dû à la religion, l'obéiffance aux puiffances, & les principes qui maintiennent la paix, l'ordre & les mœurs parmi les citoyens.

23 *Août* 1770. Les Comédiens Italiens ont député vers Jean Jacques Rouffeau, pour lui offrir fes entrées à leur Spectacle, ainfi qu'à Madame Rouffeau. On affure qu'il les a accepté; ce qui feroit une efpece d'engagement contracté de fa part de faire quelque chofe pour eux : ce nouveau foutien renforceroit merveilleufe-

ment un Théâtre dont le Public eſt toujours engoué.

26 *Août* 1770. On a dit qu'il n'y avoit point de Prix de Poéſie cette année pour le jour de la St. Louis. C'eſt par où le Sr. Duclos a ouvert la ſéance publique en ſa qualité de Secrétaire. Il a donné pour raiſon qu'aucun des auteurs n'étoit entré dans le ſens de l'Académie. Il court à ce ſujet une anecdote, ſuivant laquelle cette raiſon ne ſeroit que l'oſtenſible & non la vraie; on prétend que l'Académie avoit été partagée entre les deux pieces, l'une du Sr. de la Harpe, & l'autre de l'Abbé de Langeac; que les par-tiſans de ce dernier avoient cabalé fortement pour lui, & par la connoiſſance qu'ils avoient donnée de l'auteur, avoient entraîné preſque toute l'Aſſemblée; que le Sr. Marquis de St. Lambert ſeul avoit tenu bon pour le premier, & avoit ramené beaucoup de gens à ſon avis. Sur quoi il s'en étoit élevé un troiſieme, de laiſſer la choſe indéciſe, pour ne pas donner de mortification au jeune Abbé, & ne pas faire d'injuſtice au candidat : ce qui a été adopté.

Quoi qu'il en ſoit, le Sr. Duclos, avec ſon ton bourru, qu'il ne croit que cavalier, eſt entré dans un détail minutieux ſur les formes, peu faites pour l'aſſemblée, & s'eſt plaint de la négligence des concurrens à les obſerver.

Enſuite le Sr. Thomas a lu *l'Eloge de l'Em-pereur Marc-Aurele.* Cet orateur, pour rendre ſa tournure plus neuve & plus impoſante, com-mence ſon diſcours par le convoi de ſon héros. Là, il ſuppoſe qu'un nommé *Apollonius*, ancien ami de ce Prince, fait ſon oraiſon funebre de-vant tous les Romains aſſemblés. Il donne d'abord l'idée des devoirs d'un Souverain, tels que les avoit connus Marc Aurele : il fait voir après comme il les avoit remplis. L'allufion conti-nuelle entre ce qui fe paffoit alors, & les évé-nemens de ce Regne, que l'auteur a eu foin d'indiquer tacitement aux Spectateurs, a rendu cette lecture extrémement piquante, & la Satyre indirecte qui réfultoit natuiellement du contrafte, a excité des applaudiffemens continuels. On n'a point vu de lecture auffi chaudement foutenue que celle-là. Comme elle étoit extrémement lon-gue, le Sr. Thomas s'eft repofé un inftant.

Le Sr. Duclos a repris alors la parole ; il a déclaré que l'Académie laiffoit de nouveau le choix de Poëfie libre, & que le prix en feroit diftribué l'année prochaine avec celui de profe ; qu'au furplus il avertiffoit que la médaille ne fe-roit que de 500 Livres, au lieu de 600 Livres. Il a donné à entendre, fans s'expliquer ouver-tement, qu'une main fifcale s'étoit étendue juf-ques dans le tréfor des Mufes, & avoit rogné un dépôt qui auroit dû être facré, c'eft-à-dire qu'on avoit mis des impôts jufques fur ce petit & très petit objet ; ce dont M. de Laverdy avoit déja donné l'exemple durant fon Minif-tere.

Après cette digreffion, le Sr. Thomas a repris & fini avec les mêmes éloges. Dans le cours du difcours prétendu d'Apollonius, l'orateur fait de tems en tems s'élever tantôt un guerrier, tantôt un magiftrat : ces apoftrophes diverfes donnent de l'action au fpectacle, & animent le tableau. Le fils de Marc-Aurele y figure auffi, mais d'une façon peu honorable.

Ce morceau d'éloquence a d'autant mieux

réuni les suffrages, qu'il a paru dégagé de cette emphase, de tout cet appareil oratoire qu'on remarque dans les autres ouvrages de l'auteur, surtout de ce ton pédantesque d'un Philosophe qui semble se croire fait pour gouverner ceux qui gouvernent, & qui, sous le nom d'éloge d'un autre siecle, ne cherche qu'à blâmer le sien, qui s'annonce pour distiller le miel & verse le fiel à pleine bouche.

Pour délasser un peu l'Assemblée de la tension que lui avoit occasionné ce discours, M. le Duc de Nivernois a lu six fables : *Le Seigneur & son Fermier. Le Chêne & le Ruisseau. La Pyramide. L'Orgueilleuse. Le Roi & son Gouverneur. Le Lion inconsolable.* Quoiqu'il résulte la même morale des trois premieres, elles ont été entendues toutes avec la même curiosité & le même plaisir. La quatrieme est d'une simplicité digne de Phedre. La cinquieme est plus métaphysique & dans un genre particulier. La sixieme roule sur une anecdote de ménagerie dont l'auteur a sçu tirer parti.

29 *Août* 1770. L'Avocat général Seguier, extrêmement mortifié de l'omission de son Réquisitoire déja tout imprimé d'avance, & dont il avoit promis d'envoyer dès le jour même des exemplaires à la cour, a eu recours à la voie de l'autorité pour faire paroître son ouvrage. Il s'imprime actuellement au Louvre, par ordre du Roi. On assure qu'il a supprimé, ou absolument changé, la phrase, page 26, du Réquisitoire imprimé chez l'Imprimeur du Parlement, dont ses ennemis s'étoient prévalus pour lui donner cette humiliation, sous prétexte qu'elle étoit injurieuse aux Anglois. La

voici telle qu'elle est dans le texte original, *page* 26, *ligne* 3.

» N'est-ce pas ce fatal abus de la liberté de
» penser qui a enfanté chez les Insulaires, nos
» voisins, cette multitude de sectes, d'opinions
» & de partis; cet esprit d'indépendance, qui finira
» par détruire cette Constitution même dont ils
» se glorifient ? »

30 *Août.* Un fils du Roi de Suede est arrivé ici dimanche, sous le nom du Comte *de
Vasa.* Ce Prince s'est rendu à l'Opéra incognito.
C'étoit la derniere Représentation des *Fragmens.*
Le Spectacle étoit pitoyable; les acteurs étoient
triplés, quadruplés, &c. Le Comte de Vasa,
dont les oreilles étoient encore toutes imbues
de la musique italienne, n'a pu tenir à cette
représentation, & est sorti au milieu du spectacle.

1er. *Septembre* 1770. Le discours du Sr. Thomas
sur Marc-Aurele fait un bruit du diable. On trouve bien extraordinaire que dans le Sanctuaire de
l'Académie, protégée par le Roi, dans son palais,
un membre de cette compagnie ait osé avancer
les propositions les plus hardies, fronder le gouvernement actuel avec tant de dureté, & inculp-
per, ce semble, tous les Ministres par les apos-
trophes & les allusions dont on ne peut méconnoî-
tre le sens & les rapports.

2 *Septembre.* Tandis que le Parlement proscrit les ouvrages dangereux dont il a été rendu
compte par M. Séguier, l'incrédulité ne cesse
d'en répandre de nouveaux, toujours tendans au
même but, & remplissant le système réfléchi
des ennemis conjurés de la Religion, pour

après l'avoir attaquée dans son tout, la détruire successivement dans ses parties. Il nous est arrivé de Hollande depuis peu, *Examen critique de la vie & des ouvrages de St. Paul*, ainsi qu'une *Dissertation sur St. Pierre*. Ces deux écrits, qu'on attribue dans le titre à feu M. Boulanger, n'ont pas les graces & l'enjouement des productions de M. de Voltaire en ce genre-là, mais sont nourris d'une érudition profonde & soutenue, d'une logique contre laquelle il est difficile de résister, sans la grace spéciale d'une foi vive & aveugle.

4 Septembre 1770. On commence à voir dans l'atelier du Sr. Pigal une esquisse de la figure entiere de M. de Voltaire. Il est représenté nud, assis, tenant un rouleau d'une main & une plume de l'autre. Il paroît que cette maniere de le poster n'agrée pas au public, & ce n'est pas le dernier effort de l'Artiste, qui essaye les différentes attitudes pour faire valoir davantage ce squelette, sujet ingrat pour le Statuaire.

7 Septembre. L'Académie Françoise a tenu hier sa séance publique pour la réception de M. l'Archevêque de Toulouse, élu à la place de M. le Duc de Villars. L'assemblée étoit très brillante en femmes, en Evêques & en grands Seigneurs. On a trouvé le discours du Récipiendaire très médiocre. Il a été court : on y a remarqué quelques transitions heureuses, entr'autres la derniere, où, sous le prétexte de l'impatience qu'il voyoit dans le Public d'entendre M. Thomas, le Directeur, il s'est arrêté & a fini.

En effet, le discours de M. Thomas a produit une grande sensation, & malgré les longueurs, les écarts, les digreſſions, il a été reçu avec beaucoup de tranſports. On y a trouvé un détail ſur l'eſprit des affaires qui a paru neuf, un parallele de l'homme de lettres de la ville avec l'homme de lettres de la cour. Mais on a ſur-tout applaudi à la ſortie vigoureuſe qu'il a faite contre ces hommes en place, qui, par amour-propre ayant déſiré d'être admis dans le ſein de l'Académie, la trahiſſent enſuite en calomniant les lettres & leurs ſectateurs. En rendant juſtice à quelques Grands qui ont eu le courage de défendre leurs confreres Académiciens opprimés, il a flétri d'une ignominie durable les ames lâches & puſillanimes qui n'auroient pas la même force ; les courtiſans hypocrites, qui déſavouent en public des hommes qu'ils eſtiment en ſecret ; des hommes vendus à la faveur qui lui ſoumettent tout juſqu'à leur génie, & concourent à éteindre des lumieres que redoute le Deſpotiſme. On a prétendu que les divers hors-d'œuvres du diſcours de l'orateur n'avoient été placés que pour amener inſenſiblement celui-ci, & faire rougir, s'il étoit poſſible, M. Seguier, du rôle indigne qu'on lui reproche d'avoir joué dans la dénonciation dont il avoit été chargé au Parlement, des livres ſcandaleux contre leſquels le Clergé ſe ſoulevoit. On a remarqué en effet beaucoup d'embarras dans cet Académicien, qui étoit préſent, & qui pendant toute la tirade faiſoit une trèsmauvaiſe contenance. Quoi qu'il en ſoit, ce diſcours, malgré ſes défauts, eſt peut-être le plus plein, le plus éloquent, le plus philoſophique qui ait été fait en pareil genre.

Pour remplir la ſéance, M. de Marmontel a

lu un Épifode de fon Poëme en profe des *In-cas*, ou de *la Deſtruction de l'Empire Péruvien*. Dans cet Epifode, Las Caſas, le défenſeur des Indiens contre les cruautés des Eſpagnols, fait un voyage chez un Cacique, qui frappé de la grandeur des ſentimens de cet Étranger, de ſa bienfaiſance, de ſes vertus héroïques, adopte le Dieu dont la morale eſt ſi belle. L'auteur, par ce Chant adroitement amené, a voulu faire rougir indirectement les perſécuteurs de l'auteur du *Béliſaire*, qui, lorſqu'on l'accuſoit de Déiſme & Athéiſme, mettoit dans un auſſi beau jour la Religion Chrétienne & s'en faiſoit l'éloquent apologiſte. Quant au fond du récit, il eſt tracé d'une maniere extrêmement touchante, & le ton pathétique du poëte a fait verſer des larmes à pluſieurs auditeurs.

M. le Duc de Nivernois a terminé la ſéance par huit fables qu'il a lues : *Le Vigneron & le Roi. Les Ecreviſſes. Le Vautour & la Tortue. Jupiter & la Femme. L'Aigle & le Roitelet. L'Ecolier en bâteau. Le Voyageur de nuit. Le Vieillard à l'hôpital.* On reçoit toujours avec un nouveau plaiſir les productions de cet aimable Seigneur, qui joint l'enjouement à la ſageſſe, & orne de fleurs la morale la plus exquiſe & la plus ſublime.

Le Comte de Vaſa, fils du Roi de Suede, arrivé depuis quelques jours en cette capitale, a honoré l'Académie de ſa préſence, & a pris rang parmi les Académiciens, ainſi que quelques Seigneurs de ſa ſuite.

8 *Septembre* 1770. Le Sr. de Voltaire vient de répandre une petite brochure, intitulée : *Dieu*, où il s'annonce pour refuter le *Syſtéme de la*

Nature fur l'Athéifme. Il parle de cet ouvrage, comme tiré d'un autre qui n'a point paru, en plufieurs volumes *in* 8°. intitulé : *Remarques fur l'Encyclopédie*.

Quoi qu'il en foit, dans ce petit effai l'auteur prétend que celui du *Syftéme de la Nature* s'eft trop laiffé aller à fon horreur pour le fanatifme, ou à fon mépris pour les méthodes employées dans l'Ecole & la démonftration de l'Etre Suprême. Il lui abandonne le Dieu des prêtres & celui des théologiens : mais il lui demande grace pour le Dieu des honnêtes gens. Il rapporte à l'appui de fon affertion tous les lieux communs déjà épuifés à cet égard : il étale une érudition, dont il aime à fe parer dans ces fortes d'ouvrages ; il y mêle cet efprit de plaifanterie, ce ton ironique, ces invectives qu'il a continuellement à la bouche contre fes ennemis, ou contre ceux qui n'adoptent pas fes opinions ; & il refute fi mal le Philofophe qu'il prétend combattre, que ce pamphlet peut paffer pour le Traité d'Athéifme le plus formidable, par l'adreffe avec laquelle le Sr. de Voltaire a rapproché les divers argumens de fon adverfaire, qui reftent dans toute leur force & n'en reçoivent que davantage par cette réunion lumineufe, rapide & ferrée.

Au moyen du foin qu'a eu M. de Voltaire d'extraire ainfi le Livre du *Syftéme de la Nature*, ouvrage en deux volumes in 8°, où tout le monde ne pouvoit pas mordre, & qui n'étoit fait que pour les têtes fortement organifées, l'Athéifme, ainfi dégagé de toute la forme fyllogiftique, enrichi de toutes les graces du ftyle & de tout le piquant de la fatyre, va fe re-

pandre fur toutes les toilettes & infecter les
efprits les plus frivoles.

10 *Septembre* 1770. Le Sr. Le Kain forme
pour la Comédie Françoife, un acteur dans le
Tragique, dont il donne les plus grandes efpérances quant au talent. Il a 5 pieds 6 pouces,
de grands yeux noirs, des fourcils très prononc-
cés, le refte de la figure à l'avenant : il n'a que
19 ans. Déjà cet Adonis porte le défordre dans
le Sérail des Actrices : Mlle. Dubois furtout a
jetté un dévolu fur lui ; elle a déclaré qu'elle
vouloit jouer les rôles de toutes les pieces où
il paroîtroit, & fous prétexte de faire des répétitions avec lui elle l'attire chez elle ; ce qui
donne une jaloufie prodigieufe à fes Confœurs.

12 *Septembre.* Le Sr. Thomas & la Cabale Encyclopédique s'applaudiffoient de la fortie
vigoureufe que le premier avoit faite dans fon
difcours dont on a parlé. On travailloit à fon
impreffion ; mais M. le Chancelier, fur les plaintes de l'Avocat général Séguier, a envoyé chercher le manufcrit & l'auteur ; il a défendu à ce
dernier de faire paroître fon ouvrage, lui a déclaré qu'il le rendoit refponfable de tout frag-
ment quelconque qui s'en répandroit, & le feroit
rayer de la lifte des Académiciens.

Indépendamment de cette fecouffe particuliere,
le Clergé, moins indulgent, fe remue de fon
côté ; il eft indigné que le Sr. Thomas ait choifi
le jour de réception d'un Archevêque, où beaucoup de Prélats étoient préfens à la cérémonie,
pour femer devant eux des propofitions condam-
nables & les affocier en quelque forte à fon irréligion, en les promulgant fous leurs yeux.

13 *Septembre.* A la fuite du petit pamphlet

intitulé : *Dieu* , M. de Voltaire a inféré une
efpece de Réponfe à un livre qui a paru , il y
a déja du tems , ayant pour titre : *Lettres de
quelques Juifs Portugais & Allemands à M. de
Voltaire , avec des Réflexions critiques* , &c.
Leur objet étoit de relever plufieurs erreurs ,
qu'ils regardent comme échappées à ce grand
homme en parlant des livres facrés. Les principales font d'affurer que Moïfe n'avoit pas pu
écrire le Pentateuque ; que l'adoration du Veau
d'or n'avoit pas pu avoir lieu, parce qu'on ne
peut réduire l'or en poudre, & que d'ailleurs
on n'avoit pu fondre cette Statue en trois mois.
Les auteurs de la brochure y avoient mis toute
la modération , toute la politeffe poffible. Le
Philofophe de Ferney fentant combien il feroit
indécent d'invectiver des Ecrivains qui differtoient
auffi honnêtement, prit le prétexte de fuppofer
ces Lettres écrites par je ne fais quel cuiftre du
College Dupleffis, qu'il traîne fur la fcene, qui
lui fert de plaftron, & contre lequel il vomit
les flots de bile qui le fuffoquent de tems en
tems. Excepté ces injures, & un appareil d'érudition que M. de Voltaire développe à fon ordinaire, toute la partie du raifonnement eft foible & vient fe brifer contre la logique claire
& preffante de fes adverfaires. Il paroît que cet
autre pamphlet fera auffi corps des Remarques
de l'auteur fur l'Encyclopédie.

16 *Septembre* 1770. Le Sr. de la Beaumelle ,
femblable au milan, qui, dépouillé par l'aigle ,
laiffoit croître fes plumes dans le filence pour fe
venger de fon ennemi, après avoir paffé douze
ans dans la retraite, lacéré de toutes parts par
M. de Voltaire, eft forti, comme on a dit ,

armé de pied en cap , & va lui rendre tous les coups qu'il en a reçus. Il fait imprimer actuellement la *Henriade* corrigée , où il trouve plus de 3,000 vers à reprendre. Il attaque encore mieux le plan : mais par une maladrèſſe impardonnable , il s'eſt aviſé de vouloir ſubſtituer ſes vers à ceux de M. de Voltaire. C'eſt la Mothe qui traduit l'Illiade en vers. Le Sr. de la Beaumelle a en outre un Commentaire ſur toutes les Œuvres de ce Poëte , dans le goût de celui que le dernier a fait des Œuvres de Corneille. Indépendamment de ces ouvrages de critique , l'auteur en queſtion en a beauconp d'autres , tels que les traductions qu'on a annoncées , une Vie de M. de Maupertuis , avec la Correſpondance du Roi de Pruſſe , une Vie d'Henri IV , &c.

17 *Septembre* 1770. Le Sr. Bertin, Tréſorier des Parties Caſuelles , a donné aujourd'hui une fête ſuperbe à ſa maiſon de Paſſy , où ont aſſiſté M. l'Evêque d'Orléans , M. l'Archevêque d'Arles , M. le Duc de la Vrilliere , M. le Contrôleur général , M. le P. Préſident , M. Bertin le Miniſtre , l'Abbé Bertin , &c. La gaîté devoit être le principal aſſaiſonnement de ce jour : en conſéquence on a joué *la Vérité dans le vin*, Opéra comique du Sr. Collé , ainſi que pluſieurs parades très-poliſſonnes ; ce qui a beaucoup amuſé la gravité des principaux perſonnages qu'on vient de nommer. Le tout a été exécuté par des Acteurs de la ſociété ; & madame Bertin , entre autres , a déployé ſes talens avec des graces ſingulieres , & a obtenu les ſuffrages de tous les ſpectateurs.

18 *Septembre.* On prétend que l'Académie Françoiſe , ſur le rapport d'un de Mrs. concer-

ant les plaintes portées par M. Seguier à M. le Chancelier contre M. Thomas, a délibéré sur ce qu'il y avoit à faire, & que l'affaire ayant été bien éclaircie, le tort se trouvant du côté de l'Avocat Général, il a été décidé que ce ne seroit que par respect pour son nom qu'on ne prendroit contre ce Magistrat aucune Délibération violente, mais qu'on ne communiqueroit point avec lui.

Du reste, on assure encore que M. l'Archevêque de Toulouse s'est entremis en faveur du Sr. Thomas auprès du Clergé, a répondu de ses sentimens religieux, de sa saine doctrine, & a arrêté les démarches que les Prélats zélés vouloient faire contre cet Académicien auprès du Roi. Par la même honnêteté, le discours de M. Thomas, comme Directeur, le jour de la réception de ce nouveau Membre, ne pouvant paroître imprimé d'après les défenses de M. le Chancelier, l'Archevêque de Toulouse a décidé que le sien ne paroîtroit pas ; ce qui est le premier exemple de cette nature.

20 Septembre. La querelle de M. Thomas avec M. Seguier a donné lieu à une espece d'épigramme ou de chanson, qui roule sur le zele hypocrite que ce dernier a fait paroître pour la religion dans son Réquisitoire, & qu'on assimile à l'ardeur que le Sr. Freron affecte dans ses feuilles pour la même cause :

Entre Seguier & Freron
Jésus disoit à sa mere :
Enseignez-moi donc, ma chere,
Lequel est le bon Larron ?

22 *Septembre* 1770. M. le Chevalier Laurez, auteur eſtimable qui a remporté pluſieurs fois le prix de l'Académie Françoiſe, eſt à ſolliciter depuis pluſieurs années auprès des Comédiens Franꞔois l'examen d'une Tragedie qu'il ſe propoſe de donner au Public. Ne pouvant avoir accès auprès de cet aréopage, il a adreſſé une courte Epitre à M. le Marquis de Chauvelin, Seigneur recommandable par ſon goût pour les Lettres, & il le ſollicite de lui accorder ſa protection auprès du tribunal en queſtion. Voici cette ſinguliere ſupplique :

Animé par ta voix, par ton goût éclairé,
Je ſentis dans mes ſens une flamme nouvelle ;
 Et fis paſſer dans mon Drame épuré
  Quelques traits de ce feu ſacré,
  Dont ton eſprit, Chauvelin, étincelle.
Mais ton génie en vain ſur mes foibles écrits
Auroit fait réfléchir un rayon de ta gloire,
Si mes travaux dans l'ombre étoient enſevelis ;
 De tes bienfaits ſi tu perdois le prix,
S'ils ne pouvoient, hélas ! vivre qu'en ma mémoire,
Sers ma reconnoiſſance, & préviens ce malheur :
  Que de nos jugés de la ſcene
Ta main officieuſe enchaîne la rigueur ;
  Et que l'urne de Melpomene,
Favorable à mes vœux, m'annonce un ſort flateur.
Je le dois obtenir, puiſque j'ai ton ſuffrage,
  Et mes ſuccès ſeront l'ouvrage
  De ton eſprit & de ton cœur.

23 *Septembre* 1770. On a parlé l'année derniere du théâtre de Mlle. Guimard à sa délicieuse maison de Pantin, & des spectacles qu'on
y jouoit avec toute la galanterie possible. Voici
le très-singulier compliment de clôture qui y a
été prononcé la semaine derniere, le jour où l'on
a représenté pour la derniere fois.

MESSIEURS,

» Autant que l'usage des choses de théâtre a
pu me donner de pratique : non , je mets la
charrue devant les bœufs, Messieurs : je veux
dire autant que la pratique des choses de théâtre
a pu me donner d'usage, j'ai remarqué en général, j'ai même expérimenté, que les clôtures
font bien plus difficiles à faire que les ouvertures ; que le moment où l'on rentre, a quelque
chose de bien plus gracieux, de plus agréable,
que le moment où l'on sort ; & que les Actrices ne pourroient jamais se consoler des regrets
de la sortie, si elles n'envisageoient l'espérance
d'un bout de rentrée. Ce discours tend à vous
montrer d'un clin d'œil, à vous exposer d'une
maniere qui ne tombera pas en oreille d'âne ,
Messieurs, à rapprocher enfin par un trait in-
sensible les avantages de la sortie d'avec ceux
de la rentrée, la clôture, enfin, de l'ouverture.

Mais ne pensons point à l'ouverture, quand
nous en sommes à la clôture : ne pensons pas
au commencement du Roman, quand nous en
sommes à la queue. C'est le plus difficile à écor-
cher, Messieurs ; on le sait, & c'est pour cela
que je rentre dans la matiere de mon compliment,
& que j'en reviens à la clôture d'aujourd'hui,
qui fait le fond de mon sujet.

Vous trouverez notre clôture, bien courte ,

bien petite , en comparaison des ouvertures si grandes , si brillantes , Mesdames , dont nous vous sommes redevables. Quelles obligations ne vous avons-nous pas pour les avoir soutenues ainsi agréables , douces & faciles , pour avoir écarté à propos ces critiques qui vilipendent , sans cesse , un acteur ; l'obligent de se retirer la tête basse & la queue entre les jambes ! Vous avez soutenu notre zele , suppléé à notre foiblesse , en nous prêtant généreusement la main pour nous dresser selon vos desirs , & nous avez mis par ce moyen dans le cas d'entrer en con-currence avec les sujets du premier talent , qui marchent toujours la tête levée , & aux-quels on ne peut réprocher qu'un peu trop de roi-deur , défaut dont ils se corrigeront aisément.

Que dis-je ! je m'apperçois que je m'allonge un peu trop sur les efforts de nos acteurs ; que je pourrois m'étendre sur quelques-unes de nos actrices. Mais ce n'est pas là le moment : je me contenterai de vous dire , que si nous don-nons aujourd'hui quelque relâche à vos amuse-mens & à notre spectacle , c'est reculer pour mieux sauter. Et , quoiqu'il ne soit pas permis à tout le monde d'être heureux à la rentrée , c'est cependant sur elle que nous fondons toute notre espérance ; & voici quel en est le motif.

Air : *Je suis Gaillard.*

Esope un jour avec raison disoit ,
Qu'un arc qui toujours banderoit
Sans doute se romproit,
Si le nôtre se repose ;

Mesdames, c'eft à bonne caufe,
A ce qu'il nous paroît.
De ce repos vous verrez les effets ;
Nous ferons des apprêts
Pour de nouveaux fuccès ;
Et nous le détendons exprès
Pour mieux le tendre après.

C'eft le Sr. de La Borde, premier valet de chambre du Roi, grand amateur & compofiteur de Mufique, le Directeur des Spectacles de Mlle. Guimard, qui avoit commandé le compliment ci-deffus au Sr. Armand fils, concierge de l'Hôtel des Comédiens & auteur de quelques Drames, en le priant de le faire le plus poliffon, le plus ordurier qu'il feroit poffible. Il y avoit d'honnêtes femmes à ce Spectacle, mais en loge grillée ; car ce font les filles qui occupent l'affemblée & rempliffent la falle.

26 Septembre 1770. Un Baron Allemand, Officier dans le Régiment d'Anhalt, s'eft enfermé un de ces jours derniers dans fa chambre avec fon chien. Il a brulé la cervelle de cet animal avec un piftolet, & s'eft paffé fon épée à travers le corps plufieurs fois ; mais fans fe bleffer à mort fur le champ, il eft tombé en foibleffe & n'a pu s'achever. Le bruit de l'arme à feu ayant excité une rumeur dans la maifon, on eft accouru à l'endroit d'où il partoit ; on a enfoncé la porte, & l'on a trouvé ce fpectacle tragique. On a fait revenir l'Officier, qui ne mourra point, à ce qu'on efpere. Il paroît que ce dégoût de la vie qui gagne confidérablement dans cette capitale, a été la caufe de ce

H 2

fuicide. Interrogé pourquoi il avoit tué le chien ? Il a répondu qu'il aimoit beaucoup cet animal, qu'il craignoit qu'il ne fût malheureux en lui furvivant. Interrogé pourquoi il avoit préféré le piftolet pour tuer le chien ? Il a répondu que c'étoit par une fuite du même attachement qu'il avoit choifi de donner à ce compagnon fidele la mort la plus promte, la moins douloureufe & la plus fûre ; que pour lui, il avoit regardé l'épée comme un inftrument du trépas plus digne de lui. On voit par là, que l'extravagance même de l'Officier étoit combinée & réfléchie. On ne peut rendre raifon d'un fang froid auffi extraordinaire. On accufe de nouveau la philofophie du jour, comme autorifant de pareils forfaits, & comme les encourageant d'une maniere trop fenfible par l'expérience.

30 *Septembre* 1770. On a déjà parlé d'un fuperbe vis-à-vis que faifoit faire Madame la Comteffe Dubarri. Il eft aujourd'hui achevé, & le Public fe porte en foule pour le voir chez le fellier. Rien de plus élégant & de plus magnifique en même tems. Ceux de Madame la Dauphine, envoyés à Vienne, n'en approchoient pas pour le goût & la délicateffe du travail. Outre les armoiries, qui forment le fond des quatre paneaux fur un fond d'or qui couvre tout l'extérieur de la voiture, avec le fameux cri de guerre : *Boutez en avant* ; fur chacun des paneaux de côté on trouve répétés d'une part une corbeille garnie d'un lit de rofes, fur lequel deux colombes fe becquettent amoureufement, de l'autre un cœur tranfpercé d'une fleche, le tout enrichi de carquois, de flambeaux, de tous les attributs du Dieu de Paphos. Ces

emblêmes ingénieux font furmontés d'une guir-
lande de fleurs en Burgos, qui eft la plus belle
chofe qu'on puiffe voir de fes deux yeux. Le
refte eft proportionné : la houffe du cocher ,
les fupports des laquais par derriere , les roues,
les moyeux , les marche-pieds font autant de
détails précieux qu'on ne peut fe laffér d'admirer , & qui portent l'empreinte des graces de
la maîtreffe de ce char voluptueux. Jamais les
arts n'ont été pouffés à un tel degré de per-
fection.

1er. *Octobre* 1770. Le même auteur de *l'Hi-
floire critique de la vie & des ouvrages de St.
Paul*, vient de répandre une *Hiftoire critique de
Jéfus-Chrift*, ou *Analyfe raifonnée des Évan-
giles*, avec cette double épigraphe : *Ecce homo*,
& plus bas : *Pudet me humani generis, cujus
mentès & aures talia ferre potuerunt*. St. AU-
GUSTIN. On parlera plus amplement de cet
ouvrage remarquable, qui eft précédé de la fameufe *Epître à Uranie*, qu'on fait être de M.
de Voltaire. Il la compofa en 1732 , & la dé-
dia à Madame la Comteffe de Rupelmonde,
Dame du Palais de la Reine. On ne pouvoit
mieux ouvrir cet ouvrage impie, que par une
piece de poéfie qui y a beaucoup de rapport &
qui lui fert comme de texte.

5 *Octobre*. Le Sr. Guillemin , premier
violon du Roi, ne pouvant toucher d'argent, &
étant fort arriéré dans fes affaires, s'eft, dans
un excès de défefpoir, détruit de plufieurs coups
de coûteau.

7 *Octobre*. Le bruit ayant couru que M.
le Duc de la Vrilliere , depuis qu'il eft revêtu de fa nouvelle dignité , cherchoit à fe donner

des defcendans à qui la tranfmettre, & en conféquence devoit époufer Mlle. de Polignac, on
a vu avec furprife l'Epigramme fuivante, inférée
dans des bulletins de nouvelles, que paroît autorifer la Police. Voici cette Epigramme :

Des caffés de Paris l'engeance fabliere,
 Qui raifonne de tout & *ab hoc* & *ab hac*,
Sur fes prédictions rédigeant l'almanac,
  Donne pour femme à la Vrilliere
  La fille du beau Polignac.
Ah ! fi l'ingrat jamais avoit cette penfée,
 S'écria Sabbatin, fe frappant l'eftomac,
 J'étranglerois, comme une autre Médée,
Tous ces Philippotins, foi-difans de Langeac.

10 *Octobre* 1779. Après une préface très répréhenfible, où l'auteur de *l'Hiftoire critique de
la vie de Jéfus-Chrift* employe tour-à-tour l'ironie & la déclamation, où il annonce affez hautement fon criminel projet de repréfenter l'Evangile comme un roman oriental, dégoûtant pour
tout homme de bon fens & qui ne femble s'a-
dreffer qu'à des ignorans, des ftupides, des
gens de la lie du peuple, les feuls qu'il puiffe
féduire, comme une hiftoire où la critique ne
trouve aucune liaifon dans les faits, nul accord
dans les circonftances, nulle fuite dans les principes, nulle uniformité dans les récits, il entre
en action.

Pour rédiger ces Mémoires, l'écrivain femble
ne s'être fervi que du texte même des Evangiles;
mais il préfente les faits fous un jour fi ridicule,

il en fait voir la fauſſeté, la contradiction, l'abſurdité d'une façon ſi palpable, qu'il faut être revêtu
de la foi la plus robuſte pour regarder une pareille
Vie comme celle d'un homme - Dieu, & pour
croire à une religion dont les fondemens ſont
auſſi mal aſſis. On ſent que le critique a fondu
adroitement dans ſon livre la ſubſtance d'une quantité d'autres ouvrages ſur le même genre, mais
que leur érudition, ou les langues ſavantes dans
leſquelles ils ſont écrits, mettoient hors de portée
du commun des lecteurs. Tout ce que l'incrédulité
a pu produire d'argumens les plus forts, les plus
preſſans, les plus convaincans, ſont ici rappro-
chés ſous le même point de vue, & forment,
réunis, un corps de preuves irréſiſtible, toujours
ſeulement pour ceux qui voudront examiner notre
ſainte religion avec les lumieres d'une raiſon dan-
gereuſe, ou ſe ſervir d'une logique réprouvée en
matiere de foi.

Au reſte, ſi l'auteur ne déceloit viſiblement
ſon projet abominable, on ne pourroit que lui
ſavoir gré, par l'intérêt qu'il a mis dans ſes récits de faire lire les Evangiles à beaucoup de
Chrétiens mal inſtruits de l'hiſtoire du fondateur
de leur religion, ou qui, dégoûtés du déſordre,
de l'obſcurité, du galimathias, de la barbarie du
ſtyle des différens textes des Evangéliſtes, avoient
renoncé à les lire & avoient mieux aimé croire
ſur parole. Il réſulte, au contraire, de ſon ouvrage, que Jéſus n'étoit qu'un artiſan enthouſiaſte,
mélancolique & jongleur mal-adroit, ſorti d'un
chantier pour ſéduire des hommes de ſa claſſe,
échouant dans tous ſes projets, puni comme un
perturbateur public, mourant ſur une croix, &

H 4

cependant après fa mort devenu le Législateur &
le Dieu d'un grand nombre de peuples & fe faifant adorer par des êtres qui fe piquent de bon
fens. L'auteur fait voir enfuite comment le Chriftianifme s'eft établi ; il rend raifon de fes progrès
rapides, qu'il ne faut point, fuivant lui, attribuer
à un miracle, mais à des caufes naturelles, in-
hérentes à l'efprit humain, dont le propre eft de
tenir fortement à fa façon de penfer, de fe roidir
contre la violence, de s'applaudir de fes forces,
d'admirer le courage dans les autres, de s'intéreffer à ceux qui en montrent & de fe laiffer gagner à leur enthoufiafme. Il finit par un tableau
rapide & éloquent du Chriftianifme, depuis Conf-
tantin jufqu'à nous ; & en calculant la durée des
extravagances humaines, qui ont leur période,
il prétend que l'erreur finira tôt ou tard, pour
faire place au bon fens & à la vérité, & que les
Souverains & les Sujets fe dégoûteront un jour
d'une religion onéreufe pour les peuples, & qui
ne procure des avantages fenfibles qu'aux defpo-
tes & aux prêtres. Mais qu'y fubftituer ?... La
Raifon.

12 *Octobre* 1770. On a déja lu dans quelques ouvrages périodiques la traduction d'un
De profundis de la façon du Sr. Piron, & les
gens religieux fe font applaudis de voir un auffi
grand homme faire un retour vers Dieu & reconnoître que hors le falut tout eft vanité, &
qu'il n'y a de plaifirs & de vrai bonheur que
dans une confcience timorée. Ce fameux poëte
vient de rendre un hommage moins éclatant à
notre fainte religion, mais qui n'en paroît que
plus édifiant & plus fincere ; il a écrit au bas

d'un Crucifix qu'il a dans fa chambre le quatrain
fuivant :

De l'enfer foudroyé quels font donc les prestiges !
De ta religion en ce figne éclatant
Contemple, ô Chrétien, à la fois deux prodiges !
Un Dieu mourant pour l'homme, & l'homme impé-
nitent.

15 *Octobre* 1770. L'Officier du Régiment d'*Anhalt*, dont on a rapporté l'avanture, n'eft point
mort de fes bleffures, & il va autant bien que
peut le permettre fon état. On croit qu'il en
reviendra. Il tient fort à la vie aujourd'hui, &
fe répent beaucoup de l'excès auquel il s'eft porté.
Voici fon hiftoire.

Il fe nomme M. le Baron de Wauxhen : il
étoit allé au Wauxhall quelques jours avant fa cataftrophe. Mr. de Létoriere, petit-maître très-
renommé par fa figure, fes bonnes fortunes &
fa valeur, lui avoit marché fur le pied impru-
demment & lui avoit fait toutes les excufes convenables & ufitées en pareil cas. Il croyoit en
être quitte. Le foir il reçoit un billet du Baron,
qui lui demande en grace de paffer chez lui le
lendemain matin pour affaire importante. M. de
Létoriere s'y rend, & trouve cet homme dans
fon appartement, illuminé comme un jour de
bal. Il lui demande ce dont il eft queftion ? Celui-ci lui témoigne combien il eft offenfé de fon
impertinence. Le François renouvelle fes proteftations de n'avoir voulu l'offenfer en rien, & lui
donne là-deffus l'alternative en bon & franc militaire... M. de Wauxhen, après beaucoup d'ex-

H 3

plications , paroît satisfait , & laisse partir son adversaire. .... Il est tourmenté bientôt après de nouvelles inquiétudes , & va trouver un Ministre étranger de ses amis , auquel il compte son aventure & qu'il consulte. Celui-ci lui rit au nez , le rassure , & lui promet de l'avertir s'il court sur son compte aucun mauvais propos à cette occasion. Il croit le Baron calmé , mais bientôt après la tête pette à celui-ci , & il se porte à la cruelle extrêmité dont on a rendu compte.

16 *Octobre* 1770. *Epigramme sur la Statue de M. de Voltaire.*

J'ai vu chez Pigal aujourd'hui
Le modèle vanté de certaine Statue :
A cet œil qui foudroye, à ce souris qui tue,
A cet air si chagrin de la gloire d'autrui,
Je me suis écrié : ce n'est point là Voltaire ;
C'est un monstre ...... Oh! m'a dit certain folliculaire.
Si c'est un monstre, c'est bien lui.

18 *Octobre. Chanson , faite dans un souper de M. le Duc d'Orléans.*

Voulez-vous que de Fanchette ,
Je vous parle , mes enfans ?
La petite est si drôlette ,
Ses appas sont si friands ,
C'est que je la baise ,
C'est que je suis aise ,
C'est que je suis , ma foi ,
Plus content qu'un Roi !

Fanchette , fans être belle ,
A dans fon minois lutin ,
Un tour qui nous enforcelle ,
Je ne fais quoi de fi fin ,
Que quand je la baife
C'eſt que je fuis , &c.

Sa bouche eſt comme une rofe
Au moment d'épanouïr ;
Quand la mienne s'y repofe ,
Dieux , que je fens de plaifir !
C'eſt que je la baife ,
C'eſt , &c.

Sous le voile du myftere
Cachons fes autres appas :
Amour dit qu'il faut les taire ;
Mais quand je fuis dans fes bras ,
C'eſt que je la baife ,
C'eſt que , &c.

Fanchette , reconnoiffante ,
Me rend amour pour amour ;
Avec un air qui m'enchante
Dans mes bras elle a fon tour ;
C'eſt qu'elle me baife ,
C'eſt que je la baife ,
C'eſt que je fuis , ma foi ,
Plus content qu'un Roi !

23 *Octobre* 1770. L'enlèvement de M. Dupaty ,
Avocat général du Parlement de Bordeaux , fait
rechercher l'Arrêté de cette Cour qu'on attribue à

ce jeune Magiſtrat , & qu'on dit être un chef-
d'œuvre d'éloquence.

28 *Octobre* 1770. M. de Chamouſſet , ce citoyen
eſtimable , qui a toujours conſacré ſon tems , ſes
talens & ſa fortune à divers projets utiles , avoit
répandu , il y avoit près de vingt ans , l'idée
d'une maiſon d'aſſociation pour Paris , où les
ſouſcripteurs auroient trouvé en maladie les ſecours les plus variés , les plus abondans & les
plus ſoutenus. Ce plan ne s'exécuta point & ne
fit aucune fortune , ſous quelque point de vue
favorable qu'il fût préſenté. L'auteur a remanié
ſon projet , l'a rendu plus pratiquable & plus
étendu , & ſurtout plus attrayant pour la cupidité ,
ce mobile de toutes nos actions. Il vient de publier un *Mémoire ſur l'établiſſement des Compagnies qui procureront en maladie les ſecours les
plus abondans & les plus efficaces à ceux qui en
ſanté leur payeront une très-petite ſomme par an
ou même par mois.*

L'auteur développe d'abord de quelle autre importance eſt pour un Royaume une pareille compagnie d'aſſurance , bien préférable à celles qui
n'ont pour objet que les naufrages & les incen-
dies. Il en conclut combien le Gouvernement doit
protéger & encourager de pareils établiſſemens ,
qu'il propoſe à toutes les grandes villes de l'Europe , d'où il réſultera entre les différens peuples
qui l'habitent une fraternité fort utile. Il établit
la ſûreté de l'exécution ſur l'intérêt même de ces
Compagnies , qui étant le même que celui du
Public , ſeront obligées de bien traiter leurs malades pour en avoir plus , puiſque les profits ſeront
en raiſon du nombre.

Il rend raiſon enſuite des calculs qui ont ſervi

de bafe à fa fpéculation. Il dit que l'expérience
& l'obfervation des plus célebres Médecins conf-
tatent que fur 100 perfonnes il n'y aura jamais
dans le courant d'une année 12 maladies d'un
mois , ou 24 de 15 jours , & qu'ainfi un lit
dans les douze mois de l'année fait face à l'engagement pris vis-à-vis de 100 perfonnes. Il déduit
quelques claffes d'établiffement fur ces hypothe-
fes ; favoir, à 20 fols, à 40 fols, à un écu ,
& à 5 livres par mois. D'après le nombre donné,
il trouve une recette totale de 576,000 Livres.

Il démontre qu'il ne peut dépenfer moitié de
cette fomme ; il en déduit encore un fixieme pour
dépenfes imprévûes. Il fait d'une partie une Loterie
au profit des Soufcripteurs, & le furplus tourne
tout en bénéfice pour les Actionnaires.

M. de Chamouffet ne veut pas que les actions
foient à plus de 200 livres, afin d'étendre à plus
de perfonnes le partage de l'honneur & des profits
qui doivent en réfulter : enforte qu'il y aura 3,000
actions. Il indique tous les Notaires pour faire fa
foumiffion & conftater cette date juridique, qui
fera le titre de préférence. Il annonce que l'on
ne dépofera l'argent que lorfque toutes les actions
feront remplies : que le Gouvernement, qui a
permis l'expofition de ce projet , doit l'autorifer
quand le nombre des foumiffions lui prouvera le
defir du public, & par conféquent le fuccès, qui
ne peut être établi que fur l'empreffement général.
L'Auteur pouffe la pureté de fon zele jufqu'à s'exclure lui - même du nombre des Actionnaires, &
à renoncer à tout profit ; il facrifie au bien de
l'humanité, même fon amour propre , puifqu'il
s'offre de recevoir tous les avis , de profiter de
tous ; lorfqu'ils feront praticables, & de changer,

réformer, refondre, fon projet, à mefure que de nouvelles idées pourront l'améliorer.

3 *Novembre* 1770. Depuis le voyage de Fontainebleau, comme il y a eu des articles changés aux Spectacles, on a fait ce qu'on appelle *un nouveau Répertoire*, c'est-à-dire une lifte, qu'on a portée à M. le Dauphin. Ce Prince l'a reçue & jettée au feu fur le champ, fans la lire, en difant : *voilà le cas que je fais de ces fortes de chofes-là.* Les courtifans ont jugé différemment de cette action, fuivant leur façon de voir. En général, elle annonce un Prince fort décidé, & qui aime à fronder hautement les chofes qui ne lui plaifent pas.

4 *Novembre.* On a parlé l'année derniere de la vifite que le Sr. Gerbier, Avocat, avoit reçu du Prince de Conti, dans fa terre d'Aulnoy. Madame la Duchefle de Chartres vient de faire le même honneur à ce Jurifconfulte célebre, qui, comme l'orateur Romain, après avoir étonné le Barreau par fon éloquence fublime, fe délaffe de fes importantes fonctions en travaillant lui-même à fon champ. Le Sr. Gerbier eft un grand économifte, qui fait beaucoup d'expériences en chofes utiles, & qui d'ailleurs a finguliérement embelli fon habitation par toutes fortes de décorations nouvelles & peu connues, dont il a emprunté l'idée des Anglois. C'eft ce qui attire la curiofité des Grands.

6 *Novembre.* Le Mémoire de M. de Voltaire, en faveur des habitans de St. Claude, qu'on a annoncé il y a déja du tems, réveille l'attention du public, aujourd'hui qu'il eft queftion de juger cette affaire portée au Confeil des Dépêches. Il y eft queftion de plufieurs villages ren-

fermés entre deux montagnes, sans aucune communication avec le reste de la terre, sur lesquels le Chapitre de St. Claude, en Franche Comté, ci-devant couvent de Bernardins, prétend exercer le droit, contre nature, de servitude. Ce terrein comprend environ douze mille ames. Il veut faire valoir sa prétention, sans autre titre qu'une jouissance centénaire, que ces despotes opposent à la réclamation des malheureux habitans en question. La cause de l'humanité à plaider d'une part, & la satyre à faire de l'autre des moines & des prêtres, étoient un double sujet, trop beau pour ne pas enflammer l'imagination de notre poëte philosophe. Il a traité la matiere supérieurement & avec tout l'intérêt possible. On ne doute pas que le Chapitre de St. Claude ne perde, par la loi générale du Royaume, qui n'admet pas de serfs en France.

13 *Novembre. Assemblée publique de l'Académie Royale des Inscriptions & Belles-Lettres, tenue le 13 de ce mois, pour sa rentrée d'après la Saint Martin.* Le Sr. le Beau a commencé la Séance par les annonces ordinaires concernant les prix. Il dit que celui dont le sujet étoit d'examiner *quels furent les noms & les attributs divers de Jupiter, chez les différens peuples de la Grece & de l'Italie?* avoit été adjugé à l'Abbé le Blond, Sous-Bibliothécaire du College Mazarin : qu'il étoit double. Il ajouta qu'on avoit remis pour l'année 1772 le prix qui devoit être donné à Pâques dernier. On distribua le Programme qui roule sur le même sujet, savoir *l'Examen critique des Historiens d'Alexandre le Grand.*

Ensuite le même Secrétaire lut l'Eloge du Sr.

Bonamy. Cet Académicien, furtout diftingué parmi les Bibliographes, avoit eu de bonne heure le goût de ce genre d'étude, devenu immenfe par la multitude des livres dont les preffes inondent journellement l'Europe. A cette occafion l'orateur a détaillé toutes les qualités qu'exige la profeffion à laquelle s'étoit voué fon confrere, & quoique ce travail confifte plus, ce femble, à connoître la forme des ouvrages que le fond, leur extérieur typographique que leur mérite intrinfeque, il a prétendu qu'à l'appareil de l'érudition il falloit joindre l'érudition même, & il a fait un portrait du Bibliographe, fi étendu, fi compofé de tous les talens, fi parfait, qu'à l'en croire cette claffe de Littérateurs feroit au premier rang; & par une fuite du même enthoufiafme, il a tellement appliqué au Sr. Bonamy la réunion de toutes ces qualités, qu'il en auroit fait réellement un grand homme aux yeux de l'Affemblée, fi l'on n'eût connu le perfonage. En réduifant les chofes à leur jufte valeur, ce Savant étoit un excellent Académicien, très-affidu, très-laborieux, très-clair, très-précis, très-méthodique & très-judicieux dans les matieres de fa compétence.

Le Secrétaire, qui fe complaifoit dans cet Eloge, a fait paffer fucceffivement fon Héros par les différentes places qu'il a occupées, & eft entré à cette occafion dans beaucoup de détails. Il étoit Commiffaire au Tréfor des Chartres, qui eft l'amas d'une quantité de pieces originales, fervant à notre hiftoire de France, & que le Sr. Bonamy a tirées du cahos où elles étoient & mifes dans le meilleur ordre.

Le Sr. Moriau, Procureur du Roi de la ville, ayant laiffé fa Bibliotheque à la ville, pour en

faire un monument public, le Sr. Bonamy a été
le premier Bibliothécaire qu'on y ait nommé. L'o-
rateur s'eſt encore répandu à cette occaſion
en éloges magnifiques de cet établiſſement,
qui au fond eſt meſquin, coûte fort cher & ne
contient rien de curieux. Il s'eſt étendu ſur des
cartons, ramaſſés par le Sr. Moriau, concernant
toutes les parties de la ville de-Paris, au nombre
de plus de deux mille, & qui ne ſont qu'un ra-
mas d'eſtampes du pont neuf & autres niaiſeries
de cette eſpece, propres à amuſer des enfans. Il
a cité deux vers latins que l'Académicien avoit
faits pour ſervir d'inſcription à cette Bibliotheque,
dont on n'a pas fait uſage, on ne ſait pourquoi;
comme ils ſont anecdote, on va les rapporter ici:

Corporis immenſi dum vitam membraque curat
Hic animis proprias urbs quoque fundit opes.

Le Sr. Bonamy avoit auſſi la direction du
Journal de Verdun. Le panégyriſte, toujours
monté ſur le même ton emphatique, a exalté
cet ouvrage périodique, le plus mauvais des
Journaux, & c'eſt tout dire.

Enfin il a beaucoup loué la foi, la piété &
la mort édifiante de ſon confrere, & l'on a reconnu à ces derniers traits l'eſprit réligieux du
Secrétaire, qui eſt avec raiſon à la tête de la
cabale des dévots de cette Académie, la ſeule
où le catholiciſme ſe ſoit retranché; les deux
autres étant généralement reconnues pour infec-
tées, gangrenées d'athéiſme dans preſque tous
leurs membres.

On s'eſt appéſanti ſur cet Eloge, pour prémunir une fois pour toutes le public contre

cet ufage miférable de faire toujours un grand homme du confrere mort, & par un proto-cole unique de louanges triviales & communes les difcréditer tous & les mettre au même ni-veau.

Le Sr. Du Theil, officier aux Gardes & Membre nouvellement reçu de cette Acadé-mie, a pris la parole après le Secrétaire; il a fait part à l'Affemblée, d'une traduction d'une hymne de Callimaque en l'honneur d'*Apollon Carnéen.*

Le difcours de M. de Sigrais, fur l'efprit militaire des Gaulois, de la Gaule proprement dite, a fixé plus particuliérement l'attention de l'affemblée. Tout cet ouvrage, pris en partie des Commentaires de Céfar, contient un détail fort intéreffant pour la nation, puifque c'eft l'hiftoire de fes ancêtres; c'eft un tableau rapide & ferré des guerres du conquérant des Gau-les, avec des obfervations fur les caufes qui en hâterent le fuccès.

On avoit commencé la lecture d'un troifieme Mémoire, de M. l'abbé Belley, contenant des obfervations fur l'hiftoire & quelques médailles de Drufus Céfar, fils de l'Empereur Tibere, pour la défenfe de plufieurs auteurs de l'hiftoire Romaine &c.

14 *Novembre* 1770. *Affemblée publique de l'Académie Royale des Sciences tenue à fa ren-trée d'après la St. Martin le 14 Novembre 1770.*

M. Grand-Jean de Fouchy, Secrétaire de l'Académie, a ouvert la féance par l'Eloge de Mr. l'Abbé Chappe d'Auteroche. La paffion de cet Académicien pour l'Aftronomie, fe ma-nifefta dès le college, où il avoit fait une ob-

fervation pour y contempler les aftres , & depuis il confacra en quelque forte à cette Scien-
ce tout le refte de fa vie. Elle fe divife en deux
époques : l'une eft fon voyage en Mofcovie ,
pour y obferver à Tobolsk , le 6 Juin 1761 , le
paffage de Venus fur le difque du foleil; & l'autre , fon Voyage en Sibérie , fait par ordre du
Roi en 1761 , contenant les mœurs , les ufages
des Ruffes & l'état actuel de cette Puiffance ,
&c. Quant à la partie aftronomique , elle eft
fans doute très bien traitée ; mais on n'a pas trouvé en Ruffie que le refte le fût également , puifqu'on vient d'y imprimer un ouvrage ayant pour
titre : *Antidote ou Examen du mauvais Livre,
fuperbement imprimé, intitulé Voyage, &c.* Son
but eft de relever les erreurs de différens genres
qu'on y trouve , & qu'on attribue tantôt à l'ignorance , tantôt à la prévention , & quelquefois
à la mauvaife foi. Il eft fâcheux que cette critique ne paroiffe qu'après la mort de l'auteur ,
c'eft-à-dire lorfqu'il ne peut plus fe défendre ou
fe corriger.

L'orateur nous apprend , qu'on ne fait rien
encore des opérations de M. l'abbé Chappe, faites avant fa mort. Il le regarde avec raifon comme un martyr de l'aftronomie , puifque cet académicien avoit eu le courage d'entreprendre cette
expédition , malgré le preffentiment qu'il avoit
d'y fuccomber , qu'étant convalefcent d'une maladie dangereufe qu'il y avoit eue , il retomba
pour avoir voulu trop tôt recommencer fon travail , & qu'en mourant il déclara qu'il expiroit
content , ayant rempli fa miffion.

M. l'abbé Chappe eft mort très jeune , fi l'on
ne confidere que les ans , puifqu'il n'en avoit qu'en-

viron 46 ; mais comme il avoit mené une vie extrêmement laborieuse, on peut regarder sa carriere comme abondamment fournie. Outre ses découvertes en Aftronomie, on lui doit un nouveau Syftême, ou du moins rajeuni, fur le tonnerre, par lequel il prétend que la foudre part du corps frappé, autant que du fein des vapeurs qui la forment. Après cet Eloge, le Secrétaire lut un papier que lui avoit remis M. Beaudouin, Mre. des Requêtes, contenant quelques obfervations du Sr. Doc, officier de la Marine Efpagnole, fur la pofition de St. Jofeph, lieu de la Californie où a été fuivi le paffage de Vénus fur le difque du foleil, ainfi que fur le tems des deux contacts intérieurs.

A cet Eloge a fuccédé un Mémoire du Sr. Cadet fur les Eaux Minérales de la ville de Roye en Picardie.

M. de Fouchy a repris la parole, & a lu un autre Eloge, celui de l'abbé Nollet. Cet Académicien, dont la vie a été agitée plus que celle d'un Savant ordinaire, a fourni une matiere très ample à l'orateur, fur laquelle il s'eft étendu avec complaifance ; il a fait voir comment l'abbé Nollet, né d'honnêtes laboureurs, s'étoit infenfiblement fait connoître, & au moyen de fon petit collet avoit eu accès chez les grands, & étoit devenu un homme de confidération ; car au favoir, qui ordinairement écarte de la fortune, celui ci joignoit un manege fouple & infinuant qui y conduit. Il avoit adopté un genre de travail très propre à le faire connoître & à le répandre. Le talent particulier qu'il avoit pour la manipulation des Expériences, lui avoit ouvert l'ea-

trée chez tout ce qu'il y a de plus diftingué &
même à la cour.

Mais l'époque la plus brillante de la vie de
l'Académicien, eft celle où il mit l'Electricité à
la mode. Ce phénomene connu depuis deux cent
ans, mais fur lequel les phyficiens s'étoient en
quelque forte endormis, excita l'attention de celui-ci, & il l'a tourné & retourné en tant de ma-
nieres, qu'on peut le regarder comme un créateur ou comme un reftaurateur des expériences
faites à ce fujet. Il a beaucoup écrit fur cette
matiere, & fes ouvrages fervent encore d'Elémens à tous ceux qui veulent s'initier aux myfteres du phénomene le plus étonnant & le plus
incompréhenfible.

Au talent du mécanifme des expériences, M.
l'abbé Nollet réuniffoit celui de les rendre avec
beaucoup d'ordre & de netteté ; ce qui a donné
une grande vogue à fon livre en ce genre, qui
eft entre les mains de tout le monde, & dont
commence par fe pourvoir tout amateur qui veut
fe livrer à la phyfique.

Le Panégyrifte a fait voir dans le cours de
l'Eloge, comment M. l'abbé Nollet, au milieu
de fes diverfes occupations, ne négligeoit pas le
foin de fa fortune, & accumuloit fur fa tête des
titres de toute efpece, foit de décoration, foit
d'utilité réelle. Mais une obligation qu'on lui a,
c'eft d'avoir fait créer une chaire de Profeffeur
de phyfique expérimentale au College Royal,
qu'il a exercé le premier, & qui ne peut que
contribuer à la propagation des Sciences.

Le public, dont M. l'abbé Nollet étoit fort
connu, a pris le plus grand intérêt à fon Eloge, & a fuivi avec attention tous les détails dans

lesquels est entré le Secrétaire ; en sorte que , malgré sa longueur , il n'a point ennuyé.

Le reste de la séance a été rempli par un Mémoire de M. Lavoisier sur l'Eau , & sur le Système de ceux qui prétendent que l'eau se convertit en terre.

Le dernier Mémoire a été celui du Sr. Portal , Médecin , où il annonce des découvertes sur la situation différente des visceres du bas ventre suivant les différens âges , & conséquemment sur la méthode d'en connoître la maladie par le tact & de les guérir ; ce qui renferme plusieurs sortes de détails , dont l'auteur n'a traité que la premiere partie sur la position des visceres.

15 *Novembre* 1770. Le Sr. Paradis de Moncrif , Lecteur de la feue Reine & de Madame la Dauphine , languissoit depuis deux mois , ayant les jambes ouvertes ; comme il avoit 82 ans & au-delà , il n'a pas douté que sa fin n'approchât ; mais il l'a envisagée en vrai Philosophe ; il s'entretenoit de ce dernier moment avec beaucoup de présence d'esprit & sans aucun trouble ; il a ordonné lui-même les apprêts de ses funérailles. Après avoir satisfait à l'ordre public & aux devoirs du citoyen , il a voulu semer de fleurs le reste de sa carriere ; il a toujours reçu du monde : accoutumé à voir des filles & des actrices , il égayoit encore ses regards du spectacle de leurs charmes : ne pouvant plus aller à l'Opéra , où il étoit habituellement , il avoit chez lui de la musique , des concerts , de la danse ; en un mot , il est mort en Anacréon , comme il avoit vécu.

Presque tous ses ouvrages sont dans un genre

délicat & agréable, il excelloit surtout dans les Romances marquées à un coin de naïveté qui lui est propre. Il a fait quelques Actes d'Opéra qui ont eu beaucoup de succès, & il a eu la satisfaction de se voir encore joué sur le théâtre de Fontainebleau, au moment de sa mort. Il avoit les mœurs douces, comme ses écrits; il aimoit beaucoup la parure, & a conservé ce goût jusqu'à la fin. C'étoit vraiment un homme de société, qualité qui s'allie rarement avec celle d'auteur, & surtout incompatible avec ce qu'on appelle le vrai génie.

20 *Novembre* 1770. On a parlé, il y a quelque tems, d'une machine à feu pour le transport des voitures & surtout de l'artillerie, dont M. de Gribeauval, officier en cette partie, avoit fait faire des expériences, qu'on a perfectionnées depuis, au point que mardi dernier la même machine a traîné dans l'arsenal une masse de cinq milliers, servant de socle à un canon de 48, du même poids à peu près, & a parcouru en une heure, cinq quarts de lieue. La même machine doit monter sur les hauteurs les plus escarpées & surmonter tous les obstacles de l'inégalité des terreins ou de leur affaissement.

Ces heureuses expériences renouvellent les regrets de ceux qui voudroient qu'on fît usage aussi de la pompe à feu pour l'élévation des eaux, telle qu'elle est exécutée à Londres. Il est certain que quelque bonne envie qu'on ait pour mettre en œuvre le projet de M. de Parcieux sur le même objet, le défaut d'argent empêchera qu'il ne réussisse. Il est calculé que pour amener toutes les eaux de la petite rivière d'Yvette dans un bassin fait à l'Estrapade, par un

canal de dix-huit mille toifes de longueur, dont
treize mille feront à découvert, tous les inconvéniens de cette entreprife vaincus, (& ils ne
font pas petits) l'objet de la dépenfe & de l'entretien forme un capital de plus de quinze Millions. De l'autre façon, au contraire, il n'en
coûteroit pas la dixieme partie, & on auroit le
double du volume d'eau.

21 *Novembre* 1770. Il y a plufieurs concurrens
fur les rangs pour les places vacantes à l'Académie Françoife par la mort du Sr. de Moncrif; mais il paroît que le Sr. Gollé, lecteur de
M. le Duc d'Orléans, eft celui qui a le plus de
prétention, fi ce Prince defire qu'il réuffiffe,
comme c'eft affez vraifemblable.

23 *Novembre*. Depuis peu de jours il paroît
deux traductions de *Suétone*, l'une par le Sr.
Ophellot de la Paufe, en 4 vol. in 8o. avec des
Mêlanges Philofophiques & des Notes du Sr. de
Lille, auteur de la *Philofophie de la Nature*:
l'autre du Sr. de la Harpe. Celui-ci a profité de
la facilité qu'il a de faire parler divers ouvrages
périodiques, pour annoncer le fien avec beaucoup d'emphafe, & prémunir le public contre
toute furprife qui pourroit lui être faite par la
préfentation des Oeuvres de l'autre traducteur: il
a annoncé plufieurs fois qu'il ne falloit pas confondre les deux traductions; en un mot, il a mis
dans ces Avertiffemens la préfomption ordinaire
qu'on lui connoît, & cette morgue littéraire,
dont ne l'ont pas encore guéri les diverfes mor-
tifications qu'elle lui a caufées, & la haine prefqu'univerfelle des auteurs, fes confreres.

Le Sr. Piron, particuliérement indifpofé contre ce petit poëte, a jugé à propos de lui afféner

à

à cette occasion une Epigramme, où l'on trouvera des longueurs & des duretés, mais toujours
le nerf, l'énergie & la jufteffe de ce peintre vigoureux.

24 *Novembre* 1770. Le Préfident Hainault, Surintendant de la Maifon de Madame la Dauphine,
membre de l'Académie Françoife & de celle des
Infcriptions, vient de mourir ce foir, après avoir
lutté contre la mort depuis plufieurs années, âgé
de près de 86 ans. Tout le monde connoît fon
Abrégé chronologique de l'hiftoire de France,
qui lui a fait tant de réputation, loué tour à tour
& dénigré outre mefure par M. de Voltaire, qui
ne méritoit ni tant de célébrité, ni une critique
fi amere. Il étoit fort riche. Sa table étoit ouverte
à tous les gens de Lettres, fes confreres, & furtout aux Académiciens. Il n'étoit pas moins fameux par fon cuifinier, que par fes ouvrages.
Le premier paffoit pour le plus grand *Apicius* de
Paris, & tout le monde connoît la finguliere Epitre du Philofophe de Ferney à ce Lucullus moderne, qui débute ainfi:

> *Hainault, fameux par vos Soupers,*
> *Et par votre Chronologie, &c.*

25. *Novembre.* Extrait d'une Lettre de Marfeille du 17 *Novembre.* M. Seguier, Avocat général du Parlement de Paris, a paffé ici. Il eft
d'ufage lorfqu'un membre de l'Académie Françoife vient à Marfeille, que l'Académie de cette
ville députe vers lui, par une déférence dûe à la
premiere, qu'on regarde comme la mere des autres. On a agité à l'occafion de M. Seguier ce
qu'on feroit, & il a été décidé non-feulement

Tome V.   I

de ne pas le complimenter, mais de ne fraterniser en rien avec lui. Cette délibération a été prise d'après le compte rendu par un membre, du Requisitoire de ce Magistrat, de ce qui s'étoit passé à l'Académie Françoise à la scene de réception de M. l'Archevêque de Toulouse, & de l'indécence des démarches ultérieures de M. l'Avocat général pour provoquer la défense d'imprimer le discours du Sr. Thomas.

28 *Novembre* 1770. Les concours à la place vacante à l'Académie Françoise, redoublent d'espoir par la nouvelle place que fait vaquer la mort du Président Hainault. Mais il faut que les délais courent, & c'est une regle de cette Compagnie de ne procéder aux Elections que six semaines après la vacance des places.

29 *Novembre*. La Dlle. Beze, Danseuse de l'Opéra très médiocre, mais de la plus jolie figure du monde, a porté la désolation à la cour pendant le voyage de Fontainebleau. Trois jeunes Seigneurs séduits tour à tour par ses charmes, se sont trouvés infectés d'une maladie honteuse: M. le Prince de Lambesc, M. le Prince de Guimenée, & M. le Marquis de Liancourt sont les malheureuses victimes de la lubricité de cette actrice. Madame la Comtesse de Brionne a été très offensée de l'insolence de Mlle. Beze, qui, malgré les ordres qu'elle lui avoit fait donner de ne point paroître à Fontainebleau, sur les connoissances que cette mere avoit de la funeste inclination de son fils, a eu l'audace de s'y rendre. Elle a été mise à l'hôpital, il y a quelques jours.

2 *Décembre*. Depuis quelque tems on a inventé des galons factices qui imitent l'or vrai & sont à très bon marché; des plaisans les ont appelé

des *Galons à la Chanceliere*, parce qu'ils font faux & ne rougiffent pas. C'eft en effet une propriété de cette nouvelle découverte.

4 *Décembre* 1770. Le Sr. *Piron*, fi fécond en faillies & en épigrammes, ne tarit pas fur le compte du Sr. de la Harpe; il en a fait encore trois à l'occafion du *Suétone*. Voici la premiere qu'on connoît:

> Le voilà donc ce petit Virtuofe,
> Toujours s'aimant fans avoir de rivaux,
> Ecrivaillant, foit en vers, foit en profe,
> Et fous La Combe alliguant fes Journaux,
> Comme aux fiflets chaque jour il s'expofe
> Pour deux écus aux badauds de Paris,
> Il vend envain des Céfars traveftis,
> C'eft pour tomber qu'il joute avec la Paufe (a).
> Ce grand auteur, fi j'en crois fes écrits,
> De fes héros, fait mal l'apothéofe :
> *Timoléon* (b) meurt le jour qu'il eft né.
> Pour *Melanie* (c) on bâille à bouche clofe
> En admirant ce drame fortuné ;
> Et *Suetone* à périr condamné
> Va dans la tombe où *Guftave* (d) repofe.

6 *Décembre.* *Epigramme qui a couru fur le bruit que le Sr. Piron étoit mort en même tems que M. M. de Moncrif & le Préfident Hainault.*

(a) Autre traducteur de *Suétone*.
(b) Tragédie du Sr. de la Harpe.
(c) Autre dudit.
(d) Autre dudit.

Piron eft mort! quel jour? hier ; hier, chofe impoffible !

poffible !

Je le quittai le foir en parfaite fanté,

Lefte, plein d'enjouement, d'efprit & de gaîté ;

Tout fon individu me parut impaffible.

Le fait n'eft que trop fûr... Hélas ! apparemment,

Que le bon *Alexis* eft mort fubitement !

Non, non, fon ame exifte & n'eft point endormie.

Il n'eft ni mort, ni de l'Académie.

7 Décembre 1770. Les Comédiens Italiens ont donné hier la premiere représentation des *deux Avares*, Comédie en deux actes & en profe mêlée d'ariettes. Cet Opéra Comique qui avoit peu réuffi à la cour, n'a pas eu plus de fuccès à la ville. Il eft certain que, quant au poëme, de la compofition du Sr. de Falbaire, il n'a pas le fens commun, à commencer par le titre. Ces deux avares ne le font que parce que l'auteur l'annonce ; ce font deux voleurs très téméraires & très étourdis, & que les autres acteurs cherchent à voler à leur tour. Du refte, nulle vraifemblance, nulle intelligence de la fcene ou des regles. Malgré ces énormes défauts le drame amufe, & il y a quelques fituations heureufes & théâtrales, qui, quoique mal amenées, produifent de la gaîté & excitent la curiofité. En un mot, cette piece en vaut vingt autres du même genre, admirées fur ce théâtre ; mais le public, plus févere que de coutume, a femblé profcrire cette nouveauté.

Quant à la mufique, elle eft du Sr. Gretry, c'eft-à-dire du plus grand maître que nous ayons en pareil genre. L'ouverture phrafée & en forme de dialogue musical, a eu les plus grands applaudissemens ; les connoisseurs lui reprochent pourtant de ne pas être une ouverture, parce qu'elle n'a point ces grandes masses d'harmonie, qui doivent en faire le caractere & rassembler celui de l'ouvrage entier. Il y a dans les détails plusieurs morceaux admirables & du travail le plus profond, faits pour exciter l'admiration des gens de l'art, mais on trouve que dans l'ensemble il n'y a pas assez de chants & de ces petits airs à la portée de tout le monde. Le second acte ne vaut pas le premier, & l'on regrette que le musicien ait travaillé sur un si méchant canevas.

9 Décembre 1770. Tandis que le Sr. de Voltaire ne cesse de s'égayer aux dépens de ses ennemis, ceux-ci cherchent à prendre leur revanche, & le Sr. Marchand vient de faire paroître le Testament politique de ce grand homme, qui n'est pas mal plaisant & contient une critique aussi fine que légere de ses ouvrages, & de ses caracteres ; vie & mœurs.

10 *Décembre.* Un plaisant a mis en Epigramme le bon mot ci-dessus sur les galons modernes :

On fait certains galons de nouvelle matiere,
Fort peu chers, mais fort bons pour habits de
    galas ;
   On les nomme à la Chanceliere.
Pourquoi ?..... C'est qu'ils sont faux & ne rougissent pas.

Un autre plaisant a fait d'avance l'Epitaphe de M. le Duc de la Vrilliere. Elle roule sur les trois noms différens de Phélyppeaux , St. Florentin & la Vrilliere :

Ci gît , malgré son rang , un homme fort commun ;
Ayant porté trois noms & n'en laissant aucun.

On rappelle à cette occasion l'épitaphe faite sur la main de ce Ministre , lorsqu'il l'eut emportée à la chasse. Elle portoit :

Ci gît la main d'un grand Ministre
Qui ne signa que du sinistre ,
Dieu nous garde du cachet
Qui met les gens au guichet.

11 *Décembre* 1771. Il se répand un couplet de chanson qu'on met sur différens airs. Le voici :

Le Bien-aimé de l'almanac
N'est pas le Bien-aimé de France ,
Il fait tout *ab hoc* & *ab hac* ,
Le Bien-aimé de l'almanac ,
Il met tout dans le même sac ,
Et la Justice & la Finance :
Le Bien-aimé de l'almanac ,
N'est pas le Bien-aimé de France.

12 *Décembre*. Mardi on a donné sur le théâtre de l'Opéra la premiere représentation d'*Ismene & Ismenias* , tragédie lyrique , exécutée pour la premiere fois à Paris , mais jouée en 1763 à Choisy , devant le Roi , avec un médiocre succès. Le

poëme, du Sr. Laujeon, eſt dénué de tout intérêt, fort embarraſſé dans ſa marche, & prête peu à l'appareil du ſpectacle que doit fournir un ouvrage de ce genre. La muſique, du Sr. La Borde, eſt excellente comme production d'un amateur, mais n'a pas de même cette chaleur qu'on admire & qu'on reſſent dans les compoſitions des grands maîtres. Elle eſt triſte, preſque toujours dans le bas : peu d'airs chantans ou de ſymphonie ; quelques morceaux aſſez agréables, mais plus propres pour la comédie Italienne, & qui, par leur diſparate avec l'enſemble, font une diſſonnance qui révolte les moins connoiſſeurs.

13 *Décembre* 1770. Il court un vaudeville, qui tout infâme & tout abominable qu'il ſoit, mérite d'être conſervé, comme monument de l'hiſtoire & du mépris dans lequel eſt tombé le Chef de la Magiſtrature :

> Le Roi, dans ſon Conſeil dernier,
> Dit à Monſieur le Chancelier,
> Choiſeul fait briller ma Couronne
> De la Baltique à l'Archipel :
> C'eſt-là l'emploi que je lui donne.
> Vous, prenez ſoin de mon B.....
> Le Chancelier lui répond :
> Sire, que vous avez d'eſprit !
> D'un pauvre diable qui chancelle
> Vous raffermiſſez le crédit !
> Que ne puis-je à votre ruelle,
> Raffermir auſſi votre v..!

16 *Décembre.* On a fait à l'occaſion de la

I 4

queftion préfente, un diftique fur ces mots : *Lex*,
Rex :

Rex *fervat legem*, *Regem lex optima fervat*,
Lex fine Rege jacet, *Rex fine lege nocet*.

17 Décembre 1770. On répand un Extrait des Cen-
turies de Noftradamus, Préfage 53, page 161,
Edition d'Amfterdam. CIƆ IƆƆ. LXVII. chez
Daniel Winkeraufan.

Pefte, famine, feu, & ardeur non ceffée,
Foudre, grand'grêle, temple du ciel frappé,
Edit, Arrêt & griève Loi caffée,
Chef inventeur, fes gens & lui chaffé.

On croit, fuivant l'ufage, y voir les événemens
du jour, paffés & futurs.

18 *Décembre*. L'Abbé Alary, Membre de
l'Académie Françoife, vient de mourir dans un âge
très avancé. C'eft la troifieme place vacante par
cette mort. Il étoit Sous-Doyen, ayant été reçu
en 1753. C'étoit le fils d'un apothicaire, qui par
fes intrigues étoit parvenu à la fortune. On ne
fait trop à quel titre il s'eft trouvé affis dans le
Sanctuaire des Mufes, car on ne connoît aucun
ouvrage de lui. C'eft le pendant de cet Académicien dont Boileau difoit : *Imitons de Conrart le
filence prudent*. Cependant il étoit beau difeur,
bel homme & très bien venu des femmes ; ce qui
chez plus d'un de fes confreres a tenu lieu de
mérite littéraire.

19 *Décembre*. La réponfe du Sr. de Valdahon au Mémoire du Sr. le Monnier, annoncée

depuis longtems, & retardée par divers obstacles, paroît enfin, & réveille l'attention du public sur cet amant infortuné, si célebre par ses malheurs & par sa constance. L'orateur, après avoir retracé d'une façon pathétique tous les maux qu'a soufferts le Sr. de Valdahon, sur lequel son impitoyable persécuteur a fait lancer plusieurs décrets, qu'il a obligé de fuir en pays étranger, qu'il a fait exiler pour vingt ans de sa patrie, qu'il a déchiré dans huit Mémoires, diffamé dans cinq tribunaux, & presque ruiné, tant par les gros dommages intérêts qu'il s'est fait adjuger, que par les frais énormes d'un procès qui dure depuis huit ans, discute ultérieurement les moyens du Sr. Le Monnier. Il prouve par les Loix que, quand même le Sr. de Valdahon auroit séduit Mlle. le Monnier, il pourroit l'époufer, parce qu'elle est libre & majeure ; mais il prouve en outre par trois jugemens qu'il ne l'a point séduite. Il refute toutes les calomnies inventées sur sa parenté & sur sa personne ; & après avoir également détruit les objections tirées du danger pour les mœurs, pour l'honnêteté publique, pour l'affoiblissement de l'autorité paternelle, que l'adversaire met en avant, il en conclut que l'opposition du Sr. Le Monnier au mariage de sa fille avec son amant est aussi vaine qu'odieuse.

Ce Mémoire, sorti de la plume éloquente du Sr. Loiseau de Mauléon, est appuyé d'une Consultation en date du 7 Novembre, du Sr. Pialez, un des Avocats les plus accrédités en ces sortes de matieres.

On s'attend à recevoir incessamment la nouvelle de l'Arrêt du Parlement de Metz, que tout le public désire trouver favorable aux deux Amans.

& que les Jurisconsultes annoncent devoir être tel.

20 *Décembre* 1770. *Seconde Epigramme de M. Piron sur ce que la Harpe brigue une place à l'Académie.*

> Quoi, grand Dieu ! La Harpe veut être
> Du doux Moncrif le successeur :
> Favoris d'Apollon, songez à votre honneur :
> Voudriez-vous qu'on prît le Louvre pour Bicêtre?

22 *Décembre. Troisieme Epigramme de M. Piron contre M. de la Harpe, à l'occasion de son Suétone.*

> Monsieur La Harpe habille en jaune
> Les plats Césars qu'il publie aujourd'hui.
> Savez-vous bien pourquoi ? C'est que son *Suétone*
> Est bilieux & méchant comme lui.

23 *Décembre.* Le Sr. Sénac, premier Médecin du Roi, dont la santé périclitoit depuis long-tems, vient enfin de mourir, & a été enterré hier. Cet événement met toute la Faculté en mouvement. On ne sait encore qui sera nommé à une place aussi importante, & qui le devient de plus en plus à mesure que le Roi vieillit, & pour laquelle il y a quantité de concurrens. Le Sr. Senac étoit un homme de beaucoup d'esprit, qui avoit écrit sur son métier, mais qui surtout possédoit au suprême degré l'art de la cabale & de l'intrigue, dont il avoit fait l'apprentissage chez les Jésuites, où il étoit d'abord entré. Le chemin

qu'il a fait depuis ce tems-là vers la fortune, eſt une preuve de ſes heureux talens en ce genre.

24 Déc. 1770. Un nouveau Critique s'eſt élevé ſur les rangs, & a cenſuré pluſieurs ouvrages nouveaux, entr'autres celui du Sr. de St. Lambert, auteur du Poëme *des Saiſons*. L'amour-propre de cet auteur a été bleſſé, & il a profité de ſon crédit pour faire arrêter le livre, & mettre à la Baſtille le Sr. Clément qui l'avoit fait. Celui-ci en eſt ſorti par compoſition & à condition de mettre des cartons à ſon ouvrage ; mais il s'eſt vengé par l'Epigramme ſuivante :

Pour avoir dit que tes vers ſans génie

M'aſſoupiſſoient par leur monotonie ;

Froid Saint-Lambert, je me vois ſéqueſtré ;

Si tu voulois me punir à ton gré,

Point ne falloit me laiſſer ton poëme.

Lui ſeul me rend mes chagrins moins amers :

Car de nos maux le remede ſuprême

C'eſt le ſommeil . . . . . . Je le dois à tes vers.

25 Décembre. On parle d'une caricature faite à l'occaſion de l'événement du jour. On y voit le Roi entouré de M. le Chancelier, de M. le Contrôleur général & de Madame la Comteſſe Dubarri. Le premier Préſident arrive avec un petit panier, chargé des têtes, des bourſes & des v... des membres de ſa compagnie. Le Chancelier ſe jette ſur les têtes, le Contrôleur - Général ſur les bourſes & la Comteſſe ſur les v...

29 Décembre. Le fameux Mémoire de Bretagne a pour titre : *Réponse au grand Mémoire de M. le Duc d'Aiguillon.*

“ Où l'on examine fon adminiftration en Bre-
” tagne, depuis fon entrée dans la Province juf-
” ques à fa fortie.

“ Où l'on fait voir qu'il eft l'auteur des trou-
” bles de cette Province, & du procès de M.
” de la Chalotais & des autres Magiftrats.

“ Où l'on prouve qu'il a tout mis en ufage à
” Rennes & à St. Malo, pour faire périr les dé-
” tenus, & furtout M. de la Chalotais. ”

Pour mieux établir ces diverfes propofitions, l'auteur fuit pied à pied le Mémoire du Sr. Lin-guet en faveur du Duc d'Aiguillon, & par la difcuffion des divers paragraphes relève 52 faux avancés dans cet ouvrage. Les preuves qu'il en apporte, font quelquefois de la plus grande for-ce, quelquefois plus foibles. Malheureufement il en réfulte toujours aux yeux du Lecteur un ta-bleau effrayant, & fans doute trop vrai du def-potifme exercé par le Commandant de Bretagne, durant fa longue & terrible adminiftration.

Mais fi la logique de l'orateur n'eft pas tou-jours preffante, il y fupplée par une véhémence de ftyle, une énergie d'expreffions, qui rendent ce morceau d'éloquence digne de figurer à côté de celui du Sr. Linguet. On eft fâché feulement d'y trouver quelques anecdotes indécentes & pué-riles, peu dignes de la gravité d'une femblable défenfe.

Ce Mémoire, de 123 pages in 4°. n'eft point avoué par les Etats, & eft attribué à M. Dufel Defmonts, Gentilhomme envoyé à Angoulême. Il eft des gens qui veulent feulement qu'il y ait préfidé, & ait dirigé l'impreffion. Le fait eft que, quoiqu'il eût été nommé par les Etats un des Commissaires pour travailler à leur réponse, qu'il passoit pour un des plus instruits de la matiere, & des plus propres à la traiter, on n'a rien trouvé chez lui qui pût faire croire qu'il eût composé, ou fait imprimer, ou distribué cet ouvrage.

L'AN MDCCLXXI.

1 *Janvier* 1771. *L'Acte de Pygmalion* du Sr. Jean Jacques Rousseau a été communiqué à divers amateurs, dont il résulte l'analyse suivante. On voit la statue dans le fond du théâtre, voilée. Le sculpteur, déjà atteint d'une passion violente pour l'ouvrage de ses mains, a eu le courage de le soustraire à ses regards : il a peine à résister à la tentation de la revoir. Enfin sous prétexte d'avoir quelque chose encore à y corriger, il leve le voile fatal ; il prend le ciseau & se dispose à rechercher les endroits défectueux, mais en vain. . . . Il frémit, son bras se refuse à cette cruauté, il croit sentir palpiter les chairs ; il tombe aux genoux de la statue ; il fait une invocation à Vénus, dans le goût de celle de Lucrece. La statue s'anime ; elle se tâte ; elle dit : *C'est moi* ! Elle touche le piedestal : *Ce n'est pas moi* ! Elle approche de Pygmalion ; elle y porte la main ; elle s'écrie : *C'est encore moi* ! Son amant, tout de feu, la serre, la presse dans ses bras, & réalise l'union dont elle a le pressentiment. Un silence éloquent termine cette scene chaude & voluptueuse.

Le poëme est en prose, mais une prose brillante,

telle que les endroits les plus vifs d'*Heloïse*. Il
y regne autant de sentiment que de philosophie,
mais de cette philosophie éloquente qui anime,
qui rechauffe, qui embrase toute la nature. L'ouvrage est fait, comme on le juge bien, pour être
déclamé. L'accompagnement en musique n'est pas
de Rousseau ; il est d'un musicien de Lyon. On
assure qu'il répond à la beauté de l'Opéra. Il doit
opérer la plus grande sensation, déjà très forte à
la lecture du poëme.

5 Janvier 1771. Le Sr. Turpin, continuateur des
Vies des hommes illustres, vient d'être nommé,
Historiographe de la Marine. C'est M. le Duc de
Praslin qui, convaincu du mérite de cet auteur,
a fait créer en sa faveur une pareille place. Il ne
lui manque plus que la matiere. Depuis longtems
nos héros en cette partie sont extrêmement rares,
& la derniere guerre surtout n'offre que beaucoup
de désastres, & plus encore de fautes énormes à
décrire. Il est à souhaiter que cette nouvelle fasse
fermenter l'amour de la gloire dans les ports, &
donne le desir aux officiers de la marine de fournir
matiere à l'historien. On peut juger des talens de
celui-ci, par sa sublime Epitre dédicatoire au
Prince de Condé, en tête de la Vie du grand Condé.

9 Janvier. Ne pouvant se venger autrement
de M. le Chancelier, on assure qu'un Membre
du Parlement a fait contre le Chef de la Magistrature l'Epigramme suivante, qui fait allusion à
ce qui vient de se passer & à l'honneur du Cordon Bleu qu'a obtenu depuis peu le Chef de la
Magistrature :

> Ce noir Visir, Despote en France,
> Qui pour regner met tout en feu,

Méritoit un Cordon, je penſe,
Mais ce n'eſt pas le Cordon bleu.

10 *Janvier* 1771. On a publié ce matin un Arrêt
du Conſeil daté du 2 de ce mois, qui ſupprime la
Réponſe des États de Bretagne au Mémoire du
Duc d'Aiguillon, comme contenant des principes
attentatoires à l'autorité du Roi, & répétant des
faits calomnieux & injurieux pour une perſonne
honorée de la confiance de S. M. & dont elle a
dans tous les tems approuvé l'adminiſtration; ſupprime la Délibération du 21 Décembre 1770;
ordonne qu'elle ſera rayée & biffée ſur les Régiſtres des dits Etats, & l'Arrêt tranſcrit en marge
d'icelle : fait défenſes auxdits Etats, ſous telles
peines qu'il appartiendra, de faire de pareils Mémoires, & de prendre à l'avenir de ſemblables
Délibérations, &c.

11 *Janvier.* L'Académie Françoiſe a procédé hier à l'élection du Succeſſeur de M. de Moncrif, & M. de Roquelaure, Evêque de Senlis,
premier Aumônier du Roi, s'étant mis ſur les
rangs, ce Prélat a été élu. On ne doit faire l'é-
lection des deux autres places que le mois prochain.

12 *Janvier.* Les Comédiens François ont
donné aujourd'hui pour la premiere fois, & vraiſemblablement pour la derniere, une Piece nouvelle en cinq actes & en proſe, qui a pour titre :
Le Fabriquant de Londres. Ce drame ne pêche
pas ſeulement par la trivialité du dialogue, mais
encore par le tiſſu du roman, dont la contexture
eſt auſſi mal ourdie que plattement imaginée. Le
public lui a fait juſtice. L'auteur eſt celui de *l'honnête Criminel.* Les Comédiens, pour cette fois,

fe défendent de s'être prêtés à la jouer, par des confidérations particulieres pour des perfonnes auxquelles ils font obligés de déférer. —

13 *Janvier* 1771? Quelques jours avant la difgrace de M. le Duc de Choifeuil, on avoit gravé fon portrait, au bas duquel on lit :

> Dans fes traités & dans fa vie
> Regne la droiture & l'honneur.
> L'Europe connut fon génie,
> Et les infortunés fon cœur.

Depuis fon exil on y a fubftitué ceux-ci qui ne lui font pas moins d'honneur.

> Comme tout autre en fa place,
> Il dut avoir des ennemis :
> Comme nul autre, en fa difgrace,
> Il s'acquit de nouveaux amis.

15 *Janvier.* Le Clergé, dans fon *Avertiffement aux Fideles du Royaume*, s'attache à faire voir que les avantages que promet l'incrédulité & la fcience dont elle fe pare, ne font que preftige & menfonge; qu'au lieu d'élever l'homme, elle le dégrade & l'avilit; qu'au lieu de lui être utile, elle nuit à fon bonheur; qu'elle diffout les liens de la fociété, détruit les principes des mœurs, renverfe les fondemens de la fubordination & de la tranquillité publique. Il veut prouver en même tems que les intérêts les plus chers de l'homme font liés au maintien de la religion; que fans elle nous ne pouvons avoir, ni une connoiffance fuf-

filante de nos devoirs, ni la force de les prati-
quer ; que nos foiblesses, nos imperfections, ce
que nous sentons en nous-même, ce que nous
éprouvons au dehors, tout annonce la nécessité &
les avantages d'une révélation ; qu'elle seule, enfin, nous ouvre le chemin de la vérité & du
bonheur.

Il y a dans cet ouvrage un cercle vicieux qu'on
trouve dans tous ceux du même genre : c'est de
supposer ce qui est en question, & d'en prouver
tous les raisonnemens par des citations fréquentes
de l'Ecriture Sainte, que l'incrédule commence par
nier. La plus grande adresse de l'auteur est d'intéresser le Souverain à favoriser la religion, sous
prétexte qu'il ne tient sa puissance que de Dieu ;
qu'il est son Ministre, &c. & qu'elle enseigne
aux peuples à supporter le joug avec docilité, &
à recevoir sans la moindre résistance les chaînes
du Despotisme. On sent combien ces assertions
sont révoltantes pour l'Humanité, & que si elles
doivent plaire au Monarque, elles doivent effrayer
les Sujets ; que le Prince n'ayant d'une part rien
à craindre que des châtimens éloignés & invisi-
bles, auxquels la religion lui fournit encore toutes
les facilités possibles de se soustraire, appésantira
son sceptre de fer avec d'autant plus de liberté,
qu'au cas où les impressions sinistres de la religion ne contiendroient pas le peuple, il est toujours armé du glaive de la justice pour le répri-
mer. D'ailleurs, ce rafinement d'une adulation
politique, est absolument contraire à la vérité &
aux faits. Il n'y a qu'une superstition aveugle,
ou une hypocrisie intéressée, qui puissent adopter
des principes aussi destructeurs des droits sacrés
du Contrat Social.

A cet *Avertiffement*, qu'on attribue à M. l'Archevêque de Touloufe, on a joint une Lettre circulaire à tous les Prélats, où l'on annonce les foins zélés que le Monarque a pris pour arrêter les progrès & les attentats de l'incrédulité. On paye à fa piété & à fon amour pour la religion les éloges que lui doit le Clergé. On prévient que l'Affemblée a pris les mefures les plus efficaces pour fufciter à la Religion des défenfeurs utiles ; (le Pere *Bonhomme* Cordelier, & l'Abbé *Bergier*) qu'elle a cru devoir parler elle – même, & au défaut d'une difcuffion étendue, donner un ouvrage qui tireroit fa force & fon autorité de la réunion des fuffrages. On laiffe chaque Prélat maître de publier fimplement cet Avertiffement dans fon Diocefe, tel qu'il eft, fi fa pareffe répugne à en faire un autre ; ou de le refondre dans un Mandement particulier, & d'en faire un meilleur, s'il en a la faculté.

16 *Janvier* 1771. Le Roi a été fi content de l'Affemblée du Clergé, qui a laiffé irréfolues toutes les queftions fur lefquelles elle devoit prononcer, que tous les membres ont reçu des marques de la fatisfaction de S. M., furtout les Députés du fecond ordre.

Le Clergé a fait, comme on a dit, 2, 000, Livres de penfion à l'Abbé Bergier. Il a eu en outre une penfion de 2, 500, Livres fur un Bénéfice, & rien ne peut plus empêcher cet Ecrivain de fe confacrer tout entier à la défenfe de la Religion.

17 *Janvier.* Un Cauftique a répandu le *Pater* fuivant, dédié au Roi.

" Notre Pere, qui êtes à Verfailles : Votre " nom foit glorifié : Votre Regne eft ébranlé ;

Votre volonté n'est pas plus exécutée sur la terre que dans le ciel : Rendez - nous notre pain quotidien, que vous nous avez ôté : Pardonnez à vos Parlemens, qui ont soutenu vos intérêts, comme vous pardonnez à vos Ministres qui les ont vendus : Ne succombez plus aux tentations de la Dubarri, mais délivrez-nous du Diable de Chancelier. ''

18 *Janvier.* Les Ecrivains, qui depuis plusieurs années se sont proposé pour tâche d'ébranler & de détruire la Religion par tous les moyens possibles, viennent de reproduire au jour : *Israël vengé*, ou *Exposition naturelle des Prophéties Hébraïques, que les Chrétiens appliquent à Jésus, leur prétendu Messie.* C'est l'ouvrage d'un certain *Isaac Orobio*, Juif Espagnol, qui avoit écrit dans sa langue naturelle. Il a été traduit en François par un autre Juif, appelé *Henriquès.*

La Religion Chrétienne a pour base fondamentale le 53eme Chapitre du Prophete Isaïe, que l'Eglise appelle *Passional.* Les Peres de l'Eglise ont trouvé la vie, la mort & la passion de Jésus - Christ si parfaitement dépeintes dans cette alégorie, qu'ils ont prétendu qu'à moins d'un entêtement & d'une opiniâtreté invincibles, les Juifs ne pouvoient se dispenser de suivre le même sentiment, d'y reconnoître le véritable Messie, & cette Rédemption que Dieu avoit promise plusieurs siecles avant la venue de ce Messie au peuple d'Israël.

L'auteur en question examine avec attention si le raisonnement de tant de Docteurs est solide ; s'ils prouvent bien ce qu'ils avancent, & si leur doctrine n'est point absurde.

Il faut avouer que ce traité, peu amusant pour

le public frivole, est plein de raisonnemens forts & convaincans, qui renversent tout l'édifice du Christianisme, puisqu'on y prouve qu'on ne peut appliquer au Messie le 53e. chapitre d'Isaie, & que même, en l'appliquant au Messie, les Théologiens ne sauroient cependant y trouver celui qu'ils reconnoissent pour tel & qu'ils veulent que toute la terre adore.

Suit une autre Dissertation sur le Messie, où Isaac Orobio prouve que le Messie n'est pas encore venu, & que, suivant les promesses des Prophetes qui l'ont annoncé aux Israëlites, ils l'attendent avec raison.

On voit dans cet ouvrage qu'Isaac Orobio étoit sans contredit un des plus savans hommes & des plus forts raisonneurs de son siecle. Il avoit étudié la Philosophie scholastique, & s'y étoit rendu si habile, qu'il fut fait Lecteur en Métaphysique dans l'Université de Salamanque. Ensuite il exerça la Médecine à Seville. Soupçonné de Judaïsme, il fut mis à l'Inquisition, d'où s'étant heureusement échappé, il vint professer la Médecine à Toulouse. Enfin il passa en Hollande, où il reçut la circoncision, & fit profession ouverte de Judaïsme. Il eut là ses fameuses Conférences avec le Théologien Philippe de Limborck, imprimées depuis à Torgow, en 1687, & ensuite à Basle, en 1740. Orobio mourut à Amsterdam peu de tems après cette dispute.

19 *Janvier* 1771. *L'Examen Critique de la Vie & des Ouvrages de St. Paul* mérite une attention particuliere. La tournure de l'ouvrage & l'érudition qui y est répandue, soutenue d'une ironie assez fine, rendent ce livre extrêmement

dangereux pour ceux qui ne feroient pas en garde contre l'auteur. Il tend à prouver du ton le plus férieux en apparence, que la converfion de St. Paul n'est point une preuve en faveur de la Religion Chrétienne ; que les opinions des premiers Chrétiens fur les Actes des Apôtres & fur les Epîtres & la perfonne de St. Paul, étoient très peu uniformes ; que plufieurs rejettoient ces livres comme apocryphes, & regardoient l'Apôtre prétendu comme un impofteur ; que l'autorité des Conciles, des Peres de l'Eglife & de la Tradition, n'est pas plus fûre en pareille matiere, puifqu'elle est auffi verfatile. De la difcuffion enfuite qu'on fait de la vie de St. Paul, il réfulte que le prétendu Saint étoit un homme inftruit, actif, entreprenant, enthoufiafte, plus adroit que les autres membres du College Apoftolique, dévoré d'ambition, brûlant de ce defir ardent, & flatteur de regner fur les opinions, qui à de très grandes qualités joignoit de très-grands défauts, & qui, d'après fes propres écrits, n'étoit qu'un fourbe ou un fol.

Ce portrait est d'autant plus difficile à contefter, que tous les traits fortent des écrits même de l'Apôtre, & encore plus de fes actions. On fent quelles conféquences funeftes il y auroit à en tirer pour quelqu'un qui ne feroit pas folidement affermi dans fa religion.

On a peine à croire que ce traité foit de M. Boulanger, quoique le titre l'annonce. Il y regne une plaifanterie fourde, qui n'est pas dans le goût des écrits grâves, folides & profonds de ce Savant. On le reconnoît beaucoup plus dans la Differtation fuivante fur St. Pierre, où par le rapprochement qu'il fait d'anciennes traditions chez différens peuples avec notre Légende sur ce Prince de l'Eglise, il établit que c'est le même qu'*Annac* chez les Phrygiens, *Hermès* chez les Egyptiens, *Henoc* chez les Hébreux, & *Janus* chez les Romains ; c'est-à-dire un personage vrai, mais multiplié, & dans l'histoire duquel on a mêlé beaucoup de fables. On voit combien cette érudition est déplacée auprès du commun des Chrétiens, & qu'elle ne doit se présenter qu'a des têtes fortes, qui ne se laissent ébranler dans leur foi par aucun raisonnement, par aucune preuve.

22 *Janvier* 1771. *Epigramme de M. Piron, contre la Traduction de Suétone, par M. de la Harpe.*

Dans l'absence de mon valet
Un colporteur borgne & bancroche
Entra jusqu'en mon cabinet,
Avec force ennui dans sa poche :
,, Les douze Césars pour six francs,
,, Me dit-il, exquis, je vous jure.
,, L'auteur qui connoît ses talens,
,, L'a dit lui-même en son Mercure.
,, C'est *Suétone* tout craché,
,, Et traduit...... Traduit ! Dieu sait comme ?
,, Ce sont tous les monstres de Rome
,, Qu'on se procure à bon marché !
,, De ce Recueil pesez chaque homme ?
,, Des Empereurs se vendent bien,
,, Caligula seul vaut la somme,

„ Et vous aurez Néron pour rien ".

Que cent fois Belzebuth t'emporte,

Lui dis-je bouillant de fureur !

Fuis avec ton augufte efcorte.

Et puis de mettre avec humeur,

Ainfi que leur introducteur,

Les douze Céfars à la porte.

28 *Janvier* 1771. Le Sr. Chamfort, auteur de quelques ouvrages, & furtout d'une comédie, intitulée : *La jeune Indienne*, joignoit à fes talens littéraires une jolie figure & de la jeuneffe : il cheminoit même vers la fortune, & devoit paffer avec le Baron de Breteuil dans une cour étrangere. Tant de profpérités l'ont amolli : il s'eft livré avec trop d'ardeur au plaifir, & il fe trouve aujourd'hui atteint d'une maladie de peau effroyable, qui paroît tenir de la lepre. Ce jeune homme, dont la philofophie n'a pas encore beaucoup corroboré le cœur, fe défole de fon état, & tombe dans le defefpoir. Il eft entre les mains du Sr. Bouvart.

1er. *Février.* *Ifmene & Ifmenias* s'eft foutenu jufqu'à préfent avec affez de fuccès, & les Ballets y ont attiré conftamment du monde. On fe propofe de remettre fur le théâtre *Pyrame & Thisbé*, de Rebel & Francœur, rajeuni par ces auteurs, & auquel on a adapté de nouveaux Ballets, genre à la mode & partie brillante aujourd'hui de l'Opéra.

4 *Février.* On vient d'imprimer un Sermon de M. de Maffillon, prêché devant le Roi en 1718 pour le jour de l'Incarnation, petit ca-

rême. Ce paſſage ſe trouve dans l'Edition *in* 12 de 1745, depuis la page 148 juſqu'à celle 151, & eſt ſi ſenſiblement applicable aux cir-conſtances actuelles, qu'il ſemble avoir été fait exprès.

5 *Février* 1771. Depuis l'ouverture de la foire St. Germain, on a auſſi ouvert le Wauxhall qui y a été bâti. On y continue le tirage d'une Lot-terie pour tous les billets d'entrée. Le gros Lot eſt un bijou de quinze cent livres, que l'on prend en nature ou en argent.

6 *Février*. Une piece nouvelle n'auroit pas attiré plus de monde au Théâtre François que le retour de *le Kain* ſur la Scene. Il y a joué avant-hier le rôle de *Néron* avec un applaudiſ-ſement indicible & juſtifié par tous les ſuffrages. Il n'eſt pas poſſible de porter plus loin la per-fection du talent. Il a été parfaitement ſecondé par Molé dans le rôle de *Britannicus*, & par Brizard dans celui de *Burrhus*. Mlle. Dumeſ-nil a très-bien rempli le ſien de mere de l'Em-pereur.

7 *Février* 1771. On a remis avant-hier ſur le théâtre de l'Opéra *Pyrame & Thisbé*, dont on a changé le dénouement. L'*Amour* vient reſſuſ-citer *Pyrame*, ce qui n'a pas eu le ſuccès qu'en attendoient les auteurs. On n'eſt pas content de la compoſition des Ballets, & depuis que *Veſtris* en a la direction, il n'a réuſſi que dans ceux qu'il a copiés des autres.

8 *Février*. L'Académie Françoiſe a procédé hier à l'élection des deux candidats qui doivent ſuccéder à M. M. le Préſident Hainault & l'Ab-bé Alary. M. le Prince de Beauveau & M.

Gaillard

Gaillard ont été élus. Ce dernier eſt de l'Académie des Inſcriptions & Belles-Lettres.

9 *Février* 1771. Ce pays-ci fourmille de gens
oiſifs qui ſe font des plaiſirs de ce qui pour
des gens ſenſés ne ſeroit qu'un objet de mépris
& de pitié. Une querelle d'Hiſtrions a diviſé depuis quatre jours notre pétulante jeuneſſe. Une
Danſeuſe excellente de l'Opéra, & le meilleur
Danſeur ſans contredit, rivaux de talens & jaloux l'un de l'autre depuis long-tems, ſont déſ-
unis par divers motifs. Leur inimitié a éclaté à
l'occaſion d'un pas où Mlle. *Heinel* a voulu dan-
ſer, & dans lequel *Veſtris* s'eſt ménagé tout le
brillant, comme Maître des Ballets. Cette diſ-
pute a aigri les parties & excité parmi leurs par-
tiſans le projet de s'en venger. Mardi dernier il
a éclaté contre *Veſtris*, qui a été ſiflé dans la
chaconne qui termine l'Opéra. Outré contre ſa
rivale, qu'il a rencontrée dans les couliſſes, &
dans les yeux de qui il a cru voir le triomphe
de la mortification qu'il venoit d'eſſuyer, il s'eſt
emporté contre elle en propos les plus injurieux ;
ce qui a produit une ſcene des plus vives & a
indiſpoſé les ſpectateurs contre lui. Chacun en a
parlé diverſement, mais le plus grand nombre a
été pour Mlle. *Heinel*. L'affaire portée devant
le Miniſtre de Paris, celui-ci a cru devoir
juſtice à l'outragée. Le public a applaudi aujour-
d'hui cette Danſeuſe avec une fureur indicible,
dans le Ballet des *Fêtes Grecques & Romaines* ;
bien diſpoſé à ne pas recevoir demain *Veſtris*
avec la même bonté. Ses admirateurs prétendent
balancer le parti de Mlle. *Heinel*, & l'on s'attend demain à un événement comique à l'Opéra
à ce ſujet. Tous nos jeunes gens s'y ſont don-

nés rendez-vous, pour y fuivre l'affection qui les domine.

10 *Février* 1771. On a donné avant-hier aux François une piece en 3 actes, en vers, (& on pourroit dire *contre tous*) qui a pour titre : *le Perfifleur*. C'eft une fatyre qui n'eft pas fans mérite, fans être une bonne piece. Il n'eft gueres poffible d'en faire l'analyfe. Elle eft écrite facilement, & fait honneur au ftyle de l'auteur, déjà connu par plufieurs Drames & Romans, joués au théâtre & répandus dans le monde. Il fe nomme *Sauvigny*.

11 *Février*. Le complot formé d'humilier l'amour – propre de *Veftris*, & non fon talent, a attiré, il y a quelques jours, un monde étonnant à l'Opéra. Mais on s'eft réconcilié avec lui, quand on a appris qu'il avoit fait hier au foir les excufes les plus foumifes à Mlle. *Heinel*. Le Public indulgent lui a fait grace & juftice, en l'applaudiffant à outrance du parterre, des loges & de partout. De fa part, pour mériter cette faveur, il s'eft furpaffé dans la chaconne, & y a fait de fi grands efforts qu'en fortant de la terminer il s'eft trouvé mal.

12 *Février*. M. *Bernard*, fi connu fous le nom du *Gentil Bernard*, Secrétaire général des Dragons, vient de tomber dangereufement malade, au point qu'on l'a cru mort. Il eft célebre par de petits vers galans qui le font rechercher de la bonne compagnie. Il y a de lui un *Art d'aimer*, qu'il a eu l'art de lire & de ne jamais faire imprimer, non plus que fes autres ouvrages. Ceux qu'il a donnés au public étoient de fociété. *Caftor & Pollux* eft la feule pro-

duction qui puiffe véritablement lui mériter l'im-mortalité.

13 *Février* 1771. Le Colifée, que l'on avoit dit interrompu, fe continue, non fans beaucoup de fraix. C'eft une entreprife des plus confidérables & dont il eft bien difficile que les auteurs ne foient pas dupes. L'immenfité du bâtiment eft incroyable ; ce qui a caufé une dépenfe impof-fible à couvrir par la recette que l'on promet. Il y aura de plus un journalier de fraix, qui abforbera une partie & fouvent peut-être tout le profit de chaque jonr. Il paroît que les auteurs du projet ne l'ont pas bien calculé à leur avan-tage, & qu'ils finiront par s'en répentir. On croit qu'il fera achevé pour le mariage de M. le Com-te de Provence, & que la ville s'en fervira pour donner fes fêtes.

15 *Février*. Le Prince Royal de Suede & fon frere font depuis quelques jours ici. Ils ont paru beaucoup aux fpectacles. Comme ils voya-gent incognito, on ne leur rend aucuns hon-neurs. Ils vifitent furtout les Savans & les Ar-tiftes. L'on parle principalement du premier, comme d'un Prince de génie & rempli de con-noiffances.

16 *Février*. M. de Buffon, de l'Académie Françoife, dont les ouvrages lui affurent l'im-mortalité, eft à toute extrêmité. Ce fera une grande perte pour les Lettres.

17 *Février*. M. de Mairan, de l'Académie Françoife & de celle des Sciences, eft à toute extrêmité. Son grand âge fait craindre qu'il n'en puiffe revenir, mais auffi empêchera qu'il ne foit regretté. On ne fache pas que depuis longtems il ait fourni aucun Mémoire à l'Académie, &

K 2

l'on peut le regarder comme déja mort aux Sciences.

18 *Février* 1771. M. de Buffon est hors d'affaire, & l'on en est d'autant plus aise que personne n'auroit pu continuer, comme lui, son ouvrage important & original sur l'Histoire Naturelle.

19 *Février*. L'Arrêté du Parlement de Normandie a été rédigé en Lettre au Roi; elle est écrite supérieurement. La presse nous a déja transmis cet ouvrage patriotique, mais dont M. le Chancelier arrête, autant qu'il peut, la publicité.

20 *Février*. M. de Mairan est mort ce soir, âgé de près de 94 ans. Il avoit toujours mené une vie fort rangée : il alloit encore dîner en ville trois fois par semaine. Il avoit un extérieur net & propre, & du côté du physique ne se ressentoit en rien des incommodités de la vieillesse.

21 *Février*. On parle beaucoup dans le monde des Remontrances de la Cour des Aides au Roi, au sujet de l'état actuel du Parlement de Paris. Elles ont été fixées le 18 de ce mois, toutes les Chambres assemblées, & c'est aujourd'hui que les gens du Roi de cette cour apprendront à Versailles si le Roi agréera qu'elles lui soient présentées.

Ceux qui en ont eu lecture, assurent que c'est un morceau d'éloquence sublime.

23 *Février*. M. le Chancelier, accompagné de M. le Duc de la Vrilliere, de M. Bertin, de M. de Monteynard & de M. l'Abbé Terray, de Conseillers d'Etat, & de Maîtres des Requêtes, s'est rendu ce matin à 11 heures au Palais, tous M. M. du Conseil assemblés à la Grand'Cham-

bre , & y a fait un difcours pour annoncer l'objet de fa miffion.

Ceux qui l'ont entendu , y ont remarqué la même élévation de ftyle & de penfées que dans celui prononcé le 24 Janvier , & il y a appa-rence qu'il eft de la fabrique du même orateur , c'eft-à-dire , du Sr. le Brun.

24 Février 1770. Un zélé Breton vient de faire imprimer un *Mémoire fur le rétabliffement de la Compagnie des Indes , & fur les avantages qui en doivent réfulter pour l'Etat en général , & pour la Province de Bretagne en particulier.* Les rai-fons qu'il met en avant font des plus claires , pour prouver cette importante vérité , que l'on a étrangement perdu de vue , quand on s'eft prêté au projet extravagant du détracteur de la Com-pagnie.

25 Février. Le *Gentil Bernard* n'eft pas mort de la cruelle attaque qu'il a eue , mais il eft dans un état plus cruel que la mort même , étant tombé en enfance.

26 Février. Quoique les Remontrances de la Cour des Aides n'aient pas encore été préfen-tées au Roi , l'avidité induftrieufe des amateurs leur a fourni le fecret d'en avoir des copies , & l'on en compte déja plufieurs exemplaires dans le monde. On les regarde comme un chef-d'œu-vre. On les attribue à M. de Malesherbes , le chef de la Compagnie , Magiftrat naturellement éloquent , cultivant les lettres , & enflammé de cet enthoufiafme patriotique qui produit le vrai fublime dans de pareils écrits.

27 Février. Le Parlement de Rouen ne fe fignale pas moins par des écrits d'une éloquence rapide , vigoureufe & pleine de chofes. Outre

K 3

fa premiere Lettre au Roi, qu'on a dit être imprimée déja, on en annonce une feconde, plus étendue, où les grands principes de la Monarchie font rappelés & pofés d'une maniere inébranlable.

1 *Mars* 1771. La Lettre nouvelle du Parlement de Normandie eft du 26 du mois dernier, & répond à la haute opinion qu'on en avoit donnée. Cet ouvrage, & tous les autres de même efpece, répandus depuis quelque tems, écrits dans le vrai genre de la chofe, doivent faire honte de plus en plus au Parlement de Paris, dont les productions dernieres n'approchent pas, à beaucoup près, de celles des Magiftrats de Province. Ceux-ci femblent avoir feuls confervé ce feu facré qui brûle dans les cœurs patriotiques & qu'ils ont fait paffer dans leurs chef-d'œuvres immortels.

2 *Mars.* Le Prince Royal de Suede a été proclamé Roi à Stockholm le lendemain de la mort de fon pere. Jamais Prince n'a reçu une plus belle éducation & n'en a mieux profité. Ses connoiffances s'étendent fur tout, & la juftelle de fon efprit égale la bonté de fon cœur. Il n'y a qu'une voix fur ce jeune Monarque, qui ne peut manquer d'être adoré de fes Sujets. Il a capté le fuffrage de tous ceux qui ont eu le bonheur de le connoître ici. Il a prefque toujours été entouré des Philofophes Encyclopédiftes ; mais M. d'Alembert eft celui qu'il a diftingué le plus, & qu'il a particuliérement admis à fon intimité : tous s'accordent à le regarder comme un fectateur zélé de leur doctrine, & fe flattent de trouver aujourd'hui un protecteur puiffant dans ce nouveau Roi.

3 *Mars* 1771. Il court dans le monde un Mémoire qu'on attribue à la Nobleſſe, mais qui n'eſt ſigné de perſonne, dans lequel on fait parler ce Corps reſpectable comme devant connoître de tous les faits du point d'honneur, & qui diſcutant les inculpations faites aux Magiſtrats dans le preambule de l'Edit de Décembre dernier, en infere qu'ils n'ont pu continuer leurs fonctions juſqu'à ce qu'ils en aient été juſtifiés, leur honneur y étant compromis. Ce Mémoire n'eſt que manuſcrit & anonyme, & l'on le regarde comme aprocryphe.

4 *Mars*. M. l'Evêque de Senlis a prononcé aujourd'hui ſon diſcours de réception à l'Académie Françoiſe, où il a ſuccédé à feu M. de Moncrif. La tâche n'étoit pas facile à remplir pour louer ſon prédéceſſeur, & la ſéchereſſe du ſujet s'eſt répandue ſur tout l'ouvrage. M. l'Abbé de Voiſenon, en ſa qualité de Directeur, avoit un plus beau champ, puiſqu'il avoit à faire l'Eloge du mort & du Récipiendaire. Auſſi y a-t-il employé toute l'artillerie de ſon eſprit. Il a eu l'art d'égayer la matiere & de réveiller les auditeurs par des ſaillies qui ont été fort applaudies. Jamais Séance Académique ne s'eſt terminée plus agréablement.

7 *Mars*. Les Remontrances de la Cour des Aides ont fait une fortune ſi prodigieuſe dans le public, & les copies s'en ſont multipliées à tel point, qu'il n'eſt preſque pas de maiſon où l'on ne trouve ce Manuſcrit. Tous les bons François veulent les lire, & regardent leur auteur non ſeulement comme le défenſeur de la Magiſtrature, mais comme le Dieu tutélaire de la patrie.

8 *Mars*. Les Comédiens François ont don-

né hier pour la première fois une petite Piece, qui a pour titre : *l'heureufe rencontre*, en un acte & en vers. Ce petit Drame n'offre rien de piquant, & eft médiocre, pour ne pas dire plus. C'eft l'ouvrage d'un bel efprit femelle, qui veut garder l'anonyme, & fera bien.

9 *Mars* 1771. Il paroît, à ce qu'on affure, un Libelle fanglant contre M. le Chancelier, en forme d'Ode, & l'on dit qu'il eft intitulé : *Les Chancelieres*. On fe doute bien qu'il eft très rare, & que l'auteur n'a pu l'enfanter que dans les plus profondes ténebres.

10 *Mars*. Le Parlement de Grenoble n'a pas manqué de fe fignaler & de déployer dans cette occafion l'éloquence noble & touchante, qu'on remarque dans toutes fes productions. Il a adreffé au Roi des Remontrances, foutenues furtout par une logique lumineufe, preffante & irréfiftible. Il attaque l'Edit de Décembre 1770 & met l'auteur en contradiction avec lui-même. Il combat M. le Chancelier par fes propres paroles, lorfqu'à la tête du Parlement de Paris il avoit eu occafion de porter au pied du trône les repréfentations de fon Corps.

11 *Mars*. Il paroît une Epitre manufcrite du Sr. de Voltaire au Roi de Danemarc, à l'occafion de la liberté de la Preffe, que ce Prince vient d'accorder dans fes Etats. Elle eft écrite de ce ftyle familier, que ce poëte s'eft attribué depuis longtems envers les Rois, & qui dégénere en licence indécente & puniffable : il fent moins le génie fier & indépendant, que le bas flatteur qui, à la faveur des éloges outrés qu'il prodigue à un Monarque, efpere faire paffer les injures qu'il dit aux autres. Quoi qu'il en foit, l'auteur

approuve d'autant plus S. M. Danoife, que, fuivant lui, jamais un mauvais livre ne furvit à
l'oubli qu'il mérite, & qu'on le peut laiffer mourir
impunément de fa belle mort : qu'au contraire les
profcriptions n'empêchent pas les bons de pénétrer, & donnent plus de confiftance & de relief
aux autres ; qu'enfin ce ne font pas les philofophes qui ont troublé la terre & excité les dif-
cordes & les guerres. Ces idées, vraies en général & faines, mais répétées en plufieurs ouvrages & furtout en mille endroits de cet auteur,
font noyées dans un fatras de plaifanteries bouf-
fonnes & fatyriques qui déparent infiniment le
refte. Les œuvres du Sr. de Voltaire ne font plus
que des écrits fangeux, les bourbiers d'*Ennius*,
toujours excellens à cribler pour quelques paillettes
d'or qui s'y trouvent.

13 *Mars* 1771. *Chanfon, fur l'Air Des Pendus : contenant la Relation de la premiere Séance du Confeil Supérieur de Blois du* 2 *Mars*
1771. *Par le Maître d'Ecole de Chouzi, près
Blois.*

Or, écoutez, petits & grands,
Le plus grand des événemens :
On en parlera dans l'hiftoire ;
A peine pourra-t-on le croire :
Car fi je ne l'avois pas vu,
Jamais je n'en aurois rien cru.

Le famedi, deux de ce mois
Nous fommes tous venus à Blois ;
Pour y contempler la merveille
De notre Souverain Confeil ;

K 5

Et nous avons , en vérité ,
Tous été bien émerveillés.

Nous avons vu des Magiſtrats
En robes rouges & rabats ,
Parés comme les jours de fête ;
Saint Michel étoit à leur tête ;
Après marchoient deux Préſidens
Suivis d'onze honnêtes gens.

Preuve de leur honnêteté
Et qu'ils étoient bien élevés ,
Ils faiſoient force révérence ,
Comme à la nôce , quand on danſe.
Enfin par leurs proviſions ,
On voit qu'ils étoient tous bon garçons.

Pour attirer le Saint Eſprit
Sur des gens auſſi bien appris ,
La meſſe en pompe fut chantée ,
Par la muſique bien notée ;
Mais l'Eſprit Saint n'eſt pas venu ,
Du moins nous ne l'avons pas vu.

C'étoit un grand jour de marché ,
Que nos Conſeillers bien friſés ,
Défiloient le long de la place ;
Mais plus d'un faiſoit la grimace
De ce qu'ils n'étoient pas aſſez
Pour former le nombre annoncé.
Nous souffririons de l'embarras
De ce vénérable Sénat :
Mais par une heureuſe avanture

Nous avions plus d'une monture,
Et chacune certainement
Etoit bâtée superbement.
  Dès que le Souverain Conseil
Sortit avec son appareil,
Nos ânes voyant leurs confreres,
Se mirent aussitôt à braire,
Et demanderent à grands cris
Que dans la troupe ils fussent admis.
  Indépendamment de la voix,
Il étoit bon de faire un choix :
Pour éviter la bigarure
Parmi cette Magistrature ;
Les plus rouges furent choisis,
Comme étant les mieux assortis.
  Les ânes ayant pris leur rang,
Fermerent la marche à l'instant.
Je passe les cérémonies
Que firent les deux Compagnies.
La ville en cette occasion,
Marqua sa satisfaction. (a)
  Or, donc, de nos vingt Conseillers
On vit d'abord les six derniers,
S'en retourner à leur village,
Criant, dans leur noble langage,
Que, vû le poids de leurs fonctions,
Ils donnoient leurs démissions.

_____

(a) Voyez la Gazette de France, du 8 Mars 1771.

Vous voyez qu'il ne reſtoit plus

Que quatorze ânes tout au plus ;

Mais ſentant où le bât les bleſſe ,

Prodige de délicateſſe !

Huit autres encore ont quitté ;

Et ſix ſeulement ſont reſtés.

Tout ceci , retenez-le bien ;

Fait leçon pour les gens de bien ;

Dans une pareille occurrence.

Mons. le Chancelier de France ,

Mérite bien tous nos reſpects ,

D'avoir pris d'auſſi bons ſujets.

14 *Mars* 1771. Le Parlement de Bordeaux a arrêté des Remontrances au Roi ſur l'état préſent du Parlement de Paris , dans le même eſprit que celles des autres Cours qui en ont arrêté. Elles ſont du 25 du mois dernier , & ſont déjà imprimées. On les annonce comme volumineuſes & comme développant la matiere d'une maniere plus hiſtorique que les autres.

15 *Mars.* On a donné aujourd'hui à l'Opéra *Théſée* , pour les acteurs. Le ſpectacle a été des plus brillans & des plus remplis. Il a été exécuté , on ne peut pas mieux , tant de la part du chant que de la danſe.

16 *Mars.* Le Parlement de Provence a adreſſé au Roi des Remontrances très pathétiques ſur la ſituation préſente du Parlement de Paris , & rappelle la trop douloureuſe hiſtoire de Bretagne , qu'il regarde comme la ſource de ce qui ſe paſſe aujourd'hui. Elles ſont rédigées de main de maître , & très-longues.

17 *Mars* 1771. Les *Chancelieres* font la plus grande fenfation dans le public, & font recherchées avec un empreffement fans égal ; plus fans doute à raifon du perfonage qu'elles concernent & de l'objet qu'elles traitent, que de leur mérite intrinfeque. Elles ne valent pas, à beaucoup près, les *Philippiques*, qui parurent dans le tems de la Régence, & attribuées au Sr. *La Grange-Chancel*. Le pamphlet en queftion eft plein d'injures attroces, dites prefque toujours en termes impropres, fans chaleur, fans élévation, autant que les chofes. C'eft plutôt de la profe rimée qu'une Ode. Il y a cependant quelques ftrophes, ou parties de ftrophes tout-à-fait différentes ; ce qui annonceroit l'ouvrage de deux mains, ou celui d'un écolier corrigé en des endroits par main de maître. En un mot, c'eft plutôt une piece hiftorique qu'une piece de poéfie.

18 *Mars*. Avant-hier s'eft fait la clôture des trois Spectacles. L'Opéra a fini par *Théfée*, qu'il a donné pour la capitation des acteurs. La Comédie Italienne s'eft diftinguée par une petite Farce, qui confiftoit en un marchand de proverbes. Il a diftribué fa denrée à tous les acteurs & actrices : c'étoient autant de couplets, terminés par un proverbe, & roulant fur le regret des Comédiens de fe féparer du public. Quoi que tout cela fût affez mauvais, on a fort applaudi. Les *François*, qui ont joué *Tancrede*, ont attiré encore plus de monde, par une nouveauté finguliere, Mlle. Luzzi, accoutumée à faire les rôles de Soubrette & à ne jouer que du comique, a débuté dans cette Tragédie par le rôle d'*Aménaïde*. Elle a une très-belle figure,

un organe plein & fonore ; mais le public, ne l'a pu goûter dans un genre fi éloigné du fien. On lui a donné des encouragemens, quoiqu'on doute qu'ils puiffent jamais en faire une grande Actrice tragique. Le Kain , contre qui elle figuroit , contribuoit beaucoup à la faire difparoître , dans un rôle que l'on fe fouvient d'avoir vu repréfenter par Mlle. Clairon , & qui éxige le jeu le plus confommé.

19 *Mars* 1771.Les Remontrances du Parlement de Bordeaux font arrivées. Elles font du 25 Février , fort longues , & roulent fur les mêmes objets déjà traités par les autres Cours. Mais elles démentent bien authentiquement l'Arrêté auffi indécent que féditieux , en date du 8 Février , répandu avec tant de profufion fous le nom de cette Compagnie , & que le Révérend Pere Gazetier de Cologne avoit adopté dans fa feuille avec trop de bonhommie.

On a auffi les Remontrances d'Aix , plus fingulieres par leur tournure , & qui font remonter les événemens du jour jufques à l'affaire de Bretagne , où ce Parlement en trouve l'origine. Cette filiation , très développée , forme un tableau hiftorique & étendu , extrêmement curieux.

19 *Mars.* On dit aujourd'hui que *L'heureufe Rencontre* eft d'une Madame *Chaumont* , veuve d'un Libraire , retirée dans une terre , & qui s'y amufe à compofer de mauvaifes pieces , telles que celle-ci.

20 *Mars.* Le Parlement de Douay a fait le 13 de ce mois un Arrêté en faveur du Parlement de Paris. Cette démarche eft remarquable , en ce que c'eft la premiere fois que

cette Compagnie prend fait & cauſe pour une
autre, & que juſques à préſent elle n'avoit paru
prendre aucune part aux affaires publiques.
D'ailleurs, on y voit avec plaiſir qu'elle traite
l'objet d'une maniere neuve, en demandant que
le procès ſoit fait légalement aux Membres de
ce Corps, s'ils ſont coupables : Point capital,
pas ou trop peu diſcuté par les autres Parlemens. Quant au ſtyle, il eſt très-ſain, très-
pur & très-noble : il ne ſe ſent en rien du ter-
roir étranger.

21 *Mars* 1771. L'Académie Françoiſe a tenu
aujourd'hui ſa Séance publique pour la réception de M. le Prince de Beauveau & de M.
Gaillard. Jamais on n'avoit vu à pareille aſſemblée un concours ſi prodigieux de femmes. On
en comptoit plus de 80, dont une grande partie
de Dames de la Cour, beaucoup de Seigneurs
à proportion, & une multitude immenſe d'auditeurs de toute eſpece.

Le diſcours de M. de Beauveau, qui a ouvert la Séance, étoit court & ſimple, en un
mot, a paru un diſcours de grand Seigneur. On
y a cependant remarqué l'adreſſe avec laquelle,
en faiſant l'éloge du Roi & de ſon Regne, ce
récipiendaire y a amené indirectement celui de
M. le Duc de Choiſeul, en peſant davantage ſur
les tems de l'adminiſtration de ce Miniſtre,
qu'il a indiqués comme une époque mémorable
de la Monarchie. On a applaudi au zele de l'amitié, ſans diſcuter s'il étoit juſte, ou exceſſif, ou
indiſcret.

M. Gaillard a mieux rempli ſon rôle. Il a
fait après les complimens d'uſage, une differtation hiſtorique ſur les Sociétés ſavantes en

France , dont il fait remonter l'origine jufques
à Charlemagne. Il a préfenté un tableau rapide
& ferré des progrès de ces inftitutions , & il y
a joint des anecdotes précieufes & honorables
pour les gens de lettres ; mais il y a trop mêlé
ce ton d'emphafe mis à la mode par le Sr. Thomas , cette bouffiffure philofophique , par où il
s'eft annoncé comme un digne fectateur de la
cabale Encyclopédique qui l'a porté à fa nouvelle
dignité.

M. l'Abbé de Voifenon , encore Directeur pour
cette céremonie , a répondu alternativement aux
deux Récipiendaires par deux difcours. Même
ftyle , mêmes farcafmes , même perfiflage que la
première fois. Sa figure de finge fembloit donner
encore plus de malice à fes faillies , & il a foutenu à merveille le rôle d'Arlequin qu'il s'étoit
impofé , fuivant fes propres expreffions , en réponfe à fes confreres qui lui reprochoient le peu
de gravité de fes difcours.

Enfuite le Sr. Duclos a lû une Continuation
de l'Hiftoire de l'Académie , commencée fucceffivement par Peliffon & par l'Abbé d'Olivet ,
depuis fon origine jufqu'en 1700. En fa qualité
de Secrétaire de l'Académie , il a cru devoir
avancer cet ouvrage jufques à nos jours. Ce n'eft
qu'une chronologie fans fuite & fans liaifon des
variations légeres qu'a éprouvées cette Compagnie depuis ce tems. Il y a recueilli toutes les
anecdotes relatives à fon objet : quoique puéri-
les & minutieufes , elles ne doivent pas moins
entrer dans ce travail , qui au fond eft très-peu
de chofe. L'hiftorien a joint aux faits des réflexions bourrues en ftyle dur , comme lui ,
qui ont fait rire , & ne contraftoient pas mal

avec les gentilleffes, les gaîtés du Directeur. Il a fini par une apologie prétendue de l'Aca- démie, fur le reproche qu'on lui fait d'admet- tre dans un Corps où il ne doit point y avoir d'Honoraires, tant de gens qui ne peuvent qu'y jouer ce rôle; & le Public a trouvé qu'il avoit fort mal juftifié fa Compagnie, ou plutôt qu'il avoit élevé une queftion qu'il n'avoit nullement réfolue.

On ne doit pas omettre que dans l'hiftorique du Sr. Duclos, cet Académicien ayant fait men- tion d'une anecdote concernant le Préfident de Lamoignon, grand-pere de M. de Malesherbes d'aujourd'hui, & ayant ajouté, en nommant cet ancien Magiftrat, *ce nom fi cher aux Lettres*, tous les fpectateurs ont enviſagé, comme de concert, M. de Lamoignon de Malesherbes, & l'on a battu des mains pendant plufieurs minu- tes, & à plufieurs reprifes : Eloge bien flatteur pour ce Magiftrat, qui fe diftingue aujourd'hui par fa qualité encore plus rare de patriote, & que la France entiere envifage comme un de fes plus chers défenſeurs.

Le Public, & les femmes furtout, auroient été bien-aifes d'entendre quelques-unes des fa- bles dont M. le Duc de Nivernois a amufé fi délicieufement les auditeurs dans plufieurs féan- ces ; mais ce Seigneur s'eft refufé aux inftances qu'on lui a faites, déclarant que, par un Régle- mént nouveau, aucun Académicien ne pouvoit rien lire, fans avoir communiqué fon ouvrage à un Comité de fes confreres; qu'il n'avoit pas pris cette précaution, & qu'il ne pouvoit répon- dre aux defirs de l'affemblée.

On préfume que ce Réglement a été fait à

l'occafion du difcours de M. Thomas , dont on a parlé l'an paffé , & qui fit un fi grand fcandale à la cour & à la ville.

23 *Mars* 1771. Le Sr. Guerin , Chirurgien du Prince de Conti , a eu une rixe , il y a quelque tems , à l'Opéra avec M. le Marquis de Langeac , Colonel à la fuite des Grenadiers de France. Ce dernier ayant trouvé mauvais que l'autre eut regardé indécemment fa maîtreffe , l'a traité comme un gredin , le menaçant de lui faire donner des coups de bâton par fes gens. Celui-ci a pris au collet M. de Langeac , a fait femblant de ne pas le connoître , & l'a forcé à venir chez le Commiffaire. Le Sr. Guerin s'étant réclamé du Prince fon maître , lui a été renvoyé. Cependant fon adverfaire jettoit feu & flamme .... On répand la copie d'une Lettre écrite à cette occafion , dit on , à M. de Langeac , par le Prince de Conti.

» On dit , Monfieur , que vous voulez faire » périr le Sr. Guerin fous le bâton. Je vous » prie de fonger qu'il eft mon chirurgien ; qu'il » m'eft fort attaché ; que j'en ai befoin , car j'ai » beaucoup vu de filles ; j'en vois encore..... » J'ai eu des bâtards , mais j'ai toujours eu foin » qu'ils ne fuffent pas infolens.....»

24 *Mars.* Il paroît une Lettre des Officiers du Bailliage de Villefranche en Beaujolois , ville de l'appanage de M. le Duc d'Orléans , adreffée à ce Prince , du 6 Mars 1771 , par laquelle ils remettent leurs démiffions entre les mains de S. A. , plutôt que de reconnoître le Confeil Souverain dont on veut les faire reffortir. Cette piece hiftorique de Magiftrats fubalternes eft digne de figurer avec avantage parmi

toutes celles de ce genre, qui ont paru ou qui paroîtront.

25 *Mars* 1771. L'Impératrice des Ruffies a fait enlever tout le Cabinet de Tableaux de M. le Comte de Thiers, amateur diftingué qui avoit une très-belle Collection en ce genre. M. de Marigny a eu la douleur de voir paffer ces richeffes chez l'Etranger, faute de fonds pour les acquérir pour le compte du Roi.

On diftinguoit parmi ces tableaux un portrait en pied de Charles I, Roi d'Angleterre, original de Vandyk. C'eft le feul qui foit refté en France. Madame la Comteffe Dubarri, qui déploye de plus en plus fon goût pour les Arts, a ordonné de l'acheter : elle l'a payé 24, 000 Livres. Et fur le reproche qu'on lui faifoit de choifir un pareil morceau entre tant d'autres, qui auroient dû lui mieux convenir, elle a répondu que c'étoit un portrait de famille qu'elle retiroit. En effet, les Dubarri fe prétendent parens de la Maifon des Stuards.

26 *Mars.* Il paffe pour conftant que mardi dernier M. le Duc de Duras, gentilhomme de la Chambre en exercice, a remis au Roi, de la part des Princes du Sang, un Mémoire nouveau de 20 pages, où ils reprennent toute l'affaire actuelle dès fon origine, attaquent directement M. le Chancelier, dont ils fuivent les opérations, en font voir le vice & les contradictions, & finiffent par des proteftations entre les mains de S. M. contre tout ce qui a été fait & contre tout ce qui fe fera. Il eft à obferver que M. le Comte de la Marche refufe conftamment de fe joindre aux autres, & n'a rien figné.

27 *Mars.* A l'occafion du bruit qui court de

l'exil de la Cour des Aides, on a fait le Placet
fuivant au Roi, au nom des femmes de Confeillers au Parlement.

Nos Epoux, ô Louis, font en captivité,

Nous gemiffons loin d'eux, dans la viduïté,

Jufqu'à ce jour pourtant une erreur fecourable

A nos cœurs défolés apportoit quelque efpoir.

Mais enfin, de Maupeou la vengeance implacable,

Nous condamne, dit-on, à ne les jamais voir.

A leur comble montés, nos maux font fans remede :

Laiffez-nous pour foutien au moins la Cour des Aides!

28 Mars 1771. Il paroît deux nouvelles brochures fur les matieres préfentes. L'une en date du
11 Février 1771, a pour titre : *Lettre de M***,
Confeiller au Parlement, à M. le Comte de ****.
Le but de l'auteur eft de prouver :

1°. Que le Parlement a dû s'oppofer conftamment à tout enrégiftrement de l'Edit.

2°. Qu'il n'a fait en cette occafion que ce qu'il
avoit fait dans d'autres avec fuccès, & avec l'approbation de nos Rois, mieux inftruits.

3°. Qu'il a employé, pour manifefter fon oppofition, le feul moyen légal, honnête, qui pût
convenir à des Magiftrats.

L'autre, intitulée : *Obfervations fur l'incom-
pétence de M. M. du Confeil pour la vérification
des Loix*.

Cette feconde brochure, bien fupérieure à la
premiere, démontre par huit confidérations la
nullité de tout ce que feroient Mrs. du Confeil
en pareil genre, & même celle de tout jugement

civil ou criminel qu'ils peuvent prononcer. Outre l'avantage d'une logique claire & preffante,
elle a celui d'être très-courte, & de réfumer en
peu de pages les plus puiffans argumens fur cette
matiere. Le ftyle eft d'une énergie propre à la
chofe, & ajoute encore à la force du raifonnement.

30 *Mars* 1771. *Chanfon, fur l'Air :* Réveil-
lez-vous &c. *à l'occafion de la Commiffion
de Confeiller au Confeil Supérieur de Châlons,
follicitée & obtenue par l'Abbé Hocquart, Chanoine de Châlons.*

Lorfqu'en France on battoit la caiffe,
Pour y trouver des Magiftrats,
Certain Abbé, fendant la preffe,
Fut un des premiers candidats.

C'étoit fuppôt de cathédrale,
Plus fait pour la table & le jeu,
Que pour occuper un froid ftalle,
Bon feulement à prier Dieu.

Il faut bien faire un facrifice,
Pour croître de deux mille francs,
Le revenu du Bénéfice,
Et du piquet & des brelans.

Plein d'une fi belle efpérance,
Au fon de l'or, notre Abbé part;
Arrive au Chancelier de France :
On annonce...... l'Abbé Hocquart,

Ton nom , dit Maupeou , m'extafie ,
C'eſt celui du fameux Hocquart !
A ſa place , malgré l'envie ,
Tu feras , fuſſes-tu bâtard.

Des difpenfes recommandées
On t'expédiera dans le jour ,
Bien & dûment enrégiſtrées
Par gens de ma nouvelle Cour.

Un préambule eſt néceſſaire :
As-tu bien été baptiſé ?
Oui , Monſeigneur , la choſe eſt claire ;
Claude , eſt le nom qu'on m'a donné.

Notre cher , féal , *& bien Claude* , (*)
Puiſqu'il appert à tout voyant
Que tu l'es vraiment & fans fraude ,
Reçois-en notre compliment.

Pour de notre gent moutonniere
Juger procès mus , à mouvoir ,
Te difpenfant de la priere ,
Et par deſſus , de tout favoir.

(*) Les Proviſions de Chancellerie portent toujours : Notre féal & bien-amé.
Par deſſein , & non par mégarde , on a mis dans
celles de l'Abbé Hocquart , au lieu de *bien-amé Claude*,
ſimplement *bien Claude*. Elles font ainſi enrégiſtrées.
On peut de voir au Greffe.

Provisions. Air : *Des folies d'Espagne.*

Savoir faisons aux bêtes Champenoises ,
Que par deffein , & non pas par mégard ,
Nous nommons , pour juger toutes leurs noifes ;
Notre féal *Claude & bien Claude Hocquart.*

Chanfon fur l'Air : *Vous m'entendez bien.*

Enfin , un Parlement tout neuf ,
Qui vient d'éclore comme un œuf
A déjà la fcience . . . . Eh , bien !
De prendre des vacances. Vous m'entendez bien.

Il eft compofé de vingt gens
Tous très-fripons & très-méchans ,
Compris l'Avocat nôtre , Eh , bien !
Qui vaut bien mieux qu'un autre. Vous , &c.

Pour acquérir un tel honneur
On fait qu'ils ont vendu le leur.
C'eft un grand facrifice , Eh , bien !
Qui vaudroit des épices. Vous , &c.

Pour les Chinois , il a fallu
Les ramaffer où l'on a pu.
Ici , c'eft un Myope , Eh , bien !
Et là , c'eft un Efope. Vous , &c.

Ainfi , dans l'Evangile , on lit
Que le long des chemins on prit

Des gens sans nom, sans luftre,   Eh, bien !
Pour un festin illuftre   Vous, &c.

Et pour achever le portrait,
Un d'entr'eux, chargé d'un Décret, (*)
Parut comme à la Salle,   Eh, bien !
Sans robe nuptiale,   Vous, &c.

Mais le fera-t-on partir ? Non ;
Car pour le Confeil il eft bon
D'avoir un tel Apôtre,   Eh, bien !
Ç'a confole les autres.   Vous, &c.

Réjouiffons-nous, mes amis ;
Déformais on prendra *gratis* ;
Et fans beaucoûp de preuves,   Eh, bien !
Pour faire des épreuves.   Vous, &c.

Tant pis pour le premier pendu ;
Le fecond fera mieux pourvu.
Au défaut de fcience,
    Eh, bien !
Viendra l'expérience.
Vous m'entendez-bien.

31 *Mars* 1771. Extrait d'une Lettre de Metz, du
24 Mars..... Le fameux procès de M. de Valdahon a été jugé au Parlement le 22 à 8 heures

---

(*) Le Sr. Defirat, Avocat.

du

du foir. M. le Monnier a été débouté de fon opposition ; permis aux parties de s'époufer ; trois Commiffaires nommés par la Cour pour faire le Contrat de mariage ; Mlle. le Monnier prife fous la fauve - garde du Parlement ; M. le Monnier condamné à 60, 000 Livres de dommages & intérêts, & a tous les dépens ; les Mémoires fupprimés refpectivement de part & d'autre. M. l'Avocat général a déclaré ne demander la fuppreffion de ceux de M. de Valdahon & de Mlle. le Monnier, que pour effacer jufques à la trace des horreurs, des imputations, des calomnies avancées dans ceux de M. le Monnier.

Toute la ville a été enchantée de cet Arrêt. On a fait des feux de joie ; on a caffé les vitres de M. le Monnier, & l'on a crié : *vive le Parlement & M. de Valdahon !*

Ainfi, après huit ans de douleur & de traverfes, va fe terminer heureufement l'hiftoire de ces deux modeles d'amour, dignes de figurer à côté de tous les héros de ce genre, dont on lit les avantures & les combats dans les Romans.

1er. *Avril* 1771. M. Bergier eft nommé Confeffeur de Mesdames, à la place de l'Abbé Clément qui vient de mourir. Cet Abbé paroît d'autant plus digne de la confiance de ces auguftes perfonnes, que c'eft un champion infatigable de la foi, un défenfeur éclairé de notre fainte religion, que ces adverfaires trouvent toujours prêt à combattre. Il vient de faire paroître tout recemment une Réfutation du Livre du *Syftême de la Nature.*

4 *Avril.* Il paroît imprimé des Remontrances du Parlement de Rouen, en date du 19 Mars. Elles ont pour objet l'établiffement des Confeils

Supérieurs, & relèvent toutes les irrégularités, ou, pour mieux dire, l'illégalité entiere de ces nouveaux Tribunaux. C'est le même fonds, déja traité dans divers écrits particuliers, & surtout dans la *Lettre adressée aux Magistrats de Province*, mais avec la modestie convenable à un Citoyen anonyme qu'un zele sage porte à éclairer ses concitoyens. Ici, au contraire, c'est une Cour souveraine armée du glaive de la Justice, & qui tonne avec cette éloquence mâle dont elle doit faire entendre la vérité au Prince, & épouvanter les perfides adulateurs qui l'entourent.

5 *Avril* 1771. Madame de Gomez est morte âgée de 85 ans. . . . . C'étoit une femme auteur, qui avoit composé une bibliotheque de romans, tous gothiques, dans le genre de l'ancienne galanterie, & que personne ne lit plus. Elle avoit de beaucoup survécu à ses livres.

8 *Avril.* M. le Chancelier, pour contrebalancer l'effet que pourroient produire dans le public les divers écrits qu'on a répandus sur son projet de destruction ou de réformation des Parlemens, a fait composer d'autres ouvrages en sa faveur, tels que des *Considérations sur l'Edit*, *Réflexions d'un Citoyen*, &c. Les gens impartiaux n'y trouvent pas cette force de raisonnement, ce droit des gens, cette réclamation contre le Despotisme, si bien établis dans les premiers.

8 *Avril.* L'Eléphant continue à exciter la curiosité du public, & un fait, arrivé récemment, fait beaucoup d'honneur à son intelligence & à sa sensibilité. Un Robin, mêlé parmi les spectateurs, sembloit répugner à la laideur de cet animal, & le témoignoit par des gestes qui ne lui ont point échappé. A l'instant il retire sa trompe, & la

dardant avec impétuosité contre son détracteur, il ne l'attrape heureusement qu'à sa chevelure, qu'il dépoudre & met en désordre. Le maître accourt aussitôt, & se doutant du motif, déclare au Robin qu'il lui conseille de sortir & de se soustraire à la vengeance de l'implacable Éléphant.

9 *Avril* 1771. *Avis important à la Noblesse. Réponse aux Remontrances de la Cour des Aides, du* 13 *Février, par un Membre du Conseil Supérieur. Lettres Américaines sur les Parlemens. Extraits de différens Ecrits, Réglemens, Ordonnances, &c. Lettre d'un Président d'un Bailliage de Normandie, à un Président du Parlement de Rouen. Sentimens des six Conseils Souverains, &c.* Tels sont les ouvrages nouveaux qu'on répand avec profusion pour favoriser le système du Despotisme, qu'on cherche à accréditer. Il y en a pour tous les genres d'esprit & pour toutes les especes de Lecteurs: de plaisans & de sérieux, de savans & de superficiels; & les Chefs des différens Conseils doivent en emporter des ballots, pour les communiquer à leurs partisans dans les Provinces. Les gens impartiaux & les amis de la liberté n'y trouvent rien de satisfaisant. Tout y sent l'esprit de parti.

9 *Avril. Assemblée publique de l'Académie des Belles - Lettres, à sa rentrée d'après Pâques.*

L'Académie des Belles - Lettres a tenu aujourd'hui son assemblée. On y a vu avec douleur, absens du Banc des Honoraires, M. le Président d'Ormesson, & surtout M. de Lamoignon de Malesherbes, deux Magistrats chers aux Lettres & qui ne manquoient aucune de ces Séances. La nouvelle toute récente de l'exil du dernier, confirmée en ce moment, a jetté une confternation générale parmi fes confreres & les fpectateurs.

Après l'annonce ordinaire des Prix, M. le Béau, Secrétaire, a lu l'Eloge de M. le Préfident Hai-nault. La longue vie de cet Académicien, fes qualités, le rang qu'il tenoit dans le monde & fes divers ouvrages, fourniffoient une matiere abondante à l'orateur. Entre ces écrits, le plus diftingué & le plus digne de la poftérité, eft fans contredit fon *Abrégé chronologique de l'Hiftoire de France*. On favoit déjà qu'il avoit été traduit en Anglois, en Italien, en Allemand : le pané-gyrifte nous a appris qu'il l'étoit encore en Chi-nois : anecdote remarquable, & qui fait époque dans l'hiftoire Littéraire. M. le Béau s'eft furtout étendu fur les vertus fociales de ce Magiftrat, fur cette aménité qu'il n'avoit pas peu contribué à ré-pandre parmi nos auteurs, & fpécialement fur ces affemblées agréables & choifies que fon opu-lence le mettoit à même de tenir, & où il façon-noit aux graces les Académiciens fes confreres, jufques-là durs & agreftes. Au furplus, cet Eloge n'eft qu'une paraphrafe étendue & détaillée du texte donné il y a longtems par M. de Voltaire, dans fa charmante Epître au Préfident, qui commence par ces vers :

> Hainault fameux par vos foupers ;
>
> Et par votre Chronologie,
>
> Par des vers au bon coin frappés, &c.

Le difcours du Secrétaire a paru au public un des meilleurs & des plus intéreffans qu'il ait pro-duits depuis qu'il eft en fonction. On n'y a point remarqué, comme dans le plus grand nombre de fes autres panégyriques , ce luxe d'efprit , ces phrafes recherchées , foit qu'il en ait été plus fobre cette fois , ou plutôt que ce genre d'écrit convenant mieux au récit de la vie d'un homme du grand monde , d'un Magiftrat galant & poli , d'un auteur plein de graces & d'enjouement , foit moins difparate , ou plus naturel que dans l'Eloge d'un lourd Commentateur , d'un Differtateur obfcur , d'un Antiquaire hériffé de grec , en un mot d'un Savant en *us*.

M. de Sigrais a continué enfuite de faire part au Public de fes Mémoires fur le génie militaire des Gaulois. Dans celui-ci , qui eft le 4ème , il a prouvé comment il s'étoit affoibli infenfiblement , il avoit dégénéré & s'étoit engourdi chez cette Nation pendant quelques fiecles. Céfar , en faifant périr deux millions d'hommes des Gaulois en huit campagnes , avoit déja porté une rude atteinte à fa population. Si l'on y ajoute le foin qu'il avoit eu de divifer ces peuples entre eux , d'en avoir toujours une partie nombreufe dans fes troupes , on aura déja une caufe immédiate de fa foibleffe. Augufte n'avoit pas peu contribué à l'augmenter , en fuivant les erremens de fon prédeceffeur , en énervant encore plus les arts , par le luxe , par les lettres , qu'il chercha à introduire chez eux. L'habitude qu'ils prirent de fe foudoyer à toutes les Puiffances étrangeres qui voulurent acheter leur fang , ne concourut pas moins à leur ruine ; & , en laiffant à ceux que leur génie guerrier emportoit , la liberté de le fatisfaire , cet ufage enlevoit à leurs compatriotes des défenfeurs utiles , & aux Romains des hommes factieux , des génies turbulens , propres à tirer les nationaux de la fervitude où ils étoient plongés.

C'eſt ainſi qu'après avoir joué un très grand rôle, finit l'auteur, les Gaulois ceſſerent d'être quelque choſe pendant quelque tems. Ce Mémoire, extrêmement intéreſſant, ſurtout pour nous, donne la plus grande envie de voir l'ouvrage imprimé en entier, & réuni ſous un ſeul point de vue.

La ſimilitude de la Philoſophie des Chinois, dix ou onze ſiecles avant l'Ere Chrétienne, mais ſurtout du tems de Confucius, un des Héros de la Secte des Lettrés, vivant vers l'an 550 avant J. C., avec celle des Egyptiens, & de Pythagore principalement, a fourni à M. de Guignes la matiere d'un Mémoire, où il développe avec quelque détail cette conformité qu'il n'eſt pas poſſible de ne pas reconnoître; & il en conclut la communication qu'il doit y avoir eu de toute néceſſité entre des peuples auſſi reſſemblans. Ce Mémoire, plus ſavant que celui de M. Sigrais, mais moins intéreſſant, n'eſt qu'une eſquiſſe très-imparfaite de toute l'érudition que l'auteur doit répandre ſur ſa matiere, & dont il prétend ſoutenir ſon ſyſtême.

M. Gaillard, qui ſemble ſe vouer plus particuliérement à l'Hiſtoire, a terminé la Séance par la lecture d'une digreſſion ſur une Bulle arbitrale du Pape Boniface VIII, rendue le 27 Juin 1298, entre Philippe le Bel, Roi de France, & Edouard I, Roi d'Angleterre. Son objet eſt de diſcuter un paſſage de ladite Bulle, ſur lequel tous les Hiſtoriens ſe trouvent d'accord, & qu'il aſſure pourtant n'y pas être. Sous cette apparence d'érudition, qui ne peut gueres ſervir qu'à étendre le pyrronſime en fait d'Hiſtoire, on voit une affectation de l'auteur de s'é-

lever avec amertume contre la hauteur de ce
Pape , & de fronder l'afferviffement que toutes
les Puiffances du tems avoient alors pour la
thiare.

10 *Avril* 1771. *Vues pacifiques fur l'état
actuel du Parlement.* Tel eft un imprimé en date
du 4 Mars, répandu depuis peu , ou l'on démontre que le raccommodement entre la Cour & le
Parlement tient à peu de chofe , depuis que le
Roi , dans l'Edit de création des Confeils , déclare fon impuiffance de changer les loix fondamentales, &c. Ce petit écrit eft fort fage. Après
avoir fait le tableau effrayant de nos malheurs ,
il indique le remede, qui n'eft autre chofe que le
rappel des Magiftrats , l'abolition du fatal Edit de
Décembre , & le retour à la regle & aux vrais
principes. Sans rien dire de nouveau , cet ouvrage eft un de ceux qu'on ne fauroit trop mul-
tiplier , afin de faire pénétrer l'inftruction & la
vérité chez les gens les moins inftruits , & dans
les Provinces du Royaume les plus reculées. Au
moyen de cette fécondité de lumieres , la Nation connoîtra enfin fes vrais intérêts , & pouf-
fera un cri unanime vers le Souverain , fi néceffaire pour éveiller l'engourdiffement dans lequel
le plongent les Miniftres qui l'obfedent.

10 *Avril.* L'Académie Royale des Sciences
a tenu aujourd'hui fon affemblée publique, à laquelle a préfidé le Comte de *Maillebois.* Le Sr.
de *Fouchy,* Secrétaire perpétuel , a annoncé que
le Prix *fur la mefure du tems en mer,* & le
Prix extraordinaire de 1,200 Livres, *pour la per-
fection du Flint-Glafs,* ou criftal blanc d'*Angleterre,* étoient tous deux remis à 1773. Il a dit
enfuite que l'Académie avoit publié depuis Pâques

L 4

1770 la description de cinq Arts, savoir, de l'art du *Facteur d'Orgues*, 2e. & 3e. parties par Dom Bedos; de l'art du *Menuisier*, 2e. partie, par le Sr. Roubo, fils; de l'art de l'*Indigotier*, par le Sr. de Beauvais Raseau; de l'art du *Brodeur*, par le Sr. de St. Aubin, & de l'art de faire les différentes especes de colle, par le Sr. Duhamel. Après quoi le Sr. de Fouchy a lu l'E-loge du Sr. Rouelle. Le Sr. Vaucanson a lu la description d'un nouveau Four à tirer la soie. Le St. Cassini, fils, a lu la *Relation du Voyage de feu l'Abbé Chappe*. Le Sr. Messier, astronome de la Marine, a lu l'annonce de l'apparition d'une nouvelle comete, qu'il avoit observée de l'Observatoire de la Marine le 1er. de ce mois. Le Sr. Cadet, ancien apothicaire-major des Armées du Roi, a terminé la séance par une *Analyse Chymique* d'une liqueur sortie en abondance du sein d'une jeune personne qui se porte bien, à laquelle il a joint des observations sur quelques phénomenes semblables.

11 *Avril* 1771. Parmi les différens Edits Bursaux, il y en a deux qui concernent le papier. Une Déclaration contenant augmentation de près du double sur les droits d'entrée de cette marchandise, & un Edit, ordonnant un impôt nouveau au moyen d'un timbre à imprimer sur toute espece de papier quelconque, depuis le papier à sucre jusques au papier à poulet, à raison de 5 deniers par feuille, de 4 & de 3, suivant les diverses especes. Les Imprimeurs & Libraires, allarmés de cette inquisition, qui devoit avoir un effet retroactif sur tous les effets en marchandise de leurs magasins, ont dressé un Mémoire, où ils représentent les inconvéniens d'un impôt qui, en paroissant fait pour

augmenter les revenus du Roi, doit, au contraire, les diminuer, par le découragement dans les manufactures & parmi les artistes, que ces vexations obligeront d'émigrer chez l'étranger & d'y porter leur industrie. Ils ont aussi cherché à s'étayer de Réclamations des Agens généraux du Clergé, & des Secrétaires des diverses Académies & autres Corps Littéraires, ainsi que cela s'est pratiqué, il y a nombre d'années, qu'il avoit été question d'un semblable projet, que les inconvéniens firent abandonner alors. M. le Chancelier & M. le Contrôleur-général n'ont donné aucune solution à ce Mémoire.

12 *Avril* 1771. Le Sr. Linguet, Avocat de M. le Duc d'Aiguillon, n'ayant pas osé répondre pour ce Pair en sa qualité, dans la cessation générale de son Ordre, a pris la tournure d'écrire comme auteur, & il a répandu depuis quelques jours un Mémoire pour son client, sous le titre *d'Observations sur l'imprimé*, intitulé : *Réponse des Etats de Bretagne au Mémoire du Duc d'Aiguillon, par Simon-Henri-Nicolas Linguet.* On en parlera plus amplement une autre fois.

13 *Avril.* L'ouvrage du Sr. Linguet est précédé d'un Avertissement, où il dit que ce n'est plus l'ancien Commandant de Bretagne, que c'est lui-même qu'il défend ; que le Roi, pour cette fois, a révoqué la défense de parler désormais des affaires de Bretagne, & lui a permis de justifier la *Justification* de M. le Duc d'Aiguillon. Ensuite, à l'ombre de l'Arrêt du Conseil du 2 Janvier, qui a proscrit la Réponse des Etats, dont il se couvre comme d'une Egide

L 5

qui le rend invulnérable, il ofe provoquer à la
fois, & les Etats & le Parlement de Rennes,
qui, d'après un compte rendu, a brûlé fon Mémoire par Arrêt du 14 Août 1770. Le ton im-
pudent dont toute cette efpece de préface eft
écrite, ne peut que révolter les lecteurs honnêtes
& les indifpofer d'avance contre l'auteur.

Le refte eft un volume auffi gros qu'ennuyeux,
à deux colonnes, dont l'une contient le Mémoire
des Etats; l'autre, les obfervations de l'Ecrivain.
Du premier il réfulte, que M. le Duc d'Aiguillon
avoit ébranlé la Conftitution nationale jufques dans
fes fondemens, avoit jetté la divifion dans les
familles, laiffé les finances de la Province dans
le plus grand défordre, le patrimoine de fes
villes diffipé, le crédit du public anéanti; qu'il
avoit armé contre lui les Loix, le Parlement,
la Nation; qu'il étoit le fléau d'un million d'hommes. . . . . .

Suivant les *Obfervations*, au contraire, le
Commandant accufé a refpecté les privileges de
la Bretagne avec plus de fcrupule qu'aucun de fes
prédécefleurs. Il a trouvé le fecret difficile de concilier les intérêts du Prince avec ceux des peuples,
& la contribution indifpenfable aux befoins de
l'Etat avec le foulagement des particuliers. Il a
fixé fur les côtes de cette province la victoire,
qui abandonnoit les armes françoifes partout ailleurs, & a donné lieu aux Bretons d'applaudir à
des triomphes, tandis que tout le refte du Royaume
pleuroit fur des défaftres. Il a rétabli, fans frais,
les communications entre les villes, & multiplié
les débouchés du commerce par la multiplication
des chemins, fans manquer aux égards dûs à l'in-
digence, dont il falloit employer les bras pour

s'ouvrir ces fortes de richeſſes. Il a maîtrifé la mer, en réparant preſque tous les ports de Bretagne, dégradés par impuiſſance ou par inattention; les rivieres, en augmentant par des travaux auſſi fimples que folides leur profondeur, & par conféquent leur utilité; les fables mêmes de l'océan, en leur arrachant de vaſtes terreins qu'ils avoient déjà fubmergés, & une ville entiere (St. Pol de Léon) qu'ils menaçoient d'enfevelir bientôt. Il a, en négociant & faifant réuſſir l'acquifition des Contrôles, déformais réunis au Domaine de la Province, fait fuccéder en Bretagne une régie douce & juſte à une perception que l'on accufoit d'être abufive & tyrannique: opération doublement avantageufe, en ce qu'elle a procuré d'une part des foulagemens aux particuliers, & de l'autre un profit certain aux Etats. Il a facrifié les prérogatives de fa place pour augmenter celles des Etats, & fes revenus pour prévenir la diminution des leurs. Il a favorifé l'embelliſſement des villes, en remédiant à la diſſipation de leur patrimoine. Il a fait tout ce qu'il falloit, finon pour relever entiérement le crédit public (ce qu'aſſurément les circonſtances ne permettoient pas), du moins pour en empêcher la chûte totale. Il n'a armé contre lui que les ennemis de l'ordre & des loix. Il a mérité l'approbation du Souverain, des Miniſtres & de tous ceux des Sujets que la haine n'a point aveuglés, que le fanatifme d'un parti qui les joue n'a point entraînés......

Mais d'une part, c'eſt la Province entiere fous le nom des Etats, qui parle, comme on doit le croire, par cette Piece qui termine le Mémoire.

L 6

Extrait des Régiſtres du Greffe des Etats de Pretagne, tenus par autorité du Roi en la Ville de Rennes. Du vendredi 21 *Décembre* 1770, *à* 9 *heures du matin.*

Monſeigneur l'Evêque de Rennes, Monſeigneur le Marquis de Pyré, Monſieur le Sénéchal de Vannes.

Sur le Mémoire fait par la Commiſſion nommée pour examiner celui ſigné *Linguet*, & y répondre, les Etats ont adopté & adoptent le dit Mémoire, fait par la Commiſſion : ordonnent en conſéquence qu'il en ſera inceſſamment imprimé 3, 000 exemplaires, pour être diſtribués en la préſente tenue, & que la même Commiſſion, de laquelle M. de la Bedoyere a été nommé à la place de M. Du Sel des Monts, veillera à ce que l'impreſſion en ſoit faite avec autant d'exactitude que de célérité.

(La minute ſignée :)

F. R. *Evêque*   G. *de Romyvinen*,
de Rennes.   *Marquis de Pyré.*

Borie.

Que peut conclure de deux réſultats auſſi contradictoires, ſoutenus de part & d'autre de faits cités & rejettés tour-à-tour, comme faux, un Lecteur impartial, hors d'état de ſe faire adminiſtrer les pieces juridiques ?

Qu'en conclura la Poſtérité, pour qui ce fameux procès ſera peut-être encore plus problématique ? Sinon qu'il eſt tout auſſi impoſſible que d'après une réclamation auſſi conſtante, que nombreufe, auffi articulée, de la plus grande partie de la Province, M. d'Aiguillon ne paffe pour un grand & un très-grand coupable? Que dans la fomentation d'une haine auffi générale, de tant d'animofités particulieres, il ne fe foit néceffairement gliffé dans les accufations beaucoup d'erreurs, de fauffetés, de calomnies atroces?

14 *Avril* 1771. La Gazette de Bruxelles, ainfi que celle de Berne, viennent d'être profcrites dans ce pays-ci. L'introduction en France en eft défendue au Bureau des Gazettes étrangeres. On prétend qu'elles ont déplu pour s'exprimer trop librement fur les affaires du Gouvernement.

15 *Avril.* Ces jours derniers un cercle de femmes étoit chez M. le Chancelier, & ce Chef de la Magiftrature plein de fel & d'enjouement en fociété, malgré fes importantes occupations, plaifantoit les Dames fur l'acharnement avec lequel elles déclamoient contre fon nouveau fyftême. Il leur reprochoit d'embarraffer fes opérations, de les retarder par leurs criailleries, par l'afcendant qu'elles prenoient fur leurs maris; &c. il ajoutoit qu'il trouvoit cela d'autant plus étrange qu'elles n'étoient point au fait de la politique, que cette matiere leur étoit interdite par leur fexe, leur éducation & leurs organes; qu'en un mot, elles n'y entendoient pas plus que des oies...... *Eh ! ne favez-vous pas, M. le Chancelier,* lui repartit avec vivacité Madame Pelletier de Beaupré, *que ce font les oies qui ont fauvé le capitole ?*

16 *Avril.* Deux nouveaux écrits fe répandent en faveur des opérations de M. le Chan-

celier , ou pour décrier ceux compofés par le
parti adverfe. L'un a pour titre : *la tête leur
tourne* ; l'autre : *Remontrances du Grenier à
Sel.*

16 *Avril* 1771. M. l'Abbé Arnaud, de l'Académie des Infcriptions, & l'un des Rédacteurs de
la Gazette de France , a été élu Membre de
l'Académie Françoife le 11 de ce mois, à la
place de M. de Mairan.

17 *Avril.* Les ouvrages en faveur du fyftême de M. le Chancelier pullulent de toutes
parts. Il en paroît encore un tout récemment,
intitulé : *Réponfe à la Lettre d'un ancien Magiftrat à un Duc & Pair.* On ne peut qu'annoncer le titre de tant de brochures , qui , en
général ne font que plaifanter , ou s'écartent abfolument des vrais principes , lorfque la matiere
y eft difcutée férieufement.

18 *Avril.* Le Colifée , ce magnifique édifice qui doit faire époque dans ce fiecle , commence à préfenter un développement impofant
& augufte. On ne peut qu'admirer le génie de
l'Architecte qui en a tracé le plan , en plaignant
ceux qui ont fait les avances du bâtiment. Il
coûte plus de deux millons , à ce qu'on affure ,
& il exigera des frais journaliers , qu'il n'eft pas
vraifemblable qu'on puiffe retirer fur les curieux.
On croit toujours que la ville fera chargée de
cette dépenfe.

On offre déjà à louer aux amateurs de petites
maifons ou des boudoirs qu'on a pratiqués dans
cette vafte enceinte , & qui feront très - com-
modes pour les voluptueux qui voudront y ménager des tête-à-tête. On peut regarder ce bâtiment comme une premiere efquiffe du *Parthe-*

nion, décrit dans le singulier livre du *Porno-graphe*, répandu avec l'aveu du Gouvernement.

19 *Avril* 1771. Il paroît une *Complainte* sur l'air *des Pendus*. On imagine aisément que c'est une Satyre en forme de Cantique contre M. le Chancelier, où l'on retrace en bref sa naissance, sa vie, & où l'on prémature sa fin sinistre. Il faut joindre cet ouvrage aux affreuses Odes déjà répandues sur cette matiere, & que la Police recherche avec la plus grande vigilance ; ce qui donne à ces pieces beaucoup plus de vogue qu'elles n'en auroient par leur mérite intrinse-que, très-médiocre.

20 *Avril. Les Représentations des honnêtes gens*, font un petit écrit très-impartial, où, en conséquence des torts du Parlement, on s'éleve avec la même liberté contre l'illégalité de sa des-titution, & la fausseté des prétextes qu'on met en avant pour autoriser un semblable despotisme. On fait voir que cette Compagnie a toujours, ou presque toujours, été l'esclave des Ministres ; qu'outre plusieurs actes d'injustice particuliers, comme l'*Expulsion des Jésuites*, la condamna-tion de M. de Lally, &c. commis pour leur plaire, elle a, avec eux, consommé la ruine de l'Etat, en ne sévissant pas contre les dépréda-teurs des finances, ou en se prêtant aux impôts énormes dont les Ministres tirés de son sein ont surchargé le peuple, &c.

20 *Avril.* Les Comédiens Italiens ordi-naires du Roi ont donné jeudi dernier la pre-miere représentation de *l'Amoureux de quinze ans, ou la double fête*, Comédie en trois actes & en prose, mêlés d'Ariettes, & suivie d'un divertissement. Les paroles font du Sr. Laujon,

Secrétaire des Commandemens de S. A. S.
Monseigneur le Comte de Clermont, déjà connu par plusieurs ouvrages galans dans le même
genre ; & la musique est d'un amateur, le Sr.
Martini, officier dans le Régiment de Cham-
borand. Cette piece est une allégorie composée
à l'occasion du mariage de M. le Duc de Bourbon avec Mademoiselle, & devoit s'exécuter à
Chantilly, lorsque ces deux époux seroient réunis
ensemble. Le Prince de Condé voyant que les
circonstances actuelles ne se prêtoient pas à donner des spectacles chez lui, a permis aux auteurs
de faire part au public de celui-ci.

La disproportion d'âge d'un jeune homme à
peine sorti du college, avec une jeune personne
plus âgée que lui de quelques années, fait la
base de l'intrigue de cette comédie, dont le premier acte a paru avoir des longueurs de détail
qu'il est aisé de retrancher. Les deux autres ont
été trouvés charmans. Cependant, comme la
musique est foible, il ne seroit pas étonnant que
la piece n'eût pas le succès qu'elle mérite. D'ailleurs, elle fournit à beaucoup de jeux de théâtre, à une infinité d'incidens galans, & à une
variété de décorations, très propres à amuser les
yeux & à piquer la curiosité.

21 *Avril* 1771. Il paroît une *Réponse au Citoyen
qui a publié des Réflexions.* Cet écrit, plein de
nerf & de raison, détruit tout ce qui est dit
dans l'autre pamphlet, & soutient ses argumens
de l'autorité des plus grands écrivains sur l'administration & le gouvernement des Etats, &
combat souvent son adversaire par ses propres
paroles.

22 *Avril* 1771. Il court un Quatrain fur les circonftances préfentes :

> France , tel eft donc ton deftin ;
>
> D'étre foumife à la femelle !
>
> Ton falut vint de la pucelle ,
>
> Tu périras par la catin.

22 *Avril.* On rapporte que Madame la Comteffe Dubarri ayant rencontré M. le Duc de Nivernois , un des Proteftans au Lit de Juftice , l'avoit arrêté , & lui avoit dit : *M. le Duc , il faut efpérer que vous vous départirez de votre oppofition , car vous l'avez entendu , le Roi a dit qu'il ne changeroit jamais. .... Oui , Madame , mais il vous regardoit.*

24 *Avril.* Les Spectacles de la cour pour les fêtes à l'ocafion du mariage de M. le Comte de Provence , devoient confifter en deux repréfentations de *la Reine de Golconde* , Opéra déjà très connu ; la tragédie *d'Oedipe* , avec les Chœurs , de M. de Voltaire ; deux repréfentations de *la Fée Urgelle* , nouvel Opéra-comique , & deux repréfentations de *Linus* , Opéra , fait il y a plufieurs années , par le Sr. la Bruere , mais qui n'avoit pas encore été mis en mufique.

On prétend , du refte , que les fêtes extérieures n'auront pas lieu , quoiqu'annoncées ; c'eft-à-dire les bals , les feux d'artifice , les illuminations , foit à Verfailles , foit à Marli , &c. On attribue ce retranchement au défaut d'argent , les fourniffeurs ne voulant rien faire à crédit.

25 *Avril* 1771. Les Comédiens François ont donné hier la premiere repréfentation de *Gafton & Bayard*, tragédie du Sr. Du Beloy, imprimée depuis longtems, & même jouée en quelques endroits. Malgré la magie de la repréfentation & du jeu du Sr. le Kain, les connoiffeurs n'ont pu s'y faire illufion fur l'intrigue abfurde, fans enfemble, fans intérêt, & fur le galimathias du ftyle, tantôt dur & bourfouflé, tantôt fade & profaïque. Quelques fituations, mal amenées, ont pourtant fait effet, & fans doute en auroient produit davantage, fi le fpectateur détrompé par la lecture de la piece n'eût été déjà mal prévenu en fa faveur.

28 *Avril.* Madame la Ducheffe de Durfort, belle-fille de M. le Duc de Duras, que tout le monde fait ne point vivre avec fon mari, eft devenue groffe & eft accouchée, M. le Chevalier de Boufflers a fait la chanfon fuivante à cette occafion. Il faut favoir qu'elle a pour nom de baptême *Marie*.

Votre Patrone

Fit un enfant fans fon mari :
Bel exemple qu'elle vous donne !
N'imitez donc pas à demi
Votre Patrone.

Pour cette affaire,
Savez-vous comme elle s'y prit ?
Comme vous, n'en pouvant pas faire,
Elle eut recours au Saint-Efprit,
Pour cette affaire.

La Renommée
Vanta partout ce trait galant :
Elle n'en est que mieux famée.
Ne craignez pas en l'imitant ;
La Renommée.

Beau comme un Ange
Sans doute Gabriel étoit.
Vous ne devez pas perdre au change ;
L'objet qui plaît, est en effet
Beau comme un Ange.

Belle Marie,
Si j'étois l'Archange amoureux,
Destiné pour cette œuvre pie,
Que je vous offrirois des vœux ;
Belle Marie !

29 *Avril* 1771. Les Protestations des Princes,
en date du 4 Avril, commencent à se répandre
manuscrites & occasionnent le plus grand effet.
Il n'est pas possible de croire qu'un seul homme
ait pu oser persister à vouloir changer la face de
tout un Royaume, contre la réclamation aussi
forte, aussi raisonnée des Princes réunis. Ils y
exposent de la façon la plus énergique l'obsession
constante du trône, & inculpent le Chancelier
spécialement, ainsi qu'on le voit dans le petit
Extrait qui court, de cette piece précieuse à la
Nation, & le gage certain de l'intérêt vif & tendre qu'y prennent ces Chefs respectables & adorés.
2 *Mai.* Le 28 du mois dernier est mort le

Sr. de Bachaumont, âgé de 81 ans. C'étoit un de ces pareffeux aimables, tels qu'en a fourni beaucoup le dernier fiecle. Il a écrit fur les Arts avec le goût d'un homme du monde inftruit. Il vivoit chez Mad. Doublet, cette virtuofe fi connue, dont la maifon a été long-tems célebre par la réunion de tout ce qu'il y avoit de plus illuftres perfonages dans tous les genres. Cette Dame, qui vit encore, a eu la douleur de furvivre à tous fes anciens amis. Elle eft âgée aujourd'hui de 94 ans.

3 *Mai* 1771. Le nouveau Code, ou Code *Maupeou*, préfenté à Mrs. du Confeil, lorfqu'ils ont tenu le Parlement, a été porté au nouveau Tribunal. Il a été nommé des Commiffaires pour l'examiner. Au furplus, celui-ci ne roule encore que fur la forme & les procédures. Il eft queftion d'un autre, beaucoup plus confidérable, qui embraffera toute la Jurifprudence.

6 *Mai.* Le Sr. Guibert de Préval, Médecin de la Faculté de Paris, homme à fyftême, a prétendu avoir perfectionné un remede venant d'Ecoffe, fpécifique fûr, à ce qu'il dit, avec lequel on peut, fans rien craindre, fe livrer aux embraf-femens amoureux, avec quelque perfonne que ce foit. En conféquence, il y a quelque tems, qu'en préfence de M. le Duc de Chartres & de M. le Prince de Condé, il s'eft fait préfenter une fille publique, la plus hideufement affectée du mal immonde, & s'étant, comme les anciens lutteurs, frotté de fon huile miraculeufe, il s'eft livré à plufieurs reprifes aux actes les plus voluptueux & les plus lafcifs que la paffion puiffe fuggérer. Il eft forti fain & fauf de ce combat valeureux, & a prétendu n'en avoir éprouvé depuis aucune fuite

funefte. M. le Lieutenant général de Police, qui regarderoit cette découverte pour très-utile à fon adminiftration, a ordonné auffi des effais, qui ont réuffi. Mais ce n'eft qu'avec beaucoup de tems qu'on peut prononcer fur un antidote, qu'il feroit peut-être à fouhaiter, pour l'honnêteté des mœurs, qu'on ne connût jamais.

9 *Mai* 1771. La Comédie Italienne, c'eft-à-dire, l'Opéra comique, eft à la veille de faire une très grande perte en la perfonne du Sr. Caillot, qui fe retire. Cet acteur, extrêmement goûté du public, & le premier coryphée du Spectacle en queftion, à une voix mixte, tenant de la haute-contre, de la taille & de la baffe-taille, fe modulant fur tous les tons, joignoit une intelligence finguliere & une facilité merveilleufe. Sa figure fecondoit à prodige fon jeu très-naturel, & l'on défespere de remplacer de longtems un pareil fujet.

10 *Mai.* On ne peut détailler les écrits, prefqu'innombrables déjà, que M. le Chancelier fait éclore fans interruption, des différentes preffes, qui gémiffent en faveur de fon fyftême. Quand ce torrent fera arrêté, on en fixera le Catalogue, avec des Notes, qui en caractériferont le mérite & l'efpece, article par article.

11 *Mai.* L'ouvrage de M. de Voltaire annoncé depuis un an, en forme de Dictionnaire, paroît en partie. On en voit déjà trois volumes, fous le titre de *Queftions fur l'Encyclopédie, par des amateurs.* On parlera plus amplement de cet ouvrage quand il aura été difcuté. En général, on peut dire que c'eft une rapfodie, où l'auteur met indiftinctement tout ce qui lui paffe par la tête, & vuide les reftes impurs de fon porte-feuille,

12 *Mai* 1771. Le Gouvernement, toujours attentif à ce qui peut intéreſſer les plaiſirs du Public, a cru devoir permettre qu'on raſſurât les inquiétudes des amateurs du Colyſée, ſur ce monument, ſujet à tant de variations depuis ſon origine, & dont on vouloit faire craindre la deſtruction avant qu'il fût achevé. En conſéquence, on a mis des affiches où l'on annonce qu'il s'ouvrira inceſſamment; ce qui ſoutient l'eſpoir des curieux, & leur fait attendre avec impatience le jour heureux de cette ouverture. Mais cette ſatisfaction ne ſera pas encore entiére : on ſait que toutes les parties de ce vaſte édifice ne ſeront pas finies, & qu'on n'offrira cette année à la multitude des ſpectateurs que le Salon & la Piece d'eau ſur laquelle doivent s'exécuter les joutes.

14 *Mai.* M. l'Abbé Arnauld, élu membre de l'Académie Françoiſe, il y a quelque tems, a été reçu hier dans cette Compagnie, avec l'appareil ordinaire & cette affluence de curieux qui augmente chaque année. Son diſcours, plus analogue au lieu & aux circonſtances que la plupart de ceux qui ſe prononcent en pareille occaſion, a roulé principalement ſur la Langue. il a établi un parallele entre la Langue Grecque & la Langue Françoiſe, ou plutôt, diſſertant ſur les deux; il a prouvé qu'elles ne ſe reſſembloient en rien. Il s'eſt étendu avec complaiſance ſur la premiere, pour laquelle on connoît ſon enthouſiaſme; mais ſentant l'indécence qu'il y auroit à dépriſer la ſeconde devant les grands maîtres établis pour l'épurer, la perfectionner & la conſerver, il lui a trouvé des beautés particulieres, analogues à la Nation, au Gouvernement & au Siecle. En un mot, il a démontré que l'une étoit la langue des

paſſions & de l'imagination, l'autre celle de l'eſprit & de la raiſon: que celle-là étoit plus propre à des Républicains, celle-ci à un Etat Monarchique: qu'un rithme harmonieux, une proſodie marquée, une mélodie continue, convenoient mieux à Athenes, où il falloit ſubjuguer les oreilles ſuperbes d'un peuple délicat, qu'à Paris, où, au contraire, l'ordre, la netteté, la préciſion du diſcours étoient plus eſſentiels aux détails des arts, au ſang-froid de la philoſophie, au commerce de la ſociété, les objets principaux auxquels on puiſſe y appliquer le langage. L'orateur a enrichi cette digreſſion de beaucoup d'images & de figures, qui annoncent qu'il fait à merveille lier les deux langues, & tranſporter dans la ſeconde les beautés de la premiere, malgré l'antipathie qu'il leur ſuppoſe.

M. de Châteaubrun, élu Directeur par le ſort pour répondre à M. l'Abbé Arnaud, s'étant trouvé incommodé, n'a pu ſe rendre à l'aſſemblée. C'eſt M. le Maréchal de Richelieu qui a préſidé à ſa place, & M. d'Alembert a lu le diſcours de l'Académicien abſent. L'orateur octogénaire y a fait l'Eloge de M. de Mairan, qu'a remplacé M. l'Abbé Arnaud, d'une façon légere & délicate. Il a ſaiſi tous les traits propres à particulariſer le héros Académique dont il parloit, & les touches de ſon pinceau ne ſe ſont reſſenties en rien de la main octogénaire qui le manioit.

On ne ſavoit, vû les défenſes qu'avoient Mrs. les Académiciens de parler, depuis l'incartade de M. Thomas, s'il y auroit quelqu'autre lecture. On a été ſurpris agréablement quand M. Saurin a fait lire une *Epitre en vers ſur les inconvéniens de la vieilleſſe*. On y a trouvé de la force, de l'onction & de très-belles images.

M. Thomas a fermé la ſéance par une longue & ennuyeuſe diſſertation, où il a réſumé tout ce qui a été écrit ſur la queſtion ſi frivole & ſi agitée dans le 16eme ſiecle, de ſavoir *Quel des deux Sexes l'emporte ſur l'autre?* Il a fait à cette occaſion un parallele ſi plein de diviſions & de ſous-diviſions; il eſt entré dans un détail ſi immenſe & ſi minutieux de la plus fine métaphyſique, que la plupart des auditeurs n'ont pu le ſuivre. Cet ouvrage, ſpécialement fait pour plaire aux femmes, n'atteindra point le but de l'auteur. Les avantages qu'il leur accorde ſont tellement tirés à l'alambic, qu'ils pourroient aiſément ſe réduire à rien. M. Thomas, après avoir bien établi ſa balance, finit par dire que pour prononcer ſur une ſemblable queſtion, il faudroit être aſſez malheureux pour n'être d'aucun Sexe.

15 *Mai* 1771. Il paroît conſtant que M. de Voltaire a adreſſé une Lettre à M. le Chancelier, où il félicite ce Chef de la Magiſtrature de l'heureux ſuccès de ſes projets; il en exalte l'étendue, l'importance & la vaſte combinaiſon; il loue l'éloquence de ſes diſcours & préambules d'Edits, où il trouve, dit-il, l'élégance de Racine & la ſublimité de Corneille; il finit par obſerver que le Cardinal de Fleury a, par un traité, ajouté la Lorraine à la France; que M. le Duc de Choiſeul nous a conquis la Corſe; mais que M. de Maupeou, ſupérieur à ces deux grands Miniſtres, rend au Roi la France entiere.

16 *Mai.* Madame Doublet eſt morte ces jours ci âgée de 94 ans. C'étoit une Virtuoſe, dont Madame Geoffrin n'eſt qu'une foible copie.

Depuis

Depuis 60 ans elle raſſembloit dans ſa maiſon la meilleure compagnie de la cour & de la ville, & paſſoit ſa vie à former un Journal bien ſupérieur à celui de l'Etoile & autres ouvrages du même genre. La Politique, les Belles - Lettres, les Arts, les détails de Société, tout étoit de ſon reſſort. Elle s'abaiſſoit du cedre juſqu'à l'hyſope. Tous les jours on élaboroit chez elle les nouvelles courantes, on en raſſembloit les circonſtances, on en peſoit les probabilités, on les paſſoit, autant qu'on pouvoit, à la filiere du ſens & de la raiſon; on les rédigeoit enſuite, & elles acquéroient un caractere de vérité ſi connu, que, lorſqu'on vouloit s'aſſurer de la certitude d'une narration, on ſe demandoit: » Cela ſort - il de chez » Madame Doublet? " Au reſte, ſa réputation avoit un peu dégénéré de ce côté : en vieilliſſant elle avoit perdu beaucoup de ſes amis du premier mérite, & avoit ſurvécu à toute ſa ſociété habituelle. M. de Bachaumont eſt le dernier Philoſophe qu'elle ait vu mourir.

Il eſt difficile qu'au milieu de ce ſavant tourbillon qui l'entouroit, Madame Doublet ne paſſât pas pour être un peu entichée de Déiſme, de Matérialiſme & même d'Athéiſme. Elle avoit bravé juſques là l'opinion publique & les clameurs des dévots. Depuis le carême dernier, la tête de cette Dame s'affoibliſſant, M. le Curé de St. Euſtache avoit cru qu'il étoit tems de convertir ſa paroiſſienne. Celle - ci n'étoit plus en état d'argumenter contre lui, &, avec le ſecours de la grace, le paſteur s'étoit flatté d'avoir réuſſi. En effet, elle avoit reçu le Bon Dieu la femaine ſainte, pratique de religion que perſonne de ſa connoiſſance ne ſe rappeloit lui avoir vu faire. On con-

çoit aifément qu'avec de pareils préparatifs, ell
n'a pu qu'éprouver une mort très-édifiante &
s'endormir dans le Seigneur.

19 *Mai* 1771. M. le Comte de Provence paroî
enchanté de fa nouvelle conquête. Elle n'eft pour
tant pas jolie: l'annonce favorable qui en étoi
venue de Lyon, n'eft point exacte. Cette Princeffe eft très-brune: elle a d'affez beaux yeux,
mais ombragés de fourcils très épais; un fron
petit; un nez long & retrouffé; un duvet déja
très-marqué aux mouftaches, & une tournure de
vifage qui ne préfente rien d'augufte ni d'impofant.
Quoi qu'il en foit, elle plaît au Prince, & le lendemain il annonça au Roi qu'il avoit été quatre
fois heureux.

Madame la Comteffe de Provence répond de
fon côté à merveille aux careffes du Prince, &
l'un & l'autre promettent de vivre dans la meilleure intelligence. On raconte quelques anecdotes qui font beaucoup d'honneur au dernier.
Le lendemain du mariage, on dit que M. le
Comte d'Artois dit à fon frere: » M. le Comte
» de Provence, vous aviez la voix bien forte
» hier, vous avez crié bien haut votre *Oui!* —
» *C'eft que j'aurois voulu qu'il eût été entendu
» jufques à Turin* ", répartit foudain l'Epoux enflammé.

On ajoute que ce même jour M. le Comte
de Provence demanda à M. le Dauphin comment il avoit trouvé fa belle-fœur? Ce Prince,
très naïf, lui répondit: » *Pas trop bien. Je ne
» me ferois pas foucié de l'avoir pour ma fem-
» me......* Je fuis fort aife que vous foyez
» tombé plus à votre goût. Nous fommes con-

„ tens tous deux, car la mienne me plaît in-
„ finiment. „

Au surplus, Madame la Comtesse de Provence, quoique plus âgée que son mari, a encore
toute la candeur aimable de cet âge, & les petites gentillesses qui lui sont naturelles. Elle est
encore toute neuve pour l'étiquette, & a l'air
assez gauche en tout ce qui est cérémonial. Le
lendemain de son mariage, quand Madame de
Valentinois, sa Dame d'atours, voulut lui mettre du rouge, la Princesse a fait beaucoup de
façon & avoit une grande répugnance à se faire
peindre ainsi le visage. Il a fallu que M. le
Comte de Provence lui demandât de se confor-
mer à l'usage de la cour, lui assurant qu'elle
lui feroit grand plaisir, & qu'elle en seroit infiniment mieux à ses yeux.... „ Allons, Ma-
„ dame de Valentinois, mettez-moi du rouge,
„ & beaucoup, puisque j'en plairai davantage à
„ mon mari „.

20 Mai 1771. M. du Belloy vient d'avoir
1,500 Livres de pension, pour récompense de
sa dure & boursouflée tragédie de Gaston &
Bayard, mais où il prêche le dévouement pas-
sif & absolu au Monarque, d'une façon très édifiante pour le Ministere.

21 Mai. On cite une gentillesse de Madame
la Dauphine vis-à-vis M. le Comte de Provence, qui mérite d'être rapportée. Ce Prince disoit qu'il aimoit beaucoup mieux l'hiver qu'une
autre saison, parce qu'on étoit à son aise au
coin du feu avec sa moitié, les pieds sur les
chenets, &c. La Princesse a fait faire un dessin
qui représente en effet M. le Comte de Provence & sa femme, dans l'attitude qu'il regarde

M 2

comme une des plus délicieufes, & elle l'a envoyé dans cet état à ce couple fortuné.

24 *Mai* 1771. Hier, le fameux Colyfée s'eft ouvert. Il y avoit eu, la nuit, ce qu'on appelle
la Répétition des Miniftres, c'eft-à-dire, une
exécution de l'illumination la plus complette,
qui n'a commencé qu'à minuit. On n'y entroit
qu'avec des billets. Noffeigneurs du Confeil ont
trouvé cela très-beau. C'eft M. le Duc de la
Vrilliere, comme ayant le Département de Paris & comme s'intéreffant infiniment aux plaifirs
de la Capitale, qui a fait parcourir les beautés
du lieu à fes collegues.

Madame la Marquife de Langeac, non moins
intéreffée aux progrès des Arts, a reçu les
Dames de la cour, & a fait les honneurs du
lieu.

Le Public ne s'y eft pas rendu hier avec l'affluence qu'efpéroient les Entrepreneurs. Il faudroit 40,000 Spectateurs pour garnir cet immenfe labyrinthe, dont les portiques & les pé-
riftiles annoncent plus un temple qu'un lieu de
fêtes & de volupté. Au furplus, tout n'eft pas
fini, & il n'y a encore que le grand Sallon en
Rotonde d'achevé dans les édifices. On ne peut
qu'admirer la folie des auteurs d'un pareil projet, & la folie plus grande de ceux qui ont
fourni des fonds pour l'exécution. Il n'en coûte
que trente fols pour y entrer.

29 *Mai.* M. l'Abbé de la Ville, premier Commis des Affaires Etrangeres, & celui
qui eft à la tête de ce Département depuis qu'il
n'y a point de Miniftre en Chef, eft nommé
Secrétaire des Commandemens de M. le Dauphin. Il eft chargé en outre de l'inftruire des

intérêts des Princes, & de l'initier aux misteres de la politique de l'Europe. On ne pouvoit faire choix d'un meilleur instituteur en cette matiere. On sait qu'il est membre de l'Académie Françoise.

30 *Mai* 1771. On a donné hier à la cour la premiere représentation d'un Spectacle nouveau ayant pour titre : *Les projets de l'Amour*, ballet héroïque en trois actes. L'annonce semble indiquer que les paroles sont du Sr. de Mondonville, ainsi que la musique ; mais personne n'ignore que ce musicien, qui a la manie de passer aussi pour poëte, est incapable de cette tâche, & n'est que le prête-nom de l'abbé Voisenon. Ce n'est pas que le poëme soit merveilleux ; il est généralement assez plat, & dans les endroits où l'auteur a voulu mettre de la délicatesse, on n'y trouve que de l'affetterie, du faux esprit, du forcé, &c. du maniéré, en un mot, dans le vrai genre de l'Académicien en question.

2 *Juin.* Il vient d'arriver deux nouveaux volumes des *Questions sur l'Encyclopédie* de M. de Voltaire. Les trois premiers ne vont qu'au mot *Ciel*. Ce titre est un point de ralliement commode pris par cet auteur, pour réunir un fatras d'articles rebattus dans ses divers ouvrages. C'est une sorte de Dictionnaire Philosophique, sous une autre dénomination. On y reconnoît la même manie de vouloir faire un étalage d'érudition capable d'en imposer à ceux qui sont hors d'état d'approfondir ces matieres, & l'affectation de M. de Voltaire de choisir certains articles les plus propres à lui fournir sujet à ses blasphêmes effroyables contre la Religion ou à ses sarcas-

M 3

mes habituels. Ceux-mêmes qui paroissent les moins susceptibles de pareils écarts, s'y trouvent ramenés par les transitions plus ou moins adroites qu'il se ménage. En un mot, très peu de rapport de ces articles avec ceux de l'Encyclopédie, presqu'aucune discussion : c'est une superfétation de cet énorme Dictionnaire, que ses compilateurs n'adopteront pas vraisemblablement. Du reste, c'est encore un répertoire d'injures de tout genre, sur lesquelles M. de Voltaire est intarissable, contre la multitude de ses ennemis, qui grossit journellement, par la raison que tout homme qui prend la liberté de critiquer ses ouvrages, est à l'instant réputé infâme, abominable, exécrable, &c.

6 Juin 1771. On annonce une nouvelle expérience fameuse que le Docteur Guibert de Préval doit faire de son spécifique anti-vénérien en présence du Comte de la Marche ; & nos jeunes Seigneurs, avides de ce spectacle, plus dégoûtant toutefois que lubrique, briguent auprès de S. A. l'honneur d'y être admis.

8 Juin. Le Sr. Pigal continue à finir dans son attelier le superbe mausolée du Maréchal de Saxe, & le Public ne se lasse point de le voir. Les curieux y découvrent incessamment de nouvelles beautés.

On assure que ce Mausolée ne doit plus être élevé dans le temple de St. Thomas à Strasbourg, & qu'on a décidé de le placer à l'Ecole-Militaire, où l'on doit construire un lieu propre à le recevoir. On trouve d'ailleurs qu'il y remplira bien mieux son objet parmi les jeunes héros qu'on y élève, & produira plus efficacement l'émulation à laquelle de semblables trophées sont destinés.

10 *Juin* 1771. Le Sr. Guibert de Préval, ce Médecin dont on a parlé, comme ayant un préservatif pour se garantir du virus vénérien au milieu de l'acte même, & jusques dans la fange de la débauche, a réitéré encore son expérience devant le chirurgien de M. le Comte de la Marche, qui en a rendu compte à S. A. S. Cet Esculape lui a administré une fille gangrenée de la poste vérolique jusques dans la moëlle des os. Le Docteur, après s'être frotté de son essence anti-vérolique en présence de ce Commissaire, s'est livré à tout ce que la lubricité peut inspirer de plus excessif. Il est sorti sain & sauf du combat ; il a de nouveau plongé sa verge dans la même liqueur, & depuis lors il s'est soumis neuf jours de suite à la visite la plus exacte du Chirurgien en question, qui n'a rien trouvé & a fait son rapport en conséquence.

14 *Juin.* On a parlé, il y a plus d'un an, des difficultés que le Sr. Palissot avoit éprouvées à Paris, pour faire imprimer la Suite de la *Dunciade*, & de l'orage qui s'étoit élevé contre lui. Cet auteur, ne pouvant résister à sa rage de mordre, a mieux aimé s'expatrier. Il est allé en pays étranger, & là il a répandu à loisir au jour son élucubration, qui vient d'arriver en cette ville, en dix Chants ainsi que *l'homme dangereux*, comédie du même poëte, que les François devoient jouer, & qui a été arrêtée aussi à la veille de la représentation. On parlera plus amplement de ces ouvrages, fameux par le scandale qu'ils doivent occasionner, s'ils en va-

M 4

lent la peine , & s'ils font réellement le bruit
que s'en promet le Sr. Paliffot.

16 *Juin* 1771. M. de Voltaire , qui rumine
en cent façons la même idée, vient de reproduire fes belles maximes fur *la Tolérance* dans
une facétie ayant pour titre : *Sermon du Pape
Nicolas Chariſteski , prononcé dans l'Eglife de
Sainte Toléranskis , village de Lithuanie , le jour
de Sainte Epiphanie.*

17 *Juin.* M. le Comte de Clermont eſt
mort avec le même courage qu'il avoit montré
dans tout le cours de la longue & douloureufe
maladie qui l'a conduit au tombeau. Il étoit
membre de l'Académie Françoife , où il laiſſe
une place vacante.

18 *Juin.* Les Comédiens Italiens ont donné
hier la premiere repréfentation d'un Intermede
italien, intitulé *la Buona Figliuola.* Cette piece,
jouée à Rome pour la premiere fois , qui a
couru toute l'Italie , l'Allemagne & l'Angleterre ,
&c. a paru mériter d'être traduite dans notre
langue. L'original eſt du Sr. Goldoni, & la traduction du Sr. Cailhava d'Eſtandoux. On a fait
peu de changemens à la mufique, du Sr. Piccini,
un des premiers coryphées de fon art.

Le Sr. Carlin , l'Arlequin , aimé du public ,
a profité du ton familier que lui permet la nature
de fon perfonage pour faire un compliment original, dans lequel il a donné la filiation du Drame qu'on alloit jouer , éclos depuis dix ans ,
très-reſſemblant à *Nanine,* & paroiſſant fortir ,
ainfi que celle-ci , du roman de *Pamela.*

Cette piece eſt en effet dans un genre romanefque, mais trifte. La traduction eſt mal faite , & le poëte paroît avoir l'oreille peu déli-

cate. Malgré ces disparates, la musique a produit un grand effet, & les oreilles françoises, habituées depuis quelques années à un genre qui leur repugnoit d'abord, ont reçu celle-ci avec la plus délicieuse sensation. On a remarqué dans l'auteur cette belle unité, essentielle en harmonie, comme dans les autres arts, ces transitions heureuses du grave au doux, du dolent au gai, du naïf au sublime. Les accompagnemens surtout ont paru travaillés avec un art infini, & prêter merveilleusement à la phrase musicale.

21 *Juin* 1771. Il passe pour constant que le vendredi où M. le Comte de Clermont a reçu le viatique, le célébrant lui ayant demandé à haute voix, suivant l'usage, dans le cours du discours ordinaire, s'il pardonnoit à ses ennemis ? S. A. S. répondit avec beaucoup de fermeté & de sang-froid, qu'elle ne croyoit pas en avoir; qu'au surplus elle leur pardonnoit à tous, même au Chancelier, qu'elle regardoit moins comme son ennemi personnel que comme celui du Roi & de l'Etat.

M. le Comte de Clermont étoit dans la grande dévotion depuis quelques années, & la continuité de ses liaisons avec Madame de Tourvoi ci devant Mlle. le Duc, sa maîtresse, aussi livrée à la haute piété, faisoit présumer qu'il y avoit un mariage de conscience entre eux. On assure qu'elle n'a point disparu de son appartement pendant la cérémonie de la réception des Sacremens, ce qui confirmeroit le bruit général.

Ce Prince tenoit tous ses biens du Roi, & ne laisse qu'environ 30,000 Livres de rentes en fonds,

M 5

dont il a diſtribué l'uſufruit par un teſtament à toute ſa maiſon.

M. le Chancelier, qui avoit extrêmement à cœur de faire faire un acte de reſſort par ſon Parlement dans la maiſon de ce Prince, s'eſt donné beaucoup de ſoins pour faire requérir la miſe des ſcellés par quelque créancier, mais aucun n'a voulu ſe prêter à ſes vûes ; ce qui a évité le tapage qu'auroit occaſionné la deſcente des Commiſſaires du nouveau Tribunal.

On ajoute à l'égard de M. le Comte de Clermont, qu'après avoir témoigné aux Princes combien il étoit ſenſible à leur attachement & aux marques plus particulières d'amitié qu'ils lui donnoient dans ſes derniers momens, il les a exhortés à reſter toujours unis entr'eux & à vivre dans la plus parfaite intimité.

Les Princes étant exclus de la préſence du Roi, M. le Prince de Condé n'a pu ſatisfaire à ſon devoir & aller notifier lui-même au Roi la mort de ſon oncle. On prétend que M. le Comte de la Marche, aſſidu à ſe faire inſtruire de ce qui ſe paſſoit, eſt parti ſur le champ pour Marli.

23 *Juin* 1771. Le Sr. Trial, l'un des Directeurs de l'Opéra, eſt mort ſubitement cette nuit. Il avoit du talent ; il a fait quelques petits morceaux de muſique aſſez agréables. On donne actuellement l'*Acte de Flore*, de ſa compoſition, mais où les connoiſſeurs trouvent qu'il n'avoit pas aſſez de vigueur pour travailler en grand & former cet enſemble qui conſtitue le vrai génie.

24 *Juin.* M. le Comte de Clermont, ayant deſiré par ſes dernières volontés d'être enterré ſans pompe, il n'y a eu aucun cérémonial pour ſes obſéques. Il n'y a point eu de chapelle ar-

dente. On n'a point invité les Cours à venir donner l'eau bénite, suivant l'usage. On a voulu éviter la rixe que le cérémonial auroit occasionné entre la Chambre des Comptes & le nouveau Tribunal. Son corps a été transporté mercredi à Montmorency, où est la sépulture des Condés. Les pleurs des pauvres, auxquels ce Prince faisoit des aumônes abondantes, ceux de tous ses domestiques fondant en larmes, ainsi que des Princes extrêmement touchés de sa perte, ont été ce qu'on a remarqué davantage à son enterrement.

Le Roi a indiqué le deuil de ce Prince pour le samedi 21, & l'a fixé de onze jours seulement, quoiqu'il soit d'étiquette depuis quelque tems de porter douze jours le deuil des Princes du Sang, pour le distinguer d'avec le deuil des Princes étrangers, qui est aussi de onze jours.

1 *Juillet* 1771. Les 4 & 5 Volumes des *Questions sur l'Encyclopédie* de M. de Voltaire, n'offrent rien de mieux que les précédens. Ils finissent à l'E. Mêmes écarts, même bavardage, même affectation de se citer, même égoïsme, même acharnement de ramener à la religion les sujets les plus simples & qui en paroissent les plus éloignés, pour renouveller ses affreux blasphèmes ou les ironies insultantes.

3 *Juillet.* Le Public va voir par curiosité le nouvel hôtel que se fait construire M. l'Abbé Terrai, Contrôleur-général. C'est le Sr. Carpentier, Architecte, qui conduit le bâtiment. On sait à quel point on a poussé aujourd'hui les détails de cet art. Bien des gens critiquent cependant l'édifice en question, & trouvent en général que notre

M 6

Architecture a perdu en majesté ce qu'elle gagne en élégance.

5 *Juillet* 1771. Il paroît tout récemment une Brochure, intitulée : *Correspondance secrette & familiere de M. de Maupeou avec M. Sorhouet, Conseiller du nouveau Parlement.* Cet écrit mérite une attention particuliere & sera discuté plus au long.

9 *Juillet.* La *Correspondance secrette & familiere de M. de Mau *** & M. de Sor ****, est en forme de Lettres. Ce dernier, disposé à être le Chevalier du Chancelier, lui déclare ingénument tous les divers griefs dont on l'accuse dans le monde, & lui demande quelles sont les réponses qu'il doit y donner ? L'autre lui dévoile en conséquence sa façon de penser, détaille les motifs de sa conduite, & fournit toutes les armes nécessaires pour sa défense. Il paroît que l'auteur a choisi pour modele de cet ouvrage les *Lettres Provinciales.* Il est écrit en style Socratique, c'est-à-dire, avec cette ironie fine & soutenue, qui étoit la figure favorite du Philosophe Grec. Le développement du génie du Chef de la Magistrature est fait avec une adresse & une vérité singuliere. On y fouille jusques dans les replis de son ame. L'affaire de M. le Duc d'Aiguillon & la destruction du Parlement sont les deux points principaux sur lesquels roule son apologie. Pour l'appuyer, M. de Mau **** remonte jusques aux principes de sa morale, qui n'est pas toujours la vraie & la saine, celle des honnêtes gens. Au reste, l'Ecrivain, avec la même impartialité, lui fait porter contre le Parlement les accusations les plus graves, les reproches les mieux fondés, sous prétexte de faire

voir le tort de cette Compagnie, d'avoir imaginé, ou voulu faire accroire que ſes membres
étoient les repréſentans de la nation, & qu'elle
pouvoit ſuppléer aux aſſemblées d'Etats ; il en
prouve la néceſſité, & que tout ce qui a été fait
ſans ce concours eſt une infraction des droits des
Francs. On termine la brochure par une Lettre
de M. Sor * * * * * à un ancien Conſeiller du
Grand Conſeil, où, d'après les lumieres qu'il a
reçues ſur la marche de l'adminiſtration de M. de
Mau * * * *, il l'exhorte à bénir avec lui *cet
excellent Citoyen, ce Chan * * * * * * ſi vertueux,
ſi ſage, ſi attentif au bien de la patrie & à la
conſervation de ſes droits &c.* La derniere piece
eſt un court Billet de M. de Mau * * * *. Ce
Chef de la Magiſtrature, fondé ſur les principes
qu'on lui a fait établir pour opérer la condam--
nation du Parlement & ſa deſtruction, promet
*de ne jamais ſceller d'Edit d'impôt, qu'il ne
lui ait apparu préalablement du libre conſentement
de la Nation, légitimément aſſemblée.* C'eſt
ainſi, que par une ſuppoſition fictive, on lui
montre ce qu'il devoit faire, & on lui ſuggere
les grands torts, les griefs eſſentiels du Parlement,
qui ne ſont pas d'avoir aſſimilé ſa puiſſance à celle
du Souverain, mais au contraire d'avoir oſé en-
chaîner avec lui la Nation, en la laiſſant écra-
ſer ſous cette multitude énorme d'Edits ruineux,
au point que, par ſa facilité à tout enrégiſtrer,
il ſe trouve que Louis le Bien-aimé a mis à lui
ſeul plus d'impôts ſur ſes peuples que ſes ſoixante-
cinq prédéceſſeurs pris collectivement. C'eſt une
des aſſertions du livre, qui ſans doute a été
vérifiée.

Quoique cette *Correſpondance* ſoit abſolument

imaginaire , M. le Chan * * * * * * & fon panégyrifte y font fi bien dépeints , elle eft foutenue
d'anecdotes fi fûres & fi vraies , le ton même des
interlocuteurs eft fi bien obfervé , qu'on doit regarder l'ouvrage en queftion comme le plus propre
à défoler les perfonnages qu'on y traduit en ridicule , en les dévouant en même tems à l'exécration publique.

Ce *Sorhouet* eft défigné fous le nom du *grand
raccoleur* dans la lifte du Parlement , comme un
des principaux féducteurs de fes confreres du Grand
Confeil.

10 *Juillet* 1771. Samedi dernier les Comédiens François ont donné une piece nouvelle en
profe & en 3 actes , ayant pour titre : *les Amans
fans le favoir.* Cette Comédie , affez bien écrite ,
eft un tiffu de dialogues & de tracafferies , où
l'on a enchâffé quelques portraits & quelques détails faits avec efprit. Il y a par fois des faillies
& de la fineffe , mais le total de l'ouvrage eft
extrêmement foible , quant à la partie de l'intrigue
& la texture du fonds. La galanterie du Public
pour l'auteur femelle a empêché que la nouveauté
en queftion ne fût plus mal reçue. Le Sr. Dé-
formeaux , hiftorien connu , l'a préfentée aux
Comédiens , en déclarant pourtant qu'elle ne lui
appartenoit pas. On eft parfaitement inftruit que
c'eft une compofition de Madame la Marquife de
St. Chamont , ci-devant Mlle. Mazarelli , fille
non moins connue par fes avantures romanefques
que par fon goût pour la Littérature. On fait
qu'elle a concouru plufieurs fois pour les Prix de
l'Académie Françoife. Mais il y a loin de ce
genre au genre comique.

11 *Juillet.* On a élevé depuis peu à St.

Euftache, paroiffe où M. de Chevert eft enterré, un monument à fon honneur, mais dans une fimplicité convenable à ce grand homme. Il confifte en fon médaillon, fans aucun ornement. Au bas eft une pierre noire, fur laquelle eft infcrite l'Epitaphe fuivante :

Ci-gît François de Chevert, Commandeur, Grand-Croix de l'Ordre Royal & Militaire de St. Louis, Chevalier de l'Aigle Blanc de Pologne.

Gouverneur de Givet & Charlemont, Lieutenant-général des Armées du Roi. Sans Ayeux, fans fortune & fans appui. Orphelin dès l'enfance.

Il entra au fervice à l'âge de 11 ans. Il s'eft élevé malgré l'envie, à force de mérite. Chaque grade a été le prix d'une action d'éclat. Le feul titre de Maréchal de France a manqué, non pas à fa gloire, mais à l'exemple de ceux qui voudront le prendre pour modele. Il étoit né à Verdun fur Meufe le 2 Février 1695. Il mourut à Paris, le 24 Janvier 1769. Priez Dieu pour le repos de fon Ame.

On voit avec plaifir que cette Epitaphe ait été compofée en François, pour que tout le monde puiffe la lire & accorder à cet illuftre guerrier la reconnoiffance que lui doit tout bon citoyen.

13 Juillet 1771. Par une fuite du projet du Miniftre ayant le Département de Paris, de procurer au Colifée toutes les reffources qui dépendent de fon Miniftere, il a été arrêté que la foire St. Ovide, depuis quelques années établie à la

place de Vendôme , auroit lieu celle-ci à la place de Louis XV. Les Directeurs du nouvel établissement esperent que le Public se portera de-là plus facilement chez eux. Mais les Marchands réclament fort contre le nouvel emplacement, où ils sont menacés d'être inondés de poussiere s'il fait beau , & submergés de boue, s'il fait mauvais tems.

14 *Juillet.* 1771. M. le Duc de la Vrilliere & Madame la Marquise de Langeac continuent à couvrir de la protection la plus éclatante les Entrepreneurs du Colisée, ou à retarder leur ruine absolue autant qu'il sera possible. Ils viennent d'employer toute leur autorité pour leur procurer une ressource, qui sera très-grande pour le moment, mais ne peut durer longtems. Ils ont engagé la fameuse *Le Maure* à chanter au Concert du lundi 15 de ce mois. On se rappelle que cette actrice a eu la plus belle voix de l'Europe, & a fait autrefois les délices de toute la France; mais, 1°. elle a aujourd'hui près de 70 ans; 2°. elle est retirée du théâtre depuis 28 ans; 3°. elle n'est point au courant de la musique moderne; 4°. le vaisseau énorme où elle doit chanter, affoiblira nécessairement sa voix, eût-elle le volume qu'elle a toujours eu. Par toutes ces considérations on doute que la Virtuose en question soutienne son antique réputation. Malgré cette défiance générale , les amateurs & les curieux se disposent à se rendre en foule pour voir une pareille rareté. On assure que Mlle. *Le Maure ,* dont on ne connoît, ou dont on ne peut connoître, les caprices étonnans, a mis à son marché les conditions les plus plaisantes. Du reste, on veut qu'elle se soit essayée dans le lieu où elle

doit chanter , & que fa voix y ait eu un jeu
merveilleux.

14 *Juillet* 1771. Le Sr. Boutin , Receveur
général des Finances , frere de l'Intendant des
Finances , fi fameux dans l'hiftoire de la Compagnie des Indes , fait beaucoup parler de lui
aujourd'hui , mais d'une façon plus glorieufe que
le dernier. C'eft un virtuofe renommé par fon
goût pour les arts. Il a entrepris de créer dans
un fauxbourg de Paris un jardin fingulier , où
il raffemblera tout ce que la nature agrefte &
cultivée peut fournir de productions & de fpectacles en quelque genre que ce foit. Il a nommé
le lieu *Tivoli* , & quoique l'entreprife de ce
chef-d'œuvre ne foit pas à fon point de perfection , on en parle avec emphafe : la curiofité
l'exalte ; on fe preffe de l'aller voir , mais on
n'y peut entrer que par billet. On veut que M.
Boutin ait déjà répandu un million dans l'établiffement dont on parle.

15 *Juillet*. Les partifans de M. de Voltaire annoncent fon retour en cette capitale comme certain. Ils prétendent que c'eft M. le Chancelier qui a engagé Madame la Comteffe Dubarri à obtenir du Roi une faveur defirée depuis
longtems par ce poëte. Ils ajoutent que le Chef
de la Magiftrature n'a pu fe refufer au zele que
l'illuftre profcrit a montré pour la bonne caufe ,
qu'il a jugé par les petits échantillons que l'on
connoît de lui fur cette matiere de quelle utilité
il lui pourroit être pour fubjuguer les efprits ,
& que de fon côté le Philofophe de Ferney a
promis de renoncer à écrire contre la Religion ,
& de s'attacher uniquement aux objets politiques , fur lefquels on veut qu'il s'exerce. Toute

la Littérature eſt dans l'attente d'un tel événement. Ses amis s'en réjouiſſent , & ſes ennemis en tremblent. Le Sr. Fréron craint fort l'interruption de ſes feuilles.

16 *Juillet* 1771. La *Dunciade*, qui n'avoit d'abord
paru en 1764 qu'en trois chants , eſt aujourd'hui
en dix. On ne peut nier que l'auteur n'ait beaucoup de facilité , que ſon poëme ne ſoit rempli
d'images , & que ſes critiques ne ſoient juſtes à
bien des égards. Malgré cela , la lecture en devient faſtidieuſe néceſſairement , par le retour
continuel de quelques noms dévoués par l'auteur
au ridicule & au mépris. Les Srs. Diderot,
Marmontel & Fréron ſont les principaux héros
de ſon poëme. Au ſurplus, il y a très-peu de
mérite à avoir fait un pareil pamphlet , & il y
a une audace & une préſomption impardonnable
à s'afficher ainſi pour le vengeur du goût. L'ouvrage, toujours cenſé publié par des éditeurs ,
eſt accompagné avant & après de quantité de
Préfaces , de Lettres , d'Avertiſſemens , de Vers ,
de Notes relatifs au Poëme , dont on conçoit
aiſément que le grand nombre a été dicté par
l'auteur. On y voit avec plaiſir pluſieurs Lettres
de M. de Voltaire , qui par ſon inconſéquence
ordinaire , en réprimandant le Sr. Paliſſot de
ridiculiſer quelques perſonages , amis du Philoſophe de Ferney , ſe déchaîne avec une fureur
ſans égale contre les Ecrivains , plaſtrons habituels de ſes épigrammes ; qui blâme la Satyre ,
& ſe permet en même tems les injures les plus
atroces.

Le Sr. Paliſſot eſt aujourd'hui à Argenteuil ,
& n'eſt point expatrié comme on l'avoit dit.
On ne remarque pas que ſon libelle , contre les

gens de lettres, ses confreres, excite le grand scandale qu'il s'en promettoit, & cette nouvelle édition tombera bientôt dans l'oubli, comme la premiere, & grossira la foule des écrits obscurs qu'il reproduit en lumiere pour l'instant.

17 *Juillet* 1771. Mlle. *Le Maure* a effectivement paru lundi dernier au Colisée. La foule des spectateurs étoit immense, & cette actrice est convenue avoir été intimidée d'une pareille assemblée. Elle a chanté le Monologue de l'Acte du *Sylphe*, & a joué la Scene avec le Sr. Le Gros. Son début en a singuliérement imposé, & le silence universel qui s'est formé, annonçoit la sensation qu'elle a faite par la sublimité de son chant. Malheureusement il ne s'est pas soutenu, & dans le Dialogue avec l'acteur, le Sr. Le Gros a absolument couvert sa voix & l'a écrasée ; en sorte que ceux qui ont autrefois entendu Mlle. Le Maure, n'ont plus trouvé que les restes du plus bel organe, & ceux qui n'ont jamais eu ce plaisir, n'ont pu juger qu'imparfaitement & n'ont point été émerveillés. Au surplus, on lui a prodigué les applaudissemens les plus longs & les plus soutenus. On comptoit qu'elle chanteroit un second morceau, mais elle s'est trouvée trop fatiguée.

Le nombre des curieux s'est monté à 5,200 payans, outre environ 300 *gratis*, ce qui formoit une multitude de 5,500 spectateurs.

20 *Juillet* 1771. Mercredi au soir, à dix heures trois-quarts environ, un feu s'est manifesté dans la partie du Nord, en forme de globe, suivant le plus grand nombre de rapports, &

paru fe précipiter vers le Sud. Sa clarté a été
fi vive, que beaucoup de gens ont cru en être
atteints. Elle a été fuivie d'une légere explofion
peu après, femblable à un coup de tonnerre
fourd & éloigné. Ce phénomene a caufé une
grande rumeur dans Paris, & a donné lieu,
comme de coutume, à mille contes populaires.
Suivant les Lettres qu'on a reçues depuis, il a
été vu dans le même tems à Compiegne, à
Rouen & même à Tours. Les Phyficiens efti-
ment affez vraifemblablement que ce météore
n'eft autre chofe qu'une vapeur occafionnée par
les exhalaifons de la terre dans les grandes chaleurs & qui, fuivant les circonftances & la réunion des matieres, fe modifie fous différentes
formes, mais occafionne fréquemment dans l'été
ces feux légers qui traverfent une partie du ciel,
& font dire à de bonnes gens : *Voilà une étoile
qui file*. Au furplus, il faifoit très-chaud ce
foir-là; il ne fouffloit aucun vent; le ciel étoit
ferein & brillant d'étoiles.

21 *Juillet* 1771. M. le Duc de Pecquigny,
fils de feu M. le Duc de Chaulnes, a hérité du
goût de fon pere pour les Arts & les Sciences.
Ce Seigneur, qui femble avoir renoncé au féjour de la cour, aux grades & aux honneurs
dont il pourroit être fufceptible par fa naiffance
& par fon mérite, fe livre tout entier aujour-
d'hui à l'hiftoire naturelle, & furtout aux expériences de phyfique. L'Electricité eft la partie
à laquelle il travaille le plus, & il a pouffé les
recherches fort loin à cet égard. Il eft parvenu
à faire un cerf-volant très-grand, & de taffetas
vert, dont la principale baguette eft de fer élec-
trifé. Cette machine élevée dans l'atmofphere à

une très-grande diftance, y raffemble & réunit toutes les parties homogenes qui font dans la région fupérieure. Elles fe condenfent autour du rayon conducteur, & il en réfulte des éclairs, des foudres artificiels très-curieux. Le public, témoin depuis quelque tems de ce jeu favant de M. de Pecquigny, a voulu le faire paffer pour auteur du dernier phénomene ; mais le phénomene en lui - même, fes fuites & fon étendue, font, au gré des phyficiens, au deffus des efforts de celui-ci. D'ailleurs il eft conftaté à la Police par les faits, qu'on ne peut attribuer le météore en queftion à l'art d'aucun faifeur d'expériences.

23 *Juillet* 1771. A la fuite de la *Dunciade*, le Sr. Paliffot a fait imprimer un volume ayant pour titre : *Mémoires pour fervir à l'hiftoire de notre Littérature, depuis François Ier. jufqu'à nos jours.* Ils embraffent 187 notices. Il paroît que l'auteur a pris pour modele le petit catalogue mis par M. de Voltaire à la fin de fon *Siecle de Louis* XIV, mais il n'a pu imiter le goût, la légéreté & la concifion de ce grand maître. Il y regne d'ailleurs une partialité bien fenfible, & parcourant ce Panthéon Littéraire, où parmi les auteurs vivans, les Sieurs *de la Harpe, le Brun & Poinfinet de Sivry* font défignés comme autant de grands hommes du jour, l'auteur ne s'eft pas oublié non plus, & il s'y place avec une impudence fuffifante pour démentir tout le bien qu'il dit de lui-même, & dont il a rempli ces trois volumes nouveaux de fes Œuvres. Ils ne tarderont pas à aller rejoindre les autres dans la pouffiere où elles font enfevelies.

24 *Juillet* 1771. Mlle. Le Maure n'ayant point
voulu chanter lundi dernier, il n'y a pas eu de
Concert ni de Colisée. Il faut connoître jufqu'où vont les caprices de cette fille-là, pour
croire les conditions plaifantes qu'elle a impofées
& leur bizarrerie. Au refte, elle n'a pas voulu
qu'il fût queftion d'honoraires : elle a refufé
tout marché à cet égard. Elle eft fi mécontente
du Sr. le Gros, qu'elle a exigé qu'il ne chanteroit plus avec elle & qu'elle paroîtroit feule.
Madame la Marquife de Langeac & M. le
Duc de la Vrilliere font depuis lors aux petits
foins auprès d'elle, & lui font une cour très
fervile.

Au furplus les Entrepreneurs du Colifée fentant bien que cette reffource ne peut être que
momentanée, & que le Public, après avoir fa-
tisfait fa curiofité, ne fuivra pas cette chanteufe
longtems, ont imaginé un nouveau genre de
fpectacle. Ils font décidés, dit-on, à faire venir des coqs d'Angleterre, & à donner des
combats de ces animaux, fi courus dans le pays.
Mais on doute qu'un pareil genre de plaifir en
faffe beaucoup à Paris : les femmes y font d'un
caractere plus fufceptible d'émotions vives ; l'ef-
fufion du fang leur répugne trop : elles fe refu-
feront à coup fûr à ce fpectacle, & l'on fait
qu'ici les hommes ne vont point où il n'y a
pas de femmes.

25 *Juillet.* Après l'affaire du Parlement,
le Colifée eft ce qui occupe le plus Paris, &
comme beaucoup de gens même font affez in-
différens fur le premier objet, on peut dire que
le dernier eft proprement l'hiftoire du jour.
Les fpéculateurs, qui foumettent tout au calcul,

démontrent , comme arithmétiquement impossible , que le nouvel établissement subsiste : 1°. La mise dehors , à ce qu'ils assurent , est de 1,800,000 Livres ; dont l'intérêt à cinq pour cent , forme une rente de 90,000 Livres ; à quoi ils ajoutent : 2°, environ 20,000 Livres à prélever encore annuellement pour gratifications, Pensions , & autres sommes à donner à gens qui ne font pas de fonds , mais qui accordent leurs talens ou leur protection : 3°. environ 3,000 Livres de frais par chaque représentation : 4°. enfin 180,000 Livres qu'il faudroit retirer aussi par an , pour se rembourser du capital & des réparations que la bâtisse doit coûter annuellement ; objet qui ne peut gueres se porter à moins d'un dixieme. On conclura qu'il s'en faudra cette année de près de 200,000 Livres que les Entrepreneurs soient au pair de ce qu'ils devroient être , non pour faire une bonne affaire , mais pour n'en pas faire une ruineuse.

27 *Juillet* 1771. C'est une Madame de Vaudoncourt qui a fait élever à ses frais le monument dont on a parlé , en l'honneur de M. de Chevert. Cette femme vivoit depuis longtems avec lui dans l'union la plus intime & la plus respectable ; elle faisoit la consolation de sa vieillesse , & il l'avoit instituée sa Légataire universelle , d'où il résultoit un bien-être d'environ 25 , 000 Livres de rentes. Mais elle n'a pu le voir achever , & elle n'a pas survécu longtems à la perte de son bienfaiteur. L'épitaphe a été composée par M. l'abbé Tricot , l'homme de confiance & l'ami de cœur de M. de Chevert. C'est lui qui a suivi l'entreprise & a eu le bonheur de la voir terminer.

Enforte qu'on peut dire que l'amour & l'amitié y ont également concouru. Le médaillon est de la composition du Sr. Vaffé, un de nos plus fameux Sculpteurs. Il est rendu dans toute la simplicité dont on l'a annoncé, & a la qualité la plus effentielle, c'est-à-dire une grande vérité & une parfaite reffemblance.

28 *Juillet* 1771. Outre les Arts qui se font perfectionnés dans ce fiecle, celui de la filouterie est le plus remarquable par ses progrès & par ses reffources toujours nouvelles. Des chevaliers d'induftrie, paffés maîtres dans cette fcience, avoient imaginé depuis peu de contrefaire fur des bijoux d'un métal factice la marque d'or dont doivent être empreints tous les ouvrages de femblable matiere. Enfuite ils alloient chez des ufuriers, fous prétexte de leur emprunter de l'argent, & ils mettoient ces bijoux en gage. Cette fupercherie, excufable, fi elle pouvoit l'être, vis-à-vis de *Feffe-Mathieux* d'une telle efpece, a enfin été découverte, & l'on a arrêté ces merveilleux efcrocs.

31 *Juillet.* Lundi dernier, Mlle. Le Maure a reparu au concert du Colifée. Elle y a chanté plufieurs morceaux, mais feule. Elle a été reçue avec des tranfports bien capables d'encourager fon amour-propre. Sa voix a fait beaucoup plus d'impreffion que la premiere fois. Cependant par un de ces caprices qui lui font ordinaires, au moment où une partie de l'Orcheftre avoit déjà défilé, où les Spectateurs fe retiroient, ayant voulu régaler encore le Public d'un autre morceau, on s'est apperçu qu'elle foibliffoit fenfiblement, & que pour fon honneur elle auroit dû fe refufer à cet excès de zele. On ne lui en a pas moins fçu gré,

&

& l'on a tâché, par des applaudissemens réitérés, de lui dérober l'humiliation d'une disgrace.

Au surplus, on décore son triomphe de tout l'appareil extérieur qu'on accorde aux gens de la premiere distinction, ou aux orateurs les plus éminens. Un Suisse va la chercher à son appartement ; tandis que d'autres font faire le passage & bordent la haie ; le premier la précéde jusques à l'orchestre : un Ecuyer lui donne la main ; elle a deux ou trois femmes de suite : on la reconduit de même. Le premier jour, cette Muse du Chant avoit paru en couleur de rose ; cette fois - ci, elle étoit en blanc.

Quoique le spectacle fut très - garni, on prétend que la recette a diminué de beaucoup, & il est à craindre que cette ressource ne devienne bientôt nulle pour les Entrepreneurs.

1er. Août 1771. Le Sr. Prépaud, Ministre de l'Evêque de Spire à la cour de France, vient de mourir. Il est question de faire conférer cette place à l'abbé de Voisenon. Celui - ci avoit deux mille écus de pension sur les Affaires Etrangeres que lui avoient ménagé les Ducs de Choiseul & de Praslin. Il les a perdus à la disgrace de ces deux Ministres. Mais comme cet abbé, uniquement voué à l'amusement des grands Seigneurs, n'épouse aucun parti, ne s'attache à personne & suit le vent de la faveur, il a profité de son accès auprès de M. le Duc de Richelieu pour capter la bienveillance du nouveau Ministre des Affaires Etrangeres, & M. le Duc d'Aiguillon, pour lui assurer quelque chose de plus solide, cherche à le faire nommer par l'Evêque de Spire, à la place que la mort du Sr. Prépaud laisse vacante.

Tome V.   N

C'eſt à l'occaſion de ſon entrée future dans le Corps Diplomatique, que M. Duclos, Secrétaire de l'Académie Françoiſe, lui a dit ce joli mot, ſi fin & ſi juſte : *Je vous félicite, mon cher confrere, vous allez donc enfin avoir un caractere.*

3 *Août* 1771. Il y a déjà du tems qu'on a rendu compte de l'envoi fait en France par l'Empereur de la Chine, des deſſins des batailles qu'il a livrées & où il a triomphé, avec ordre de les faire graver par nos plus habiles artiſtes, comme auſſi de lui adreſſer les planches. Le Roi informé que la Compagnie des Indes étoit chargée de cette commiſſion, a voulu en faire les frais, & a enjoint à M. le Marquis de Marigny de veiller à l'exécution de l'ouvrage. Pluſieurs planches faites, on en a envoyé des épreuves, on y a joint des repréſentations ſur le projet de Sa Majeſté Impériale de faire venir les planches originales ; on lui annonçoit qu'elles pourroient ſe gâter dans le tranſport. Mais on a appris par les dépêches écrites de Canton ſur les derniers vaiſſeaux arrivés, que l'Empereur inſiſtoit pour avoir ces planches. Elles ſont au nombre de 14.

4 *Août.* Mercredi 31 du mois paſſé l'Académie Royale de Muſique, en profitant de la faveur ſpéciale qu'elle a de n'être point ſous les Cenſures Eccléſiaſtiques, a fait célébrer un ſervice pour le repos de l'ame du Sr. Trial, l'un de ſes Directeurs, mort ſubitement, ainſi qu'on l'a annoncé, & ſans recevoir les ſecours ſpirituels. Cette cérémonie s'eſt exécutée dans le plus grand appareil à Saint Germain l'Auxerrois. On a chanté la meſſe de Gilles, très-célèbre dans le genre de muſique funéraire : elle a été ſuivie du *De pro-*

undis de d'Auvergne, morceau très - analogue u premier. Tout l'Opéra a coopéré à cette exécution. Les Demoiselles de ce Spectacle n'ont pas manqué de s'y rendre, ainsi que les filles les plus galantes de Paris. Il y avoit aussi beaucoup de femmes comme il faut, & une multitude prodigieuse d'hommes. Cette fête lugubre a été égayée par une quantité de jolis minois & aussi édifiante que le pouvoit permettre la sorte de spectateurs dont elle étoit composée. On n'entroit que par billets.

4 *Août* 1771. Extrait d'une Lettre de Rennes, du 30 Juillet 1771. . . . . . Enfin notre Parlement a rendu son Arrêt contre les deux écrits, l'un intitulé : *Observations sur l'imprimé intitulé, Réponse des Etats de Bretagne au Mémoire du Duc d'Aiguillon ;* l'autre : *Procédures faites en Bretagne, & devant la Cour des Pairs en 1770, avec des Observations.* Vous connoissez le premier ouvrage, dont on a affecté de supprimer du titre : *par Simon − Henri − Nicolas Linguet.* L'autre est un gros in-4º, très - ennuyeux, & qu'on a voulu rendre plus piquant par des Notes calomnieuses contre les témoins.

Cet Arrêt, en date du 27 Juillet, a souffert beaucoup de discussions. Vous verrez d'abord par le Réquisitoire, ou plutôt le compte rendu des Commissaires, combien on a eu soin d'écarter tout ce qui pouvoit choquer directement le Duc d'Aiguillon, & qu'on n'a pas voulu même compromettre son défenseur, contre lequel il étoit difficile de ne pas sévir en ce moment. Ce Réquisitoire, très mal fait, s'établit uniquement sur la supposition absurde du Parlement, que l'auteur, en déclarant qu'il étoit autorisé par le Gouver-

(292)

nement à faire imprimer la brochure en queftion, ne l'étoit pas, quoiqu'elle soit revêtue de
toutes les formalités prescrites, & porte la plus
grande authenticité. Du reste, nul développement,
nulle réfutation, & jamais on n'a dit à plus juste
titre que *brûler n'est pas répondre*. On voit fenfiblement que Mrs. ont été gênés : mais il valoit
mieux laisser ces écrits dans l'oubli, que d'annoncer autant de ménagement & de foiblesse.

7 Août **1771**. On parle beaucoup d'une avanture
arrivée au couvent de Bon-fecours. Ce monaf-
tere est l'afyle de quantité de jolies femmes fé-
parées de leurs maris, & l'on conçoit quel af-
femblage il en doit réfulter : c'est-à-dire, qu'il
est le centre de la galanterie. Il y a en outre des
Demoifelles penfionnaires, dont les mœurs, malgré leur jeuneffe, fe reffentent bientôt d'une telle
contagion. Une Demoifelle Mimi, extrêmement
jolie, brilloit entre tant de beautés. Un Moufquetaire Noir, très-bel homme, âgé de 23 ans,
alloit fouvent voir dans ce couvent deux parentes
qu'il y avoit, avec un de fes amis qui avoit pris
du goût pour l'une des deux. Il eut occafion de
connoître Mlle. Mimi, d'en devenir amoureux;
& celle-ci facilement d'intelligence, il fe forma
bientôt une partie quarrée, au moyen d'une petite maifon, louée dans les environs. La plus
grande des penfionnaires & Mlle. Mimi escala-
doient le foir les murs du jardin, & fe rendoient
au lieu convenu. On prétend que l'Abbeffe, amou-
reufe pour fa part du même Cavalier, conçut de
la jaloufie de Mlle. Mimi, fe douta d'une intrigue fecrette, & la nuit, étant venue brufque-
ment dans la chambre de cette Demoifelle, ne
la trouva point; que s'étant rendue enfuite dans

celle des deux coufines, n'y vit que la petité; que l'ayant interrogée, elle découvrit ce qui en étoit, fit fur le champ affembler la Communauté, & fe tranfporta au pied de l'échelle avec fes Religieufes pour y recevoir les deux transfuges. On fe doute du coup de théatre qui en réfulta. L'avanture a été contée au Roi. S. M. en a ri beaucoup, mais comme elle eft très févere fur l'article des mœurs, elle à ordonné que le Moufquetaire feroit mis à Vincennes; ce qui a été exécuté.

8 *Août* 1771. M. de Mairan, pendant fa longue carriere, avoit fait une collection précieufe de morceaux d'Hiftoire Naturelle. Sa Bibliotheque étoit renommée pour fon choix & pour fa rareté. Ces richeffes littéraires appartenoient à Madame Geoffrin, qu'il a par fon teftament inftitué fa Légataire univerfelle. On ne fait pourquoi la Virtuofe en queftion a jugé à propos de les transformer en richeffes plus folides. Quoi qu'il en foit, la vente de ces deux objets étoit annoncée, & devoit fe faire à l'encan. Un Prince d'Allemagne s'eft préfenté depuis pour acquérir le tout, & fauvera à Madame Geoffrin le deshonneur d'avilir ainfi le don de l'eftime & de l'amitié, que fon opulence la mettoit en état de conferver dans fon entier.

9 *Août.* On fait actuellement que c'eft M. de la Harpe qui a remporté les deux prix de l'Académie Françoife, dont la diftribution fe fera le jour de la fête de Saint-Louis prochaine. Le fujet de celui de profe étoit *l'Eloge de Fenelon.* Celui de vers étoit libre, & le poëte a pris pour fon texte : *L'influence des talens fur la Société & les Sciences.* On regarde cet événement

N 3

comme très-fingulier, & M. de la Harpe eft le premier candidat qu'on ait vu ceindre ainfi fon front de la double couronne.

10 *Août* 1771. Un nouvel ouvrage clandeftin a tire la curiofité des amateurs. Il a pour titre : *Le Gazetier cuiraffé*. C'eft un pamphlet allégorique, fatyrique & licencieux, comme l'annonce affez fon titre.

11 *Août*. M. Dyonis du Séjour, Confeiller au Parlement, n'eft pas moins renommé par fes connoiffances en Aftronomie qu'en Jurifprudence. Il eft membre de l'Académie des Sciences. Comme le lieu de fon éxil eft très-rapproché de Paris, & qu'il eft à St. Maur, à deux petites lieues d'ici, l'Académie des Sciences a fait une Députation auprès de M. le Chancelier, pour obtenir à ce confrere la permiffion de venir aux Séances les jours d'affemblée, & lui communiquer fes lumieres. Mais le Chancelier, qui fe reproche journellement d'avoir adouci l'éxil de tant de Confeillers avant de leur avoir fait faire leur liquidation & donner leur démiffion, a dit qu'il ne tenoit qu'à M. Du Séjour de revenir fur le champ dans le fein de fes amis, en fe foumettant à ce qu'exigeoit le Roi. Mais ce digne Magiftrat n'a pas cru que fon honneur & fa confcience lui permiffent de donner un fi funefte exemple.

12 *Août*. Le Moufquetaire Noir dont on a parlé, & qui a caufé un fi grand fcandale dans le couvent de Bon-fecours, fe nomme M. le Chevalier *de la Porquerie*. C'eft le plus bel homme de la Compagnie. Il a plus de fix pieds, eft corfé à proportion, & annonce tous les talens d'un vrai *Débrideur de Nonnes*. Il eft recon-

nu que Madame Du Saillant, Abbesse de Bon-
secours, avoit eu des vues sur lui, qu'il n'avoit
jamais voulu remplir, & que c'est par vengeance
qu'elle a écrit au Roi.

La Demoiselle Mimi avoit appartenu à M. le
Duc de Choiseul, & même avoit été au *Parc
aux Cerfs*, à ce qu'on prétend. Le Ministre,
l'avoit ensuite mariée à un Sr. Dupin, Améri-
cain, qui, dès la première nuit de ses nôces,
s'appercevant qu'il étoit dupe, avoit fait un va-
carme du diable, & avoit laissé sa femme, qui
s'étoit retirée en un couvent. C'est ainsi qu'après
bien des recherches les curieux d'anecdotes galantes ont éclairci les caracteres des personages
de celle-ci, & ont constaté toutes les circonstances.

13 *Août* 1771. La Demoiselle Arnoux, si
célebre au théâtre par ses talens, & dans le
monde par ses bons mots, après s'être égayée
aux dépens de tant d'autres, vient de fournir
matiere aux rieurs par le mariage le plus sot.
Elle a épousé, suivant la rumeur publique, un
jeune Directeur des Menus, sans mérite, &
dont le talent consiste à avoir eu l'adresse d'en-
lacer à ce point une Actrice, coryphée de la
Scene Lyrique, & qui d'ailleurs a une fortune
assurée.

14 *Août.* Hier, l'Académie Royale de Musique a donné pour la première fois sur son théâtre, *La Cinquantaine*, Pastorale en 3 Actes,
annoncée depuis longtems. Les paroles sont du
Sr. Desfontaines, & la Musique du Sr. La Bon-
de. Les unes ont paru aussi détestables que l'autre. Nul intérêt, nul incident dans l'action,
nulle élégance, nul esprit, nul sentiment dans

le Poëme ; rien de frappant dans l'harmonie ; ni ensemble ni liaison dans le tout ; point de caractere dans le chant. A un *Duo* près, du second Acte, tout a paru monotone, triste, ennuyeux, &c. Les Ballets seuls ont un peu réveillé les spectateurs, & sans la danse qui y est prodiguée, heureusement, le Public n'auroit pu tenir à cette lamentable fête. Outre plusieurs huées, dont différens morceaux ont été accueillis, l'Opéra a fini par un chorus général d'un rire bouffon.

On a été indigné d'apprendre que le Sr. Le Gros ayant voulu se refuser au rôle qu'il y joue, comme à un chef-d'œuvre d'ineptie & de mauvais goût, le Sr. de La Borde l'a fait menacer de passer une *Cinquantaine* au Fort-l'Evêque, s'il ne surmontoit cette répugnance, & il a été obligé de chanter.

15 *Août* 1771. Extrait d'une Lettre de Londres, du 7 Août 1771. . . . . . *Le Gazetier cuirassé* est attribué ici à un nommé *Morando*, qui ne s'en cache pas, dit-on. C'est bien un livre à renier cependant par les dangers que doit courir son auteur, s'attaquant au Roi même, à Madame la Comtesse Dubarri, à M. le Chancelier, à M. le Duc de la Vrilliere, à M. le Duc d'Aiguillon, à M. Bourgeois de Boynes, à M. l'Abbé Terrai, &c. Pour égayer davantage les matieres politiques qu'il traite déjà très lestement, il y a joint des Notices de quantité de filles d'Opéra. Ce qui forme une rapsodie très informe & fort méchante, dans le goût du *Colporteur*. Les anecdotes, vraies ou fausses, en sont quelquefois très récentes, & il en est qui ne remontent pas à plus de trois ou

quatre mois avant la naiffance de la brochure ;
imprimée il y a environ un mois. Du refte ,
elle eft fort chere , même ici , où elle coûte une
Guinée.

Le livre eft précédé d'une Eftampe , qui repréfente le Gazetier , vêtu en efpece de huffard ,
un petit bonnet pointu fur la tête , le vifage
animé d'un rire fardonique , & dirigeant de droite & de gauche les canons , les bombes & toute
l'artillerie dont il eft environné.

16 *Août* 1771. Il paroît un nouveau Livre fous
le titre baroque de *L'An Deux Mille Quatre*
Cent Quarante , Rêve s'il en fût jamais, avec
cette épigraphe : *Le tems préfent eft gros de*
l'avenir. LEIBNITZ. La Préface eft écrite d'un
ton fier & fublime. Le refte eft une efpece
d'Apocalypfe , qui demande beaucoup de difcuffion.

17 *Août.* Le Père Neuville , Jéfuite fameux
par fes Sermons , a eu depuis quelque tems la
permiffion de fe retirer à St. Germain en Laye ,
retraite qu'il a toujours affectionnée à raifon d'u-
ne quantité de dévotes qu'il y avoit fous fa direction , & chez lefquelles il préfidoit. Cet illuftre prédicateur vient d'obtenir mille écus de
penfion fur l'Evêché de Beziers.

18 *Août.* Le Sr. Luneau de Boisjermain ,
cet irréconciliable ennemi des Libraires , dans
un de fes Mémoires dont on a parlé dans le
tems , a prétendu avoir à faire contre les
Entrepreneurs du Dictionnaire Encyclopédique une répétition de la fomme de 174 livres , 8 fols , comme perçue injuftement. Il a
ajouté que chaque Soufcripteur ayant à récla-
mer contre la même extorfion , le total de la

N 5

dite restitution générale monteroit au capital de
1,948,052 Livres. Ces Entrepreneurs étoient les
Srs. *Briasson*, *Le Breton*, feu *David* & *Du-*
rand. M. Briasson prenant fait & cause pour ses
confreres, a rendu chez un Commissaire plainte
de cette calomnie, articulée au Mémoire de son
adversaire, & dont l'inculpation étoit développée dans un tableau y joint. Il a obtenu un
Décret d'ajournement personnel contre le Sr.
Luneau. Celui - ci én a appellé, & l'affaire se
trouve aujourd'hui pendante au nouveau Tribunal. L'accusé n'ayant pas une grande confiance
aux Avocats du Barreau moderne, a sollicité la
permission de plaider son procès lui-même. Cette
faveur s'accorde assez difficilement, mais les
Juges ayant conçu que cette nouveauté leur at-
tireroit beaucoup de monde, & donneroit à la
cause une célébrité qui réjailliroit sur le Tribunal, y ont consenti. Le jour est indiqué au
mercredi 21, & l'orateur qui se sent apparemment les forces nécessaires pour jouer son personnage, fait courir des billets, portant invitation de se trouver à la Chancellerie du Palais
à huit heures du matin, où sera le spectacle qu'il
annonce.

Il fait savoir aussi qu'il a composé un Mémoire très - profond, plein de recherches savantes
& de détails curieux sur la naissance & la formation du Dictionnaire Encyclopédique.

23 *Août* 1771. Le Mémoire de M. Luneau
de Boisjermain qu'on vient d'annoncer, porte
pour titre : *Mémoire pour Pierre-Joseph-Fran-*
çois Luneau de Boisjermain, Souscripteur de
l'Encyclopédie, dans lequel il démontre que
sur les 737 Livres qu'il a payées pour la sous-

cription de cet *Ouvrage*, dont il eſt propriétai-
re, les *Libraires aſſociés pour l'imprimer en*
1750, doivent reſtituer à lui & à chaque Souſ-
cripteur, 154 *Livres par Exemplaire* ; ce qui
fera, pour la totalité des Souſcripteurs, une
reſtitution de 1,948,052 *Livres*, leſquelles, join-
tes aux 682,341 *Livres* 6 ſols 2 den. de *Béné-*
fice qu'ils auront fait après cette reſtitution, ſur
l'argent des *Souſcripteurs*, feront avec les
1,158,958 *Livres* 3 ſols 6 den. dépenſés pour
l'impreſſion de tout cet ouvrage, les 3,789,352.
Livres, qui auront été payées par les Souſcripteurs aux Srs. *Briaſſon & le Breton*, pour les
26 volumes de l'*Encyclopédie*, après la diſtri-
bution des deux derniers volumes de planches.

Ce Mémoire eſt fort ſec, mais très - ſavant
ſur la manutention de l'Imprimerie, ſur le mé-
caniſme de cet Art, ſur l'induſtrie des Imprimeurs. L'auteur le diviſe en deux parties.

Dans la premiere, il établit que les Srs.
Briaſſon, *Le Breton* & leurs Aſſociés, ont ſurpris, de deſſein prémédité, tous les Souſcripteurs de l'Encyclopédie ; ſans qu'ils ayent pû
ni dû s'en défier, en imprimant cet ouvrage en
un plus grand nombre de volumes qu'ils ne l'auroient dû.

Dans la ſeconde, qu'ils les ont également ſurpris, en leur faiſant payer leurs volumes à un
prix différent de celui auquel ils les avoient offerts.

D'où il réſulte deux vérités.

L'une, que l'Encyclopédie n'a point été imprimée comme elle devoit l'être.

L'autre, que l'Encyclopédie n'a point été livrée aux Souſcripteurs au prix auquel elle avoit
été promiſe.

Il eſt inutile de ſuivre l'auteur dans la multitude de ſous-diviſions par leſquelles il développe
ſes propoſitions : il ſuffira de remarquer, que ceux
qui voudront ſe mettre au fait de l'Imprimerie,
ne ſçauroient choiſir un Traité de cet Art plus
détaillé, plus clair & plus profond.

24 *Août* 1771. Une Notice abrégée de l'origine
& de la formation dè l'Encyclopédie, eſt ce qu'on
peut tirer de plus agréable du Mémoire de M. Luneau, cité ci-deſſus, & dè plus curieux pour toutes ſortes de Lecteurs.

En 1743, le Sr. *Mills*, Gentilhomme Anglois, entreprit la traduction de *Chambers* (Dictionnaire Encyclopédique Anglois); il s'aſſocia
pour ce travail M. *Sellius*, natif de Dantzig.
Ils eurent beſoin d'un Imprimeur, & s'adreſſe-
rent au Sr. *Le Breton*. Ils ne connoiſſoient pas
les formalités par leſquelles il faut paſſer en France
pour mettre un ouvrage ſous la preſſe. L'Imprimeur ſe chargea de les remplir toutes, & de ſolliciter en leur nom un privilége, mais il ne le
fit expédier qu'au ſien.

On fit connoître à *Mills* cette ſupercherie.
L'Anglois ſe plaignit ſi amérement & avec tant
d'éclat de l'infidélité de *Le Breton*, que celui-ci,
dans une reconnoiſſance en forme de Ceſſion,
déclara que *le Privilége du Dictionnaire de Cham-*
bers, quoique ſcellé au nom de *Le Breton*, appartenoit en toute propriété à *Jean Mills*.

Mais ce titre même devint bientôt invalide,
par un défaut de formalité à laquelle il auroit dû
être ſoumis, & dont *Le Breton* ne prévint pas le
Traducteur en queſtion.

Par un arrangement ſubſéquent, *Mills* doué-

de beaucoup de candeur céda à celui-ci une partie
de son privilege.

Alors le Sr. *Le Breton* proposa à son associé
d'annoncer par Souscription *l'Encyclopédie de
Chambers*, & dans cette publication il omit les
formalités ordonnées, en publiant un *Prospectus* :
formalités qu'il auroit dû connoître ; ce qui fit
croire cette réticence volontaire.

Le concours des Souscripteurs fut considérable.
Mills crut pouvoir profiter de ces secours, & il
écrivit une Lettre à l'Imprimeur pour demander
un à-compte. Pour réponse, le Sr. Le Breton
vint chez l'Anglois à 9 heures du soir, lui sus-
cita une rixe, &, dans un mouvement de violence, *lui appliqua deux coups de canne sur la
tête, dont il fut terrassé, & un coup de poing
dans l'estomac*. Du moins ce sont les faits énon-
cés par le plaignant dans un *Sommaire*, qu'il
distribua dans le tems, après avoir rendu plainte
chez un Commissaire & intenté un procès criminel au Sr. *Le Breton*. L'accusé fut simplement
décrété d'assigné pour être ouï au Châtelet ; *Mills*
appella au Parlément de ce décret, *à cause de
la modicité*.

Pendant ce tems Le Breton se prévalut du défaut de formalités pour faire révoquer le premier
privilège, & il en obtint un autre en son nom.
Ce qui fut exécuté le 21 Janvier 1746, pour
l'Encyclopédie de MM. *Diderot* & *d'Alembert*.

C'est ainsi que *Mills* fut dépouillé d'un ouvrage,
dont l'idée, le plan, la marche & la première
exécution lui appartenoient, sans avoir fait d'autre faute que d'avoir contrevenu, sans le savoir,
à des Réglemens qu'il ne connoissoit pas, & pour

avoir été induit à erreur par le Sr. *Le Breton*, fon Imprimeur , qui devoit le diriger ; & n'a reçu de ce dernier pour récompenfe que les coups de canne & les coups de poing , dont on a parlé. Cet auteur, malheureux en France , fut obligé de repaffer en Angleterre ; & fon coopérateur *Sellius*, ancien Profeffeur à *Halle* , eft mort à l'Hôtel-Dieu de Paris.

Tout le monde fait les autres contrariétés qu'a effuyées le fameux Dictionnaire de l'Encyclopédie. Mais on doit à M. Luneau le développement de fon origine fort embrouillée & qui paroît ainfi bien conftatée par pieces originales & authentiques. Elles font toutes à la fuite du Mémoire.

25 *Août* 1771. Les morceaux de Peinture pour le Concours au prix font expofés d'hier. Le fujet eft le *Combat de Minerve & d'Achille en préfence des Dieux*. Il y a trois tableaux affez bons qui balancent les fuffrages. On y remarque dans tous les trois de la compofition , de l'expreffion , du deffin & de la couleur.

Les Bas-reliefs pour le prix de Sculpture font inférieurs à ceux de l'année derniere. Il y en a pourtant un qui mérite beaucoup d'attention. Le fujet eft *Moïfe qui frappe le rocher, d'où jailliffent les eaux miraculeufes*. L'œil fe fixe d'abord fur un groupe, compofé d'une femme qui allaite fon enfant , & à qui un foldat préfente un vafe plein d'eau , qu'elle avale avec avidité, & une fille qui s'empreffe à faire boire fon pere mourant. Ce groupe produit un très-bel effet. On y remarque un Juif qui fe précipite, lui & fes habits, dans le ruiffeau pour y étancher plus promptement fa foif. De l'autre côté , un foldat

gravit fur le rocher, afin de s'approcher de la
fource. Un de fes camarades fonne de la trompette,
comme s'il appelloit les Juifs pour témoins & par-
ticipans du miracle. Le caractere diftinctif de cette
compofition eft une grande unité, & à l'exception de quelques figures à droite, oifives & fur-
chargeant le fpectacle, tous les perfonnages for-
tifient le fujet principal.

Dans les Salles de l'Académie d'Architecture
on a expofé les ouvrages qui ont coucouru au
grand prix. Le fujet eft *un hôpital fur le bord
d'une riviere.* Dans quelques-uns on remarque du
deffin & point d'exécution : dans d'autres, ni deffin,
ni exécution. Il faut diftinguer dans le nombre le
morceau de M. Regnard. Son projet d'hôpital eft
de la plus belle diftribution. La fimplicité eft jointe à la nobleffe & à l'élégance, l'économie à la
grandeur & à la majefté. Les Edifices font féparés
les uns des autres, & forment pourtant une maffé
totale. Tout annonce le raifonnement, le goût,
l'utilité & l'effet. Le bâtiment des malades eft
ifolé. Le logement des prêtres, celui des fœurs,
celui de l'apothicairerie & celui des garde-meubles,
cuifines &c. font autant de corps de logis à part,
qui fans fe nuire, fe communiquent par des ga-
leries qui les raccordent enfemble. Le premier
n'étant entouré de rien, eft rafraîchi fans ceffe,
du côté du jardin des fimples & de la riviere, du
côté du préau des convalefcens, du côté de la
piece d'eau pour les bains, & du côté du lavoir.
De forte que cet Edifice principal fe trouve ven-
tilé de toutes parts. Les baffins d'eau fe répandent enfuite pour nettoyer toute la maifon. De
plus, la coupe, l'élévation & tous les détails de

cet édifice femblent rendre l'ouvrage en queftion bien fupérieur aux autres (a).

26 *Août* 1771. La féance publique de l'Académie Françoife a eu lieu hier fuivant l'ufage. M. d'Alembert, au lieu de M. Duclos, qui lui-même étoit à la place de deux autres, a fait les fonctions de Directeur, dont M. Duclos avoit pourtant pris le fauteuil. Il a lu une efpece de préface pour le difcours dont l'auteur a été couronné. Il a averti le public des regles que les Académiciens fe font impofées pour l'examen des pieces qui concourent, pour le choix de ces pieces, & enfin pour la préférence accordée à celles qui remportent le prix.

Il a lu enfuite le difcours en queftion, dont le fujet étoit l'*Eloge de M. de Fenelon*. On y a trouvé de très-belles chofes, mais il n'eft pas fans défauts. L'orateur, qui fait lire, en a fait paffer de bien médiocres & de bien maladroites. Quand fa poitrine eft fatiguée, il n'a qu'à terminer la phrafe où il s'arrête par une certaine inflexion de voix; auffitôt les auditeurs émerveillés applaudiffent à la ronde, & lui donnent le tems de reprendre haleine. Il a fait halte à la feconde partie, & s'eft fait donner une bouteille de la liqueur philofophique. Le Géometre a bu un verre de fon élément, & il eft arrivé très-heureufement à la fin.

(a) On renvoye à un Recueil féparé le détail de l'expofition de cette année, trop étendu & qui, joint à ceux des Sallons de 1767, 1769, & fuivans, formeront comme un Cours de cet art.

On favoit d'avance que c'étoit M. de la Harpe qui avoit obtenu le prix. M. Thomas a fait part enfuite au public des extraits du difcours de l'Abbé Maury, qui a eu l'*Acceſſit*, & quelques morceaux des autres difcours qui ont concouru, où il y avoit des chofes affez libres pour les circonftances préfentes, & que le Lecteur a très-bien fait fentir.

Autre Préface de M. d'Alembert, où il venge la Philofophie & la Géométrie, du reproche qu'on leur fait d'occafionner le dégoût des vers, tandis que c'eſt aux mauvais poëtes qu'il faut s'en prendre. Il a annoncé que l'Académie préférera pour le choix de fes nouveaux Mémoires ceux qui auront remporté les Couronnes Académiques.

Au furplus, Eloges de M. de Voltaire, de M. le Duc de Nivernois, du Roi de Pruffe, &c. Récit hiftorique du nombre des Pieces de poëfie du Concours, (80 & tant) dont la feule qui fe foit foutenue a été celle de M. de la Harpe, qui pourtant eſt très-froide & ne vaut pas la médaille. Il en a été fait lecture, & la féance a fini de la forte.

Il eſt remarquable que cette fois-ci M. Duclos, fur les repréfentations qui lui ont été faites, que la féance étant publique ne fouffroit point d'exception, a crié d'une voix éteinte d'ouvrir la porte à tous ceux qui fe préfenteroient, avant le commencement de la lecture, & d'en laiffer entrer tant qu'il en tiendroit dans la Salle. Le Suiffe, qui eſt fourd, n'a obéi qu'à moitié. Il a ouvert feulement la porte de la Salle d'affemblée, & a tenu fermée celle de la premiere entrée. On a attendu affez longtems que le Public arrivât, mais comme ce Public & les Suiffes qui le repouſſoient, n'étoient pas prévenus, il n'eſt arrivé des curieux que pour interrompre la lecture.

On a obſervé que M. le Prince de Beauveau étoit à cette ſéance.

Le ſujet du prix de poéſie pour l'année prochaine eſt libre. Celui de proſe pour 1773 eſt l'*Eloge de J. B. Colbert.*

27 *Août* 1771. Le mercredi 21, M. Luneau de Boisjermain s'eſt préſenté à la Tournelle pour plaider ſa cauſe, ſuivant la permiſſion qu'il en avoit reçue. Le Public s'étoit rendu en foule à l'Audience. Le Sr. Perrin, Avocat aux Conſeils, un de ceux qui s'eſt attaché au nouveau Tribunal, chargé de la défenſe des Imprimeurs, a voulu s'oppoſer à cette innovation. Il a mis dans ſon procédé une chaleur qui a indiſpoſé le public contre lui, & n'a fait que rendre l'orateur plus agréable. M. de Châteaugiron, Préſident, a impoſé ſilence au Sr. Perrin. Son adverſaire a commencé ſon plaidoyer avec beaucoup de ſuccès. Il l'a lu : il a débuté par des éloges adroitement diſtribués aux Juges, (*Jeſuitico more* ; M. Luneau a été Jéſuite) pour le bien de ſa cauſe, & ceux-ci en ont été attendris juſqu'aux larmes.

28 *Août.* Le Sr. Rouelle, Chymiſte auſſi renommé que ſon frere, mort l'année derniere, a fait derniérement en préſence de tout ce qu'il y a de plus inſtruit dans ſon Art une expérience auſſi curieuſe que chere. Il étoit queſtion de diſſoudre dans un creuſet des pierres de diamant. Il a parfaitement réuſſi. Elles n'ont laiſſé après elles aucune matiere quelconque, le tout s'étant évaporé, ſans nulle trace de fuſion ni de calcination.

30 *Août.* Depuis qu'on écrit ſur la grande

queſtion qui diviſe la Nation d'avec ſon Roi ; & qui ſembleroit vouloir les diſtinguer l'un de l'autre, on eſt ſurpris de voir encore une nouvelle maniere de la traiter, & l'on ne peut cependant diſconvenir que la *Lettre ſur l'état actuel du Crédit du Gouvernement en France, en date du 20 Juin* 1771, ne contienne des choſes très-neuves, ou qui du moins n'ont été qu'effleurées ou touchées indirectement par les Parlemens & les Politiques qui l'ont agitée.

L'auteur demande, 1°. Si c'eſt un bien que le Gouvernement ait du crédit? 2°. S'il en aura autant par les opérations nouvelles, qu'il en avoit ou pouvoit en avoir auparavant ?

Quant à la premiere queſtion, il eſt démontré que par la poſition reſpective où ſont les Puiſſances en Europe, il faut que la France, non-ſeulement puiſſe ſatisfaire à ſon adminiſtration intérieure, mais encore au rôle important qu'elle doit jouer, & qu'elle ne peut ſuffire à l'une & à l'autre que par deux agens puiſſans, dont le premier eſt l'argent, & le ſecond, le Crédit, quelquefois plus utile que l'autre.

La ſeconde ſe réſout par la définition même du mot *Crédit*, qui n'eſt autre choſe que l'opinion établie de la ſolvabilité de l'emprunteur, & la certitude qu'il ne pourra ſe refuſer au rembourſement. Or, l'une & l'autre ſe trouvent anéanties par la deſtruction des principes conſtitutifs de la Monarchie & des Corps qui en étoient dépoſitaires. . . . . .

Il paroît impoſſible de voir les choſes plus en homme d'Etat. L'auteur eſt certainement un homme de génie, qui ſait embraſſer d'un coup d'œil une idée vaſte, & la développer ſous ſes diver-

fes faces. Tout lecteur de bon fens ne peut fe refufer à l'évidence de fes axiômes , & à la fûreté
de fes conféquences. Faffe le ciel que cette nation , rivale de la nôtre , ne profite pas des avantages malheureufement trop fenfibles , qu'elle pourroit tirer de notre état convulfif , ou plutôt que le
Miniftere ouvre les yeux fur les fuites funeftes &
inévitables de fes opérations.

Au furplus , l'ouvrage eft fait avec tant de fageffe & de modération , que l'Ecrivain auroit pu
adreffer lui-même fa Lettre à M. le Chancelier ,
fans exciter de fa part d'autre humeur que celle
de ne pouvoir y répondre.

30 *Août* 1771. La *Cinquantaine* a donné lieu
à une Epigramme , qui fans être bien aiguifée
par la pointe , eft d'une belle fimplicité grecque
& fait anecdote. Il faut fçavoir que l'auteur de
la mufique eft un des entreteneurs de Mlle.
Guimard :

Après Rameau paroît la Borde.

Quel compagnon ! miféricorde !

Laiffez notre oreille en repos :

De vos talens faites-nous grace ;

De la *Guimard* allez compter les os ,

Monfieur l'auteur on vous le paffe.

31 *Août*. Les Entrepreneurs du Colifée ont
cherché à réveiller le Public par des chofes ex-
traordinaires. Ils ont donné le mercredi 28 de
ce mois un Concert avec Echo. Ce n'eft autre
chofe que des violons placés dans l'éloignement
en haut , & qui repetent les finales des modula-
tions de la voix. Ce genre de fpectacle , exé-

cuté.déja pour la premiere fois le lundi 19 , n'a pas eu plus de fuccès la feconde fois que la premiere.

Un homme marchant fur l'eau par le fecours d'un *Scaphandre* ou cafaque de liege dont il eft vêtu , n'a pas attiré plus de monde le dimanche 25. On a déjà vu cette expérience exécutée plufieurs fois par l'Abbé de la Chapelle , & ce n'eft plus une nouveauté.

31 *Août* 1771. Le Sr. Luneau de Boisjermain , après trois féances , a fini hier fon plaidoyer contre les Libraires. Depuis longtems on n'avoit vu au Palais une affluence de monde auffi prodigieufe. Le public a paru très-content de l'orateur , qui à la beauté de la diction a réuni l'élocution la plus pittorefque. Il y a mis ce *Pathos* qui fait toujours un grand effet , & qui , rendu d'une voix caffée & prefqu'éteinte , a produit une fenfation étonnante fur les Spectateurs & a fait pleurer les Juges. On affure avoir furpris des larmes à quelques Libraires , moins prévenus , fans doute , que leurs confreres , adverfaires de l'orateur. Enfin on s'accorde généralement à convenir que peu d'Avocats de l'ancien Barreau euffent auffi bien , & qu'aucun n'eût certainement mieux plaidé que cet accufé.

Le Sr. Perrin , ci-devant Avocat aux Confeils , doit parler pour les Libraires , mercredi prochain. Le Sr. Luneau a demandé la replique , & elle lui a été accordée.

Ce même jour on a jugé à la Tournelle une caufe du Parlement ancien qui avoit déjà produit deux Mémoires très-plaifans , de la part des Srs. Cocqueley de Chauffepierre & de Lort. Le fujet étoit un chat trouvé mort dans une cave

du Sr. Guy, Libraire, affocié de la veuve Du-
chesne. Cet animal appartenoit au Sr. Boyer,
Agrégé en Droit, qui accufoit la femme de Guy
d'avoir tué fon chat, en conféquence l'avoit mal-
traitée de parole & injuriée, au point que le mari
avoit rendu plainte, &c. Ce fujet, bien digne
d'occuper une fcene dans la comédie *des Plai-
deurs*, & très - propre à faire voir jufqu'où va
le délire de leur engeance, avoit donné lieu aux
deux Avocats ci-deffus nommés de s'égayer. Le
nouveau Tribunal qui n'aime point qu'on rie d'une
chofe auffi grave que la Juftice, a fupprimé ces
deux Mémoires anciens, a déclaré la procédure du
Sr. Guy injurieufe, l'a condamné aux dépens &
à 10 livres d'amende envers le Sr. Boyer.

3 *Septembre* 1771. Les Comédiens Italiens donnent depuis quelque tems *les deux Miliciens*,
comédie en un acte, mêlée d'ariettes, de la compofition du Sr. Frizieri, quant à la mufique. Cet
auteur eft aveugle depuis trois ans.

4 *Septembre*. On a imprimé depuis peu une
petite feuille datée de l'hôtel de Sauvigny, le
18 Août 1771, intitulée, *Anecdote du Jour*. On
y trouve l'extrait fuivant d'une Lettre de M. le
Chancelier à Madame de Sauvigny.

" J'ai de grandes graces à rendre au ciel de me
porter auffi bien, & de conferver ma tête dans
un travail auffi pénible que celui qui m'occupe
tous les jours. Me voilà enfin au courant: je fi-
nirai à la St. Martin tout ce qui n'eft encore que
commencé. "

Le refte n'eft qu'une plaifanterie groffiere fur
un dîné fait chez M. le Premier Préfident Sauvigny, le 17 Août, en commémoration de l'heureux événement de la proceffion du 15, & fur

un souper au même lieu, indiqué au 18, où M. le Maréchal de Richelieu avoit été invité & ne se rendit point, ce qui allarma les convives.

5 Septembre 1771. Le portrait de M. l'abbé Terrai, Contrôleur général, devoit être exposé au Sallon, mais ce Ministre s'en est défendu sous prétexte qu'on parloit assez de lui.

6 Septembre. Les Libraires Associés à l'Encyclopédie se sont hâtés de publier un Mémoire contre le Sr. Luneau de Boisjermain, où ils reprennent encore les cinq objets de discussion de leur adversaire. Celui-ci est signé de Briasson, le Breton, & de Me. de Jonquieres, Avocat du Barreau moderne. Ils ont jugé à propos de l'étayer d'un ancien Mémoire à consulter dont on a déjà parlé, ainsi que d'une Consultation en date du 7 Janvier 1770, souscrite de quelques Avocats célébres. Ce dernier Mémoire, en fortifiant la cause, atténue prodigieusement l'éloquence de l'orateur actuel. Il n'y a ni ordre, ni clarté, ni style dans son écrit, d'ailleurs assaisonné de beaucoup d'injures, qui se sentent encore de l'ancien état de ce Procureur métamorphosé en Avocat.

La piece la plus curieuse est une Lettre du Sr. Diderot, datée du 31 Août 1771, qui sert comme d'épilogue à tout ce bavardage. Ce grand philosophe prétend devoir intervenir dans la cause, comme ayant été le directeur de cette entreprise littéraire. On est fâché de le voir se compromettre & s'exposer au soupçon de passer pour le suppôt & le gagiste de ces Libraires. On ne voit pas quel autre motif raisonnable a pu le déterminer à se donner ainsi en spectacle & à jouer un personnage, dont il ne peut résulter qu'un grand ridicule pour lui dans le public.

7 *Septembre* 1771. Peu de tems après le Mémoire des Libraires, M. Luneau n'a pas manqué de répandre un Précis ; en réfumant le plaidoyer de fes adverfaires, il le réduit à deux queftions, & il prouve, 1°. qu'il a dit vrai, en difant que les Srs. Briaffon & le Breton lui ont fait payer 174 livres 8 fols de trop.

2°. Qu'il a eu intérêt de dire tout ce qu'il a dit dans fon 3eme. Mémoire & dans le Tableau.

C'eft donc mal à propos que les Libraires lui ont intenté un procès criminel à cet égard.

D'après le détail des vexations & des pertes auxquelles ce procès a donné lieu, le Sr. Luneau conclut à 100,000 Livres de dommages & intérêts.

Enfuite il répond à M. Diderot, & dans une Lettre en date du 1 Septembre, commente celle de cet auteur, & le couvre du plus grand ridicule. Il décele d'ailleurs de fa part une mauvaife foi peu philofophique, en déclarant que c'eft de M. Diderot qu'il tient tout ce qu'il fait fur l'Encyclopédie ; que l'an paffé cet homme célebre applaudiffoit au courage de l'infatigable ennemi des Libraires, lui infpiroit une nouvelle ardeur, lui donnoit des confeils fur la marche qu'il devoit tenir, &c.

M. Luneau, pour plus grand éclairciffement, fait répandre aujourd'hui une feuille fervant d'Addition au Précis, & qui ne mérite aucun détail particulier.

8 *Septembre.* Les Parlemens de Province depuis longtems frappés de confternation, fembloient dans un filence pufillanime, du moins on ignoroit qu'ils fiffent quelque chofe pour leur défenfe ; cependant il tranfpire dans le public des Remontrances

trances du Parlement de Rennes, en date du 26 Juillet. Elles portent non-seulement sur l'état actuel du Parlement de Paris, mais encore sur les maux dont l'Etat est attaqué.

8 *Septembre* 1771. Par Arrêt rendu sur Délibéré en la Tournelle, & sur les Conclusions de M. Vaucresson, Avocat général, le 7 Septembre 1771, les parties sur l'extraordinaire ont été mises hors de cour. La demande des Libraires en suppression des Mémoires du Sr. Luneau, jointe à l'affaire civile, faisant droit sur les conclusions du Ministère public, donne acte aux Libraires de la déclaration par eux faite du 20 Septembre dernier. En conséquence les Libraires condamnés à remettre dans un mois entre les mains de M. le Procureur général, le Mémoire & les pièces justificatives, relatives à l'impression & distribution de l'Encyclopédie, pour, ce fait, être ordonné ce qu'il appartiendra. Les Libraires condamnés envers le Sr. Luneau en tous les dépens pour tous dommages & intérêts.

Tel est le prononcé de l'Arrêt intervenu hier à la Tournelle, dans le procès entre les Libraires associés de l'Encyclopédie & le Sr. Luneau de Boisjermain. L'affluence avoit redoublé: tous les Imprimeurs de la rue St. Jacques y étoient, & beaucoup de gens de lettres. Les plaidoyers du Sr. Perrin, Avocat des premiers, n'ont approché en rien de la beauté de ceux de M. Luneau, qui a encore écrasé ses adversaires par une dernière Réplique.

Les Conclusions de M. de Vergès, Avocat-général, étoient absolument contre M. Luneau. Il concluoit même à la suppression de ses Mémoires. Elles n'ont pas été suivies, comme on

Tome V. O

voit, & quoique l'Arrêt ne soit pas aussi favorable qu'on l'auroit voulu, les Libraires sont mortifiés ; ce qui ne donne pas peu de satisfaction aux auteurs de cette capitale.

10 *Septembre* 1771. *Tableau de la Constitution Françoise, ou Autorité des Rois de France, dans les différens âges de la Monarchie.* Cette brochure n'est autre chose que le développement de l'Extrait du *Droit public de la France*, par M. le Comte de Lauraguais, dont on a parlé, mais développement fait avec un ordre, une netteté, un enchaînement de preuves & de raisonnemens, qui est poussé jusques à la conviction.

Ces âges de la Monarchie, suivant l'auteur, sont au nombre de trois.

Il remonte dans le premier jusques à l'origine de la Constitution Françoise, jusqu'à ces assemblées ou Parlemens qui étendoient leur autorité sur toutes les parties de l'Administration, sur l'élection de leurs Rois, & qui partageoient avec le Souverain la puissance législative. De-là, la réfutation de cette phrase du préambule de l'Edit de 1770...... *Nous ne tenons notre couronne que de Dieu,......de cette autre, du discours du Roi au Parlement de Paris, le 3 Mars 1766,..... C'est à moi seul qu'appartient le pouvoir législatif, sans dépendance & sans partage......* L'auteur fait voir comment le Parlement, tel qu'il existe aujourd'hui, a été substitué à l'ancien Parlement, à l'assemblée générale de la Nation, & comment la Nation a laissé éclipser le droit *imprescriptible* qu'elle avoit de tout tems de concourir à l'administration politique du Royaume & à la puissance législative ; droit qu'elle ne tenoit que d'elle-même, & que nos Rois ne lui avoient pas donné.

Le fecond âge eft celui de la formation des Loix. Malgré les empiéremens des Rois, la Nation confervoit encore le droit d'y concourir néceffairement: droit qui, malgré les divers changemens qu'il a fubis, n'eft pas moins certain, incontefftable, imprefcriptible; droit qu'elle ne tient pas de fes Rois, mais de l'effence de fa Conftitution, qui fait partie des Loix fondamentales de l'Etat François, & dont le Parlement doit jouïr avec la même étendue & la même plénitude d'autorité que la Nation en jouïroit elle - même, fi elle s'affembloit encore, & que les Loix fuffent délibérées dans fon fein.

Enfin le troifieme âge eft celui de la vérification des Loix, qui n'eft pas une formalité de vain cérémonial, puifqu'elle dérive du droit du Corps entier de la Nation de concourir à la Puiffance Légiflative: droit qui prend naiffance du Contrat primordial entr'elle & le Souverain, & par lequel elle a déterminé la maniere dont elle vouloit être gouvernée. Et c'eft ainfi qu'il faut entendre l'affertion que le Parlement la repréfentoit en cette partie, puifqu'il étoit le feul Corps qui fît cette vérification, que les Souverains lui avoient déférée & que les Peuples fembloient approuver par leur confentement tacite.

Toutes les preuves de ce favant ouvrage font renvoyées dans des Notes, enforte que rien n'arrête la rapidité du ftyle & n'embarraffe la chaîne des raifonnemens.

14 *Septembre* 1771. Des bruits finiftres s'étoient répandus fur le compte de l'auteur de la *Correfpondance fecrette entre M. de Maupeou & M. de Sorbouet.* Mais une fuite de cet ouvrage qui paroît depuis huit jours, attefte heureufement fon

exiftence & fa liberté. Elle contient 12 Lettres, & embraffe un efpace d'environ fix femaines, depuis le 9 Juin jufqu'au 25 Juillet, date de la derniere Epitre. Cette feconde partie n'eft point indigne de la premiere. Elle lui eft même fupérieure, par une plus grande quantité de faits & par une réponfe fictive de l'ancien Confeiller au Grand Confeil, à qui M. de Sor * * * * * avoit adreffé l'Apologie du Chan * * * * * * dans une Lettre précédente. Ce Magiftrat indigné repouffe avec vigueur toutes les offres de fon confrere : il refute fes raifonnemens ; il démafque l'hypocrifie & du héros & du panégyrifte. Il trace d'un pinceau auffi rapide qu'énergique, le portrait & la vie du premier. C'eft un Demofthene qui tonne, qui foudroie, qui écrafe, qui pulvérife. Son éloquence fougueufe tranche merveilleufement avec le ftyle ironique du refte de l'ouvrage, & forme un contrafte où l'on reconnoît l'art d'un très-grand Ecrivain. L'adreffe avec laquelle il a enchaffé dans cette *Correfpondance* une multitude d'anecdotes amenées naturellement & fans le moindre effort, produit le double effet d'enrichir cette differtation, & de couvrir d'un ridicule ineffacable le Chef & les fuppôts de fon fyftême, ou plutôt de foulever contr'eux l'indignation générale.

Au furplus, l'auteur continue à y ménager extrêmement M. le Duc d'Ai * * * * * * * & tout fon parti, comme s'il efpéroit qu'il dût un jour détruire celui de M. le Chancelier. Il affecte même de rappeler plufieurs anecdotes qui tendroient à femer la divifion entre ces deux chefs. Quel qu'il foit, c'eft un homme très-bien inftruit, qui a fouillé dans les fecrets de la famille des Mau * * * * *, au point d'en dévoiler qui ne peuvent être fus que de gens qui lui tiennent de très-près : ce qui fait foupçonner des Magiftrats du premier ordre , foit comme fabricateurs , foit comme inftigateurs de l'ouvrage.

Dans le fait , on eft dans la plus profonde ignorance à cet égard. Lorfque la premiere partie de cet ouvrage parut , M. de Sorhouet affura qu'il en connoiffoit l'auteur , parce qu'il s'y trouvoit des phrafes entieres qu'il avouoit pour fiennes & dont un feul homme avoit été participant. Il ajouta qu'il auroit la générofité de ne pas le nommer. Le courage avec lequel l'anonyme continue fa *Correfpondance* , la fuite qu'il annonce encore , doivent mettre en défaut les conjectures de ce Magiftrat , & prouvent qu'il s'eft trompé.

17 *Septembre* 1771. L'auteur d'un ouvrage qui a paru fur l'expofition des tableaux au Louvre en 1769 , fous le titre de *Lettre de M. Raphaël à M. Jérôme* , & qui eut alors un fuccès prodigieux , fe difpofe à dire fon avis dans un nouvel écrit fur l'expofition de cette année. Mais les Peintres , qu'on peut appeler , autant que les Poëtes , *Genus irritabile* , fe donnent beaucoup de mouvemens pour prévenir cette cenfure très-redoutable à leur amour-propre. Heureufement il a mis le Sr. Cochin dans fes intérêts , en prévenant ce Secrétaire de l'Académie de Peinture & en foumettant fon manufcrit à fa décifion , en forte que fous peu il efpere que les obftacles feront levés.

18 *Septembre.* Le Bufte de Madame la Dauphine par le Sr. Le Moine , ancien Directeur & Recteur de l'Académie , &c. a été ex-

posé dimanche à Versailles aux regards de tous les courtisans , après avoir été vu de toute la famille Royale , & de-là transporté au Sallon, où ayant été placé sans aucune distinction & sans annonce , il a échappé à la curiosité du peuple , qui n'est instruit que par la renommée qu'il lui est enfin permis d'envisager la figure de cette auguste Princesse. Ce chef-d'œuvre précieux plaît d'ailleurs aux connoisseurs par toutes les qualités qu'on peut desirer dans un ouvrage de cette espece.

19 Septembre 1771. La Critique dont on a parlé sur l'exposition du Sallon de cette année, a pour titre : *Lettre de M. Raphaël le jeune , Eleve des Ecoles gratuites de dessin , neveu de feu M. Raphaël , Peintre de l'Académie de St. Luc , à un de ses amis , Architecte à Rome , &c.*

L'auteur suppose que le Suisse de la Salle ayant entendu la nuit un grand bruit , accourt pour voir ce que c'est; mais qu'il est bien étonné de trouver les tableaux parlant & se chamaillant; qu'il dresse procès-verbal de tout , à telle fin que de raison.

C'est dans ce cadre aussi neuf que piquant que l'auteur a enchassé une critique d'autant plus amusante qu'elle est plus vive par la tournure ingénieuse qu'il a choisie , & cependant moins injurieuse pour les artistes , par la supposition que la jalousie dans la bouche d'un rival affoiblit toujours les beautés & grossit les défauts. D'ailleurs elle est moins directe , les personages ne se trouvent nommés qu'à l'explication du numéro , & comme du second bond.

L'auteur n'a point employé de ces mots techniques & scientifiques, qui n'éblouissent que les ignorans; ses reproches étant fondés sur le bon sens & sur les principes les plus généraux & les plus reconnus, peuvent être appréciés par tout le monde : & s'il s'est interdit par-là ces observations fines qui ne peuvent partir que de l'amateur le plus éclairé, il s'est asservi aussi à une justesse plus grande, pour ne pas s'exposer à une réclamation dont le cri seroit plus universel.

Le style est simple, l'épigramme y est amenée naturellement, les transitions ne sont pas toujours aussi piquantes & aussi heureuses qu'elles pourroient l'être, mais la forme est neuve & doit donner beaucoup de vogue à ce petit pamphlet.

On ne doute pas qu'il ne soit arrêté incessamment & qu'on ne se prévale de quelques plaisanteries mal interprétées pour intéresser le Gouvernement à sa suppression.

20 *Septembre* 1771. *Les Réflexions générales*, &c. discutent les trois points de vue les plus avantageux présentés par M. le Chancelier comme les objets de son nouveau système ; savoir, l'érection des Tribunaux plus proches des justiciables, la suppression de la vénalité des offices, la gratuité de la Justice.

On prouve que dans le cas même où le Chef de la Magistrature, loin de rendre à l'établissement du Despotisme, (le terme & la quintessence de ce plan, dans lequel tout le reste n'est qu'accessoire,) auroit réellement cru parvenir à ces heureuses fins, il se seroit au moins trompé lourdement.

Le développement de cette réfutation est trop

étendu pour le fuivre. L'auteur, en s'étayant de plufieurs raifonnemens déjà mis en œuvre, creufe plus loin que les écrivains qui l'ont devancé dans cette difcuffion, & femble épuifer tout ce qu'on peut dire de plus lumineux fur cet objet.

Après avoir retourné fous les afpects les plus favorables le fyftême nouveau d'ordre judiciaire ; après avoir démontré qu'il n'eft que fauffeté, qu'illufion, que chimere, qu'oppreffion des peuples, que deftruction de toute juftice, qu'invention d'intrigue, l'écrivain l'envifage dans fon objet capital & véritable : il attaque les affertions hardies des différens difcours du Chancelier & préambules d'Edits, tendant à fomenter le plan deftructeur de toutes les Loix & de tous les principes & les détruit fans reffource. Entr'autres chofes très - fatisfaifantes qu'on trouve dans le cours de ce livre, le point de l'unité des Parlemens, reconnu par les Rois mêmes, y eft prouvé par une multitude d'autorités nouvelles qu'on reproduit en lumiere & qui le rendent déformais hors de toute refutation.

Le ftyle de cet ouvrage eft très-véhément : le fond eft relevé par des peintures vigoureufes des fimulacres fubftitués aux véritables Cours fupprimées ; & la foule de citations, loin de rallentir l'éloquence du difcours, lui prête encore plus de force : en forte que le Lecteur le plus froid fe pénetre enfin de l'enthoufiafme patriotique dont l'auteur paroît animé.

On peut regarder cette brochure comme une fuite du Maire du Palais, mais moins découfue, moins lâche, & plus capable de faire une impreffion profonde & durable.

21 *Septembre* 1771. L'affaire de M. Luneau, bien loin d'être terminée par le jugement du 7 Septembre, ne fait que se compliquer davantage. Quoiqu'elle n'ait pas le caractere d'un procès-criminel, elle acquiert un plus grand degré de célébrité par un nouvel acteur qui veut y intervenir, malgré le peu de succès qu'a opéré son apparition dans la derniere instance, malgré l'indignation générale des gens de lettres, malgré le ridicule universel qu'il s'est attiré, il persiste à se rendre le champion des Libraires, & l'on annonce un Mémoire auquel il travaille. On conçoit que c'est le philosophe Diderot dont il est question. Il se prévaut des conclusions de l'Avocat-général Martin de Vaucresson. Il faut savoir qu'elles étoient absolument contre M. Luneau & qu'elles portoient sur trois points : sur l'inutilité des Mémoires de cet adversaire : sur la diffamation qu'il avoit répandue contre les Libraires, dans un Avertissement inséré dans la Gazette de Hollande ; & sur la Lettre de M. Diderot. Mais M. Luneau, dans une Replique qu'il fit sur le champ avant l'Arrêt, prouva qu'il avoit été nécessité à répandre ses Mémoires, ainsi qu'à avoir recours aux papiers publics pour faire passer aux Libraires de Province & étrangers des renseignemens qu'il lui étoit essentiel de donner, ensorte que s'il y avoit quelque chose de tout-à-fait hors d'œuvre, inutile & même déplacé dans cette plaidoirie, c'étoit l'épitre de M. Diderot. C'est vraisemblablement d'après ce dernier coup de lumiere, que les Juges absolument éclairés prononcerent, comme on a vu.

C'est à la Grand'Chambre que doit se porter

O 5

l'inftance du fond, & ce fera une des premiéres caufes du rôle appelées après les Vacances. M. Luneau fe difpofe à continuer de porter la parole pour fa defenfe.

22 *Septembre* 1771. Ce qu'on avoit prévu eft arrivé : Mlle. le Maure s'eft prodiguée fi mal-à-propos & avec tant de facilité au Golifée, que le public s'en eft raffafié, & qu'elle a perdu toute la célébrité qu'elle avoit acquife fur parole ; la plûpart des amateurs modernes ne l'ayant jamais entendue, elle ne fait plus aucune fenfation, & les Entrepreneurs de cet établiffement feront obligés de l'éconduire.

23 *Septembre.* Les bruits accrédités depuis plufieurs mois que le Sr. d'Eon, ce fougueux perfonnage, fi célébre par fes écarts, n'eft qu'une fille revêtue d'habits d'homme ; la confiance qu'on a prife en Angleterre à cette rumeur, au point que les paris pour & contre fe montent aujourd'hui à plus de cent mille Livres fterling, ont réveillé à Paris l'attention fur cet homme fingulier, & ceux qui ont étudié avec lui & l'ont connu dans l'âge de l'adolefcence, fe font rappelés tout ce qui pouvoit favorifer ou détruire une telle conjecture, & voici ce qu'ils racontent.

Ils ne fe rappellent pas en effet avoir jamais eu dans le cours de fes claffes, & même hors du college, aucune preuve teftimoniale de fa virilité : ils n'ont aucune idée d'avoir jamais fait de partie de filles avec lui, de lui avoir connu aucune inclination à ce genre de plaifir & de lui avoir jamais vu de maîtreffe. Cependant il a toujours eu la figure affez mâle ; il s'eft livré aux exercices qui caractérifent le plus notre fexe ; il aimoit furtout paffionnément celui des armes, & s'y étoit

perfectionné au point qu'il est devenu l'origine de
sa fortune.

Ce garçon, né d'une famille honnête, étoit
Commis dans les Bureaux de l'Intendance. On
eut besoin alors de négocier avec la Russie : on
étoit dans une sorte de brouillerie ou de froideur
avec cette Puissance : on n'avoit personne à cette
cour. On imagina de chercher quelqu'un qui sans
caractere pût y aller, y paroître sans être suspect, gagner la confiance du Grand-Duc, lui
porter des paroles, être désavoué ou avoué au
besoin.

On savoit que le Grand-Duc aimoit beaucoup
les spadassins : on s'informa si l'on pourroit trouver quelqu'un distingué dans le genre de l'escri-
me, qui y joignît quelques connoissances en politique. Le Sr. d'Eon avoit alors fait un livre
sur les finances ; sa passion pour les armes étoit
publique. On le proposa au Ministre des Affaires
Etrangeres ; on l'agréa ; il partit, il y a environ
vingt ans : il réussit ; il se fit connoître, & de-là
son initiation aux négociations dont il a été
chargé depuis.

24 Septembre 1771. Depuis longtems il étoit
question des répétitions que les Comédiens fai-
soient du *Fils naturel* de M. Diderot. Ce Drame
doit enfin se jouer, & sera représenté jeudi.

25 Septembre. Mlle. le Maure ne faisant
plus aucune sensation, les Entrepreneurs du
Colisée ont cherché quelque nouveau sujet qui
pût leur attirer du monde. Ils ont raccroché une
Dlle. *Bruna*, qu'ils ont affichée pour demain
jeudi. Ils annoncent que ses talens sont connus
avantageusement dans plusieurs Cours de l'Eu-

rope , & qu'elle chantera en s'accompagnant du clavecin.

26 *Septembre* 1771 : Le Mémoire du Sr. Linguet contre M. Foulon , étant le premier qui ait paru depuis la deſtruction du Parlement , mérite quelques obſervations particulieres.

L'auteur l'intitule ſeulement : *Conſultation , délibérée à Luciennes , le* 1er. *Avril* 1771. Il déclare dans le préambule , qu'il n'a plus de caractere ſpécial pour remplir cette fonction (d'*A-vocat*) mais que la confiance d'un particulier opprimé lui en fait un devoir ; que l'Edit de Mai dernier l'y autoriſe. Il ajoute :

» Je vais donc lui prêter mon miniſtere avec
» les égards dûs à ma poſition , à la vérité , &
» plus encore peut-être à un homme puiſſant ,
» contre lequel ſe trouve malheureuſement diri-
» gé le premier pas que je haſarde , en rentrant
» dans une carriere devenue plus gliſſante que
» jamais. »

On juge par cet exorde que Me. Linguet ne reſte dans le ſilence que pour ne pas aller contre la réſolution unanime de ſes confreres ; mais qu'il ne l'approuve pas , qu'il reconnoît la validité des Edits enrégiſtrés au nouveau Tribunal , puiſqu'il s'en prévaut.

La maniere dont il traite le fond de cette Conſultation , pour le Sr. Jean-François-Alexandre David , Adjudicataire des Mines de charbon de terre , ouvertes en Anjou , dans les paroîſſes de Saint Georges , Chatelaiſon & Concourſon , n'eſt pas moins ſinguliere.

Il expoſe ainſi le fait.

» M. Foulon (Secrétaire , Grand'Croix-Com-
» mandeur de l'Ordre Royal & Militaire de Saint-

Louis , Maître des Requêtes , Intendant des
» Finances , & Seigneur de la Doué , de Con-
» courfon , &c.) chargé de toutes les marques
» de diftinction que le mérite , le crédit & l'o-
» pulence peuvent procurer ; parvenu à un de-
» gré d'élevation qui ne laiffe , en quelque forte,
» que le Miniftere au deffus de lui , difpute à
» un particulier obfcur , fans emploi , fans ref-
» fources , une propriété que celui-ci a acquife
» au prix de tout fon chétif patrimoine. Il de-
» mande à recueillir fans frais & fans rifques le
» fruit de 30 ans de travaux , de cent mille écus
» d'avances faites par l'acquéreur, ou par ceux
» qu'il remplace ».

Il difcute enfuite les moyens de forme & de
fonds. Il finit ainfi :

» M. Foulon , on ofe le dire , eft au moins
» auffi intéreffé que le Sr. David , à ce que la
» demande de ce dernier réuffiffe. Il y va de fon
» honneur qu'une caufe , dans laquelle on lui re-
» proche une ufurpation injufte , foit examinée
» avec le plus grand fcrupule. Un homme tel
» que lui ne doit chercher fon triomphe que dans
» une difcuffion légale qui en écarte tout foup-
» çon de furprife & d'iniquité. . . . . . . S'il ne
» s'étoit engagé dans cette querelle que fur de
» mauvais confeils , d'après une méprife de fes
» gens d'affaires , fa propre délicateffe doit lui
» faire fouhaiter de perdre ; il ne fe confoleroit
» jamais d'avoir arraché au Confeil une injuftice ,
» & de fe trouver expofé au foupçon d'avoir abufé
» de fon crédit pour opprimer un citoyen hon-
» nête , qui n'avoit d'autre protection que le bon
» droit & l'équité «.

Quoi qu'il en foit , l'Arrêt du Confeil , du 12

O 7

Mai 1771, qui confacroit la prétention de M. Foulon, a été confirmé, & le Sr. David a été débouté de fa demande à revenir par oppofition ou par Requête Civile contre cet Arrêt.

27 *Septembre* 1771. Il paffe pour conftant que fuivant le noûveau Syftême du Confeil de nous rendre plus heureux, en ramenant infenfiblement les fiecles d'ignorance, il a été rendu un Arrêt le 11 de ce mois, qui ordonne qu'à l'avenir tous livres imprimés ou gravés, foit en François, foit en Latin, reliés ou non reliés, vieux ou neufs, venant de l'étranger, payeront à l'entrée du royaume 60 livres par quintal.

Il excepte cependant les manufcrits & livres imprimés en langue étrangere, venant de l'é- tranger, qui continueront à jouir de l'exception générale de tous droits, ainfi que tous livres, foit manufcrits, foit imprimés, ou gravés en langue Françoife, Latine ou étrangere, conti- nueront à jouir pareillement de ladite exception, tant à leur circulation dans les différentes pro- vinces du royaume, qu'à leur fortie à l'étran- ger, &c.

28 *Septembre.* Madame *Bruna*, qui avoit déjà chanté dans un concert particulier, n'a pas eu de fuccès au Colifée, dont le vaiffeau, trop vafte, ne pouvoit laiffer entendre les fons de fa voix, quoique belle & étendue.

29 *Septembre.* Mlle. L * * * eft une fille de qualité qui a des prétentions au bel efprit & à la philofophie. Elle tient une efpece de bureau littéraire chez elle, où préfide M. d'Alembert qui y loge: l'Abbé Arnaud, M. Suard, M. Gaillard, M. de la Harpe y dominent en fecond. Cela a donné lieu aux deux Epigrammes fuivantes. La

premiere est contre M. d'Alembert, dont le vrai nom est *Jean le Rond*. Il faut sçavoir qu'il est Membre de l'Académie des Sciences & de l'Académie Françoise.

Maître le Rond très-lourdement écrit,
Maître le Rond très-fauffement raisonne :
Rien n'est plus clair pour quiconque le lit :
Il a pourtant une double couronne.
Maître le Rond au Louvre approfondit
L'art des calculs & juge le génie.
Apprenez-moi, disois-je à son amie, (*)
Comment cela ? Comment, dit Aspasie !
Savant, léger & pesant bel esprit,
N'a-t-il pas droit à chaque Académie ?

La seconde roule sur la cabale faite par la même Demoiselle, pour introduire à l'Académie Françoise, au moyen du crédit qu'y a M. d'Alembert, l'Abbé Arnaud, M. Gaillard, &c.

Le jour qu'Arnaud fut de l'Académie,
La L'E * * *, en riant du succès,
Disoit partout : grace à mon induftrie ;
Voilà déjà deux grands hommes de faits.
A qui donner la place du génie
A l'Avenir ? Il nous reste *Suard*,
Bien lourd, bien froid, comme Monsieur *Gaillard*.

(*) Mlle. L'E * * *.

Et quand enfin la noble Compagnie ,
Par tant d'affronts fera bien endurcie
Au deshonneur , il nous faudra peu d'art
Pour y gliffer *La Harpe & Mélanie.*

30 *Septembre* 1771. *Le Fils naturel ,* de M.
Diderot, ce drame imprimé il y a vingt ans , &
qui fit beaucoup de bruit à fa naiffance , par fa
fingularité , par les prétentions de fon auteur ,
& par l'éclat avec lequel fes partifans le prô-
nent , lui avoit dès ce tems occafionné du défa-
grément. Le Sr. Freron démontra les plagiats du
Philofophe Encyclopédifte : il fit voir que cette
piece étoit de *Goldoni ,* fameux Comique Italien.
La repréfentation que les Comédiens François en
ont donnée pour la premiere fois jeudi dernier ,
26 , n'a pas été moins humiliante pour le Sr.
Diderot. Ce drame a paru d'une froideur in-
foutenable , & a été à la veille de tomber à plufieurs reprifes. Cependant il eft annoncé pour
dimanche 29 , mais avec beaucoup de corrections. Le moment n'étoit pas favorable pour
l'auteur , & le ridicule qu'il vient de fe donner
tout récemment dans l'affaire des Libraires contre le Sr. Luneau , n'a pas peu contribué à mal
difpofer le Public Littéraire en faveur de fa
piece.

Fin du cinquieme Volume.

www.ingramcontent.com/pod-product-compliance
Lightning Source LLC
Chambersburg PA
CBHW050202030726
47505CB00005B/1491